모서리의
탄
생

모서리의
탄생

신주희 소설

자음과모음

차례

당신은 말한다

아기의 몸이 서서히 부풀어 오른다. 기저귀조차 걸치지 않은 알몸이 청보라 빛으로 변해간다. 그것은 연약하면서도 질기고 슬프면서도 무서운 색이다. 작은 엉덩이 위의 핏기가 사라진다. 푸른 몽고반점 대신 거뭇한 시반이 퍼진다. 썩을 것도 없는 작은 몸뚱이가 역한 냄새를 풍기기 시작한다. 눈알이 사라진 눈두덩에 어둠이 고이고 곧이어 빠르게 뛰던 심장이, 간이, 쓸개가 사라진다. 이제 쓸 만한 내장이 모두 빠져나간 몸에서는 피이, 피이, 바람 빠지는 소리만 들릴 뿐이다. 바람의 웅성거림처럼 사람들이 속삭인다. 외딴집 쓰레기통 옆에서 아기 시체가 나왔다고. 시체는 끝 여름, 도로변을 굴러다니던 매미 껍질같이 속이 텅 비어 있었다고. 비어 있던 몸이 어쩐지 투명하게 보이더라고. 나쁜 냄새가 퍼지는 것처럼 거리가 술렁인다.

*

　지금, 당신의 눈앞에 한 여자가 보인다. 작지 않은 키에 네이비색 슈트를 잘 차려입은 여자는 단정한 인상이다. 귀 뒤로 넘긴 짧은 단발과 무엇인가에 몰두한 듯 야무지게 다문 입술, 망설임 같은 건 해본 적 없는 듯한 눈썹. 때문에 당신은 얼핏, 여자가 좀 차갑고 날카로운 성격은 아닐까 생각할지도 모른다. 여자는 걷고 있다. 급하지 않지만 왠지 불안해 보이는 걸음이다. 통유리로 된 통로를 걷고 있는 여자의 발아래 빌딩들의 옥상이 내려다보인다. 통로는 마치 하늘에 떠 있는 듯 미래적인 느낌이다. 유리에 부딪히는 스틸레토 힐이 똑, 똑, 명료한 소리를 낸다. 여자는 충분히 빨리 걷고 있으면서도 걸음을 재촉한다. 유쾌하지 않은 안색의 여자가 사무실 안으로 들어선다. 창밖으로 다른 빌딩들의 창이 고스란히 내려다보이는 사무실은 아이보리색 파티션이 바둑판처럼 채워진 공간이다. 당신이 군더더기 없는 사무실 분위기와 세련된 가구 배치, 그 사이를 오가는 사람들을 지켜보는 사이, 여자는 자신의 명함이 꼽혀 있는 파티션 안으로 익숙하게 들어선다. 그제야 당신은 확신한다. 당신이 원하는 것을 원하는 대로 볼 수 있다는 사실을.

여자의 책상 위에는 컴퓨터와 연결된 메인 모니터 외에도 노트북이 하나 더 펼쳐져 있다. 메인 모니터에는 여자가 짜놓은 프로그램의 플로우 맵이, 노트북에는 CCTV 화면이 나란히 떠 있다. 네 개로 분할된 화면이다. CCTV 화면은 여자의 집을 녹화하고 있다. 아기방과 거실, 부엌과 안방의 모습이 분할된 화면 속에서 푸르게 깜빡이고 있다. 30평대 아파트의 고만고만한 구조와 특징 없는 가구 배치, 아기가 있는 집의 어수선함과 자질구레함이 화면 속에 고스란히 노출된다. 여자는 자세를 고쳐 앉으며 노트북 화면에 시선을 고정한다. 그리고 그것을 한참이나 들여다본다. 물론, 이렇다 할 사건은 일어나지 않는다. 뭔가 불길한 느낌의 움직임이나 낯선 사람의 방문도 없다. 그저 깜빡거리는 화면 속에서는 CCTV가 없던 때와 마찬가지로, 여자가 고용한 베이비시터가 분주하게 움직이고 있을 뿐이다. 아기에게 옷을 입히고, 이유식을 먹이고, 기저귀를 갈고, 씻기고, 재우느라 베이비시터는 분할된 화면 사이를 부지런히 오간다. 여자가 당신의 시선을 눈치채지 못하는 것처럼, 베이비시터 또한 여자의 시선을 알지 못한다. 그 시선에는 어떤 집요함이 느껴진다. 무엇이라도 꼭 캐내고 말겠다는 기세. 선명하지 않은 화면 때문에 여자의 눈은 더 작게 일그러진다. 여자가 베이비시터를 감시한 지도 벌써 한 달째. 특별한 이유가 있었던 것은 아니다. 아기를 돌보는 방식에 불만이 있었던 것도, 아기를 떼어놓고 나오는 것이 안타까웠던 것도 아니다. 그렇다고 출산 후 회복되지 못한 몸의 컨디션 탓은 더더욱 아니다. 맡은 업무의 속도를 따라가지 못하는 스트레스 때문도, 은근히 희망퇴직을 권하는 부장의 압박 때문도 아니다. 그런데도 여자는 아무런 사건 없는 모니터를 들여다보며 잔뜩 신경을 곤두세운다. 당신은 '역시, 떠도는 소문 때문인가?' 하는 생각을 한다. 그리고 여자도 그 소문을 들었는지 궁금해진다. 몇 번쯤 들어본 이야기. 말도 안 되는 설정과 확인할 수 없는 증거들이 산불 번지듯 속수무책으로 불어나는 사건의 전말. 자신이 개발한 검색 엔진을 가지고 있고, 관심 정보를 수집하는 취미를 가진 여자가 처음 듣는 얘기는 아닐 것이라 당신은 확신한다. 다만, 당신이 누군가에게서 전해 들은 것과 여자가 들은 것은 조금 차이가 날지도 모르겠다는 생각을 한다.

맞벌이 부부가 있다. 부부는 늦은 나이에 결혼을 하고 가까스로 아기를 갖는다. 우여곡절 끝에 얻은 아기를 부부는 최고의 환경에서 키우고 싶다. 그러나 대부분이 그렇듯, 부부의 소망은 그저 소망일 뿐이다. 부부에게는 믿을 만한 배경이나 돈 많은 할아버지의 덕 같은 것이 없다. 고로, 맞벌이를 해야 하는 형편이다. 부부는 모든 인맥을 동원해 베이비시터를 찾는다. 인터넷을 검색해보고, 주변을 수소문한다. 관공서의 일자리 센터를 뒤진다. 그러나 마치 약속이나 한 듯, 모든 방법이 순조롭지 않다. 그러는 동안 부부는 아기 재우는 법이 별로인 베이비시터와 젖병 삶기를 귀찮아하는 베이비시터, 욕을 하는 베이비시터와 손버릇이 나쁜 베이비시터와 만났다 헤어진다. 시간이 지날수록 부부가 희망했던 베이비시터의 조건은 조금씩 소박해진다. 실망과 분노, 슬픔과 막막함을 차례로 느끼며 지쳐가고 있을 때쯤, 반가운 소식을 듣게 된다. 아이 하나를 유치원까지 무사히 길러냈다는 어느 집의 베이비시터 얘기다. 잘 아는 지인을 통해 들은 바로는 서글서글한 인상에 교육 수준까지 높아서 아기의 정서 발달에도 유익한 베이비시터라고 한다. 부부는 전해 들은 베이비시터가 조선족이라는 사실에도 망설임이 없다. 그것은 그동안 부부가 희망했던 베이비시터의 첫번째 조건에 반하는 것임을 더는 기억하지 못한다. 이제, 부부는 조급해하기까지 한다. 지금까지 거쳐 간 베이비시터들 중 가장 많은 돈을 지불해야 하는 것쯤은 당연한 것이라 여긴다. 베이비시터의 이력서를 받고, 면접을 보면서 부부는 이번에야말로 정말 뭔가가 확실히 다르다고 느낀다. 아기가 옹알이를 하고, 뒤집기를 하고, 엄마, 아빠라는 단어를 말할 때까지 부부는 그날의 선택을 후회하지 않는다. 그러던 어느 날이다. 그런 날은 어쩐지 흐린 날이고, 어쩐지 몸이 찌뿌드드한 날이며, 회사나 학교에 가기 싫은 날이다. 부부의 집에서 함께 지내던 베이비시터가 아기를 데리고 사라진 날도 그랬다. 부부는 그날따라 기분이 좋지 않았다. 그날따라 꿈자리가 사나우며, 그날따라 회사에 가기 싫고, 그날따라 무엇이든 조심해야겠다는 생각을 한다. 그러나 유난히 허둥대던 베이비시터의 수상한 행동조차 눈치채지 못한다. 새벽에 깨어 우는 아기의 울음소리도, 문득 놓여 있던 베이비시터의 낡은 트렁크도 놓치고 만다. 퇴근 후 아기와 베이비시터가 흔적도 없이 사라져버린 것을 발견하고, 부부는 자신들이 베이비시터에 대해 아는 것이 사실상 아무것도 없다는 것을 깨닫는다. 베이비시터가 봉투에 고이 접어서 제출한 증명 서류도 모두 가짜였음을 알게 된다. 울고, 불고, 쓰러지고, 악을 쓰는 부부의 머릿속으로 뒤늦게 증거 사진 같은 장면들이 떠올랐다 사라진다. 가끔 베이비시터를 찾아온 낯선 남자와 이상할 만큼 단출했던 옷가지, 사용처를 알 수 없는 소지품들, 부담스러웠던 친절과 자연스럽지 않았던 애착. 설마, 설마, 설마. 지지부진한 경찰의 무능함과 인터폴의 게으름, 수사의 나태함과 망연함을 느끼며 부부가 가장 많이 한 말은 설마. 그러나 이 소문의 클라이맥스는 지금부터다. 도무지 오리무중이던 부부의 아기가 중국의 외딴 부두 근처에서 발견되었다는 비보를 듣는다. 소름 끼치게도 싸늘한 시체가 되어. 그리고 소문의 질은 점점 더 나빠진다. 발견된 아기의 몸이 텅텅 비어 있더라, 눈도, 간도, 심장도, 피 한 방울도 남김이 없더라, 그것은 중국 어딘가로 팔려가고 중국 부자들은 그것으로 몸보신을 한다더라 등, 등, 등. 소문은 더는 회복할 수 없는 지경에 이른다.

당신의 팔에 돋아난 소름처럼, 여자의 팔에도 오스스한 소름이

돈아나 있다. 여자는 여전히 의심 가득한 눈으로 CCTV를 들여다보고 있다. 아무것도 확신하지 못하는 눈이다. 화면이 푸른빛으로 깜빡거린다. 곧이어 조그만 움직임이 렌즈에 잡힌다. 거실 쪽 화면, 베이비시터다. 여자가 고용한 베이비시터는 당신이 조선족 베이비시터라면 떠올릴 수 있는 이미지를 고스란히 가지고 있다. 좁은 이마, 쌍꺼풀 없는 눈매, 튀어나온 광대와 얇은 입술, 작은 체구에 단단함이 느껴지는 팔과 다리. 어쩐지 화면보다 더 말랐을 것 같은 베이비시터는 강단과 고집이 있어 보이는 단정한 이미지의 사람이지만, 한편으로는 뭔가 사연이 있는 듯한 묘한 얼굴을 가졌다. 베이비시터가 이제 막 잠에서 깬 아기를 안고 나온다. 아기가 울고 있는지 규칙적으로 몸을 움직인다. 움직이는 모습이 익숙한 리듬과 순서가 아니다. 그러면서도 베이비시터의 입은 쉬지 않고 무엇인가를 중얼거린다. 낯선 언어를 발음하는 입이 낯선 모양으로 오므려졌다 펴진다. 아무도 모르는 자장가 혹은 아무도 모르는 중얼거림. 당신은 얼핏, 누군가와 이야기를 나누고 있는 것은 아닌가 생각한다. 대화를 나누는 듯 고개를 끄덕거리거나, 어딘가를 가리키며 턱을 치켜 올리거나, 토라진 사람처럼 쌜룩한 표정을 짓거나. 그러나 CCTV 화면 어느 앵글에도 베이비시터의 대화 상대는 잡히지 않는다. 한참 동안 분주하던 베이비시터의 움직임이 점차 잦아든다. 베이비시터가 이마에 맺힌 땀을 닦아낸다. 지켜보던 여자의 날카로운 눈도 천천히 누그러진다. 그러나 움직임을 멈춘 베이비시터의 입술은 여전히 달싹거리고 있다. 이미 울음을 그친 아기에게 아직도 노래를 불러주고 있는 것인지. 베이비시터의 입술을 클로즈업하며 여자는 다시 심각한 얼굴이 된다.

개포동 657번지 서경아파트 601호. 이것은 당신이 관찰을 통해 알게 된 첫번째 팩트다. 여자가 자신의 집에 CCTV를 설치한 것이 한 달 전이라는 것과 꽤 많은 카메라를 베이비시터의 외출을 틈타 집 안 곳곳에 설치했다는 사실이 두번째다. 베이비시터가 성실하고 부지런하다는 것도 당신이 이미 알고 있는 팩트 중 하나다. 베이비시터는 여자가 정해놓은 식단의 이유식도 척척 만들어낸다. 유기농 채소와 한우, 싱싱한 생선을 이용해 쌀죽을 만들고, 달큰하게 쪄낸 과일들을 잘 소독된 유리병에 담는다. 베이비시터는 그것을 적당하게 식힌 보리차와 함께 능숙하고 야무진 손길로 아기에게 먹인다. 아기가 잠들어 있는 사이에도 쉬는 법이 없다. 시킨 적 없는 이불 빨래나 욕조 청소, 세탁기 소독 등도 베이비시터가 자주 하는 것 중 하나다. 미련할 만큼 부지런한 베이비시터가 당신은 오히려 안쓰럽기까지 하다. 당신은 베이비시터가 가져온 트렁크 속 물건들에 대해서도 잘 알고 있다. 털실로 짠 스웨터가 하나, 낡은 청바지가 하나, 늘 입고 있는 트레이닝 바지와 여러 번 삶아 색이 바랜 티셔츠가 하나, 비닐로 꽁꽁 싸맨 슬리퍼와 운동화가 각각 하나. 작은 수첩과 성경책, 검은색 정장 위에 걸쳤던 코트가 하나. 이런 팩트들을 조합해 당신은 베이비시터의 성품까지 짐작해볼 수 있다. 부지런한 사람, 책임감이 강한 사람, 욕심이 없고 검소한 사람. 어쩌면 그것 때문에 손해를 보며 살지도 모르는 사람. 이것으로 당신은 더 많은 팩트들, 이를테면 베이비시터가 여자에게 제출한 등본이나 경력 증명서 같은 것의 진위를 더는 확인할 필요를 느끼지 않는다.

이제, 당신은 여자에 대해서도 말할 수 있다. 여자는 컴퓨터 프로그램 개발에 관련된 일을 한다. 49층에 위치한 전망 좋은 사무실에서 잘 짜여진 프로그램처럼 단순하고 반복적인 하루를 보낸다. 일의 성격상 누군가와 이야기를 하거나 회의를 하는 일이 거의 없다. 한 달에 두 번쯤 보고를 위한 미팅이 있고, 대부분은 상자처럼 생긴 파티션 안에서 모니터를 들여다본다. 사무실에 앉아 있는 다른 사람들의 사정도 다르지 않다. 때때로 점심시간을 함께하는 무리가 있었으나 그마저도 자주 보이는 풍경은 아니다. 여자는 사람들과 어울리는 것을 즐기지 않는 대신, 관심 있는 자료를 수집하는 것으로 여유 시간을 보낸다. 그 관심사는 때때로 달라진다. 신문 1면의 헤드라인에 따라 달라지기도 하고, 새로 짜야 하는 프로그램의 내용에 따라 달라지기도 한다. 여자는 주로 자신이 개발한 검색 엔진을 통해 자료를 모으곤 했는데, 당신은 다른 사람들이 알지 못하는 고급 정보를 찾아내고 기분 좋은 표정을 짓는 여자를 본 적이 있다. 당신이 들은 소문을 여자가 당연히 알고 있다고 확신한 것은 그 때문이다. 여자가 CCTV를 설치할 즈음에 퍼지던 소문이 바로 중국 베이비시터에 관련된 내용이었으므로. '중국 베이비시터 괴담'은 거의 한 달 넘게 각종 포털 사이트의 인기 검색어 자리를 지켰다. 그것과 연관된 검색어로는 '장기 밀매' '인육 캡슐' '인체 밀수 조직' 등 듣기만 해도 살벌한 단어들이다. 여자는 날마다 3천 건 이상씩 쏟아지는 추측성 기사와 가설 사이를 헤집고 다닌다. 갈수록 몸집이 불어난 괴담은 여자의 불안에 비례했을 것이 뻔하다. 그러나 당신이 여자의 성격에 대해 말하려는 대목은 이 부분이 아니다. 불안의 수위가 점점 오르고 있는데도 정작 베이비시터 앞에서는 아무런 내색을 하지 않는다는 것이다. CCTV 화면을 띄우는 것으로 하루를 시작하는 여자가 지금까지 베이비시터에게 가장 많이 한 말이 감사합니다, 라니. 그런 집요함을 숨길 수 있다니. 차갑고, 어쩌면 무섭기까지 한 사람. 당신은 당신의 평가가 결코 틀리지 않았음을 확신한다.

여자의 모니터 앞에 서류들이 놓여 있다. 금박 로고가 박혀 있는 베이비시터의 대학 졸업장과 질병 검진 내용이 적힌 의료기관의 증명서, 중국 주소와 가족 관계가 적힌 증명서가 나란히 놓여 있다. 베이비시터가 면접 때 여자에게 내민 서류들이다. 한문이 빼곡한 서류 원본에 한글로 된 번역본이 붙어 있다.

이름 리현숙. 1961년 중국 요령성 출신. 1982년 전자기기 공장에 다니는 배우자와 결혼하여 딸을 둠. 1997년 배우자와 협의이혼(이혼 사유는 남편의 도박으로 인한 경제적 파탄). 2001년 딸과 함께 한국으로 이주. 상주 가사도우미로 취업했다가 우연한 기회에 아이 돌보는 일을 시작함. 지금까지 다섯 명의 아이를 돌봄. 성실하고 깔끔한 성격.

그것을 내려다보는 여자의 눈이 피곤해 보인다. 여자는 종이 위의 글자를 손가락으로 가만히 쓸어본다. 손가락이 명료한 팩트 위를 매끈하게 지난다. 여자는 조금 안심하는 눈치다. 그리고 화면 속에서 구부정하게 엎드린 채 걸레질을 하고 있는 베이비시터를 본다. 소매를 걷어 올린 베이비시터는 구석구석 먼지를 훔쳐낸다. 곧이어 나무 바닥이 마르기를 기다렸다가 면이 도톰한 이불을 깔고 그 위에 아기를 눕힌다. 아기의 손이 닿는 곳에 아기가 좋아하는 장난감 몇 개를 가져다놓는 것도 잊지 않는다. 잠시 뒤에는 비어 있는 이유식 그릇을 차곡차곡 쌓아 주방으로 가져간다. 설거지를 하면서도 종종 거실 쪽으로 고개를 돌려 아기가 잘 놀고 있는지 살핀다. 그 눈빛은 사려 깊다. 설거지를 마친 베이비시터가 아기에게 헝겊으로 된 장난감 책을 보여주고 있다. 불안을 잠재우려는 듯 여자가 베이비시터의 손을 클로즈업한다. 베이비시터가 아기를 안고 아기방으로 사라질 때까지 여자는 그 모습을 오래도록 지켜본다. 당신도 베이비시터를 따라 고개를 틀고 있는 여자를, 오래도록 지켜본다.

 아직 이른 오전이다. 여자는 타놓은 커피를 한 모금도 마시지 못한다. 함께 먹으려고 가져온 빵도 봉지만 뜯긴 채 책상 위에 놓여 있다. 메인 모니터와 노트북 화면 옆으로는 서류 더미와 책들이 쌓여 있다. 다른 날보다 약간 푸석해 보이는 여자는 어젯밤 잠을 설쳤고, 설친 잠 때문에 컨디션이 좋지 않다. 여자에게 오늘은 어쩐지 기분이 별로인 날이며, 빨리 집으로 돌아가 눕고만 싶은 날이다. 여자는 잔뜩 충혈된 눈을 비비며 노트북 화면에 바짝 다가가 앉는다. 그리고 메인 모니터와 노트북의 CCTV 화면을 번갈아 본다. 마침, 한 시간 넘게 업무와 상관없는 일을 하는 여자를 의심하는 눈도 없다. 사무실 곳곳에 설치된 CCTV 화면 속에서도 여자는 오후에 있을 중요한 미팅을 준비하는 사람처럼 보인다. 하지만 당신은 이미 알고 있다. 여자가 갑자기 사라진 베이비시터를 찾느라 분주하게 움직이고 있다는 것을. 화면 어디에도 베이비시터의 모습이 보이지 않는다. 여자의 눈은 어느 때보다 더 작고 날카롭게 일그러져 있다. 당신은 그 눈에서 불안과 초조를 읽어낸다. 여자가 마른 입술을 깨문다. 화면 속 작은 깜빡임에도 여자는 신경질적으로 반응한다. 잠시 뒤 화면 귀퉁이에 까만 머리통이 삐죽 튀어나온다. 지금 베이비시터가 있는 곳은 CCTV의 사각지대다. 대낮인데도 세탁실로 들어서는 통로는 어둡고 침침하다. 여자는 화면 속으로 들어가려는 듯 덜컥, 모니터 앞으로 상체를 쏟아낸다. 이윽고 여자의 입술이 씰룩거리기 시작한다. 도대체 뭘 하는 거지? 여자가 화면 귀퉁이와 아기가 잠들어 있는 방을 번갈아 살피는 사이, 진공청소기를 든 베이비시터가 거실 화면에 나타난다. 먼지 제거용 브러시까지 끼운 채다. 베이비시터가 난데없이 청소를 시작한다. 이른 아침, 청소는 이미 마친 상태다. 게다가 지금은 아기가 자고 있는 시간, 베이비시터의 유일한 휴식 시간이다. 이제 막 잠든 아기는 한참 후에나 베이비시터를 찾을 것이다. 택배 기사도 오지 않고, 생선차도 과일차도 떠들지 않는 오롯한 베이비시터만의 시간. 이 시간에 베이비시터는 스스로를 채찍질하듯 부지런을 떤다. 여자의 고개가 갸우뚱 기울어진다. 잘 이해가 되지 않는다는 표정이다. 그러나 여자의 표정을 알 수 없는 베이비시터는 옷방에서 거실, 거실에서 주방, 주방에서 안방으로 분할된 화면 속을 차례차례 나타났다 사라진다. 집 안의 모든 먼지를 빨아들이기 전까지는 청소기를 내려놓지 않을 기세다. 그러면서도 문득문득 시계를 올려다본다. 그 모습은 어쩐지 초조해 보인다. 청소가 끝나고 세탁기를 돌리고, 설거지를 하고, 이불을 널고 화분에 물을 주면서도 베이비시터는 자꾸 시계를 올려다본다. 열한 시가 조금 넘은 시간이다. 잠시 뒤, 거실 화면 쪽 인터폰에서 불빛이 반짝이기 시작한다. 파닥 놀란 베이비시터가 거실 쪽 화면에 나타난다. 누군가의 방문이다. 베이비시터는 선뜻 문을 열지 못한다. 한참의 시간이 흐르고, 인터폰 불빛이 몇 번 더 반짝거린 후에야 베이비시터가 겨우 문을 연다. 문 앞에는 낯선 사내가 서 있다. 베이비시터의 뒷모습에 가려 사내의 얼굴은 보이지 않는다. 다만 흙이 묻어 있는 사내의 구두코와 누런빛이 도는 바지 자락이 보일 따름이다. 당신과 여자의 미간이 동시에 일그러진다. 당신은 불현듯 여자가 꺼내 보고 있던 베이비시터의 자기소개서를 떠올린다. 혹시 베이비시터의 이혼한 전남편? 도박 빚을 지고 집을 뛰쳐나간 뒤 행방불명됐던. 과연 그 낯선 사내의 구두코는 처자식이 살고 있는 집마저 저당 잡히고 놀음판으로 달려갈 위인처럼 남루해 보인다. 여자는 낯선 사내와 마주 선 베이비시터의 뒤통수를 노려본다. 낯선 사내와 베이비시터 사이, 베이비시터와 여자 사이에 팽팽한 긴장이 흐른다. 그 사이는 불길하고 불쾌하다. 불편하고 긴 순간이다. 여자는 튀어나올 듯 두근거리는 가슴에 손을 얹으며 꿀꺽, 거대한 불안을 삼킨다. 여자가 목청을 가다듬고 물을 한 모금 마시는 사이, 베이비시터의 손에는 낯선 사내에게 건네받은 봉투 하나가 들려 있다. 여자는 봉투를 든 베이비시터의 손을 클로즈업한다. 그러나 아무런 단서도 찾지 못한다. 한숨이 터진다. 그것이 여자의 입에서 나온 것인지, 당신의 입에서 나온 것인지는 알 수 없다. 낯선 사내가 돌아간 뒤에도 베이비시터는 한참 동안 현관에 오도카니 서 있다. 그 모습은 갈 길을 잃은 사람 같다. 마치 낯선 역에 잘못 내린 사람처럼 날이 선 채로 10평도 되지 않는 좁은 거실을 두리번거린다. 여자나 여자의 남편에게 결코 보이지 않았던 모습이다. 이윽고 베이비시터가 아기방으로 들어선다. 아기는 뒤척임도 없이 잠들어 있다. 걷지 않은 블라인드 때문에 방 전체가 어둡다. 베이비시터의 등 뒤로 보이는 미키마우스 벽지가 어색하게 느껴진다. 벽지에 그려진 미키마우스의 꼬리가 베이비시터의 허벅지 위쪽으로 삐쭉 솟아나 있다. 얼핏 보면 베이비시터에게 꼬리가 생겨난 것 같다. 그 모습이 어쩐지 괴괴하다. 여자가 흠칫 놀란다. 잠든 아기를 찬찬히 내려다보는 꼬리 달린 베이비시터. 아기를 깨우기라도 하려는 듯, 베이비시터가 조심스럽게 아기의 볼을 톡톡 건드린다. 몇 번의 토닥거림에도 아기는 좀처럼 깨어나지 않는다. 곧이어 베이비시터의 입술이 달싹이기 시작한다. 노래를 하는 것도, 혼잣말을 하는 것도 같다. 역시 베이비시터의 대화 상대는 CCTV의 어느 앵글에도 잡히지 않는다.

당장이라도 비가 쏟아질 듯 구름이 무거워지고 있다. 사무실 창밖으로 바람에 흔들리는 거리의 가로수들이 보인다. 바람 때문에 밖은 꽤 쌀쌀한 풍경이다. 그런데도 여자는 연신 식은땀을 흘리고 있다. 축축해진 손바닥을 바지에 문질러도 손에는 땀이 금방 배어난다. 누굴까, 뭔가를 팔러 온 사람? 누굴까, 집 주소를 잘못 찾아온 사람? 누굴까, 정말 베이비시터의 전남편? 도대체 누굴까, 위험해 보이던 그 사람은. 당신은 여자의 머릿속이 하나의 질문으로 채워져 있음을 쉽게 짐작한다. 잠든 아기를 한참 동안 내려다보던 베이비시터가 방금 전 일은 아무것도 아니라는 듯 주방으로 들어선다. 느릿느릿 냉장고 문이 열리고 식탁 위에는 밥과 김치 그릇이 덩그러니 놓인다. 냉장고 속 반찬들은 암묵적으로 여자와 여자의 남편 그리고 아기의 것으로 나눠져 있다. 여자는 그 사실을 모르는 척 지켜본다. 겉절이를 좋아하는 여자를 위해 김치를 버무리던 베이비시터의 손을, 그 손으로 밥에 김치를 올려주곤 했던 것을 기억하지 못하는 얼굴이다. 베이비시터가 묵묵히 숟가락을 든다. 그러나 그런 채로 밥상을 멍하게 내려다볼 뿐이다. 잠자코 그것을 지켜보던 여자의 눈이 다시 한 번 흔들린다. 허공을 향해 벌어져 있던 베이비시터의 입이 다시 달싹거린다. 분명 누군가와 대화를 하고 있는 것처럼 보인다. 여자는 아기가 자고 있다는 것과 집이 비어 있다는 것, 베이비시터의 손에 전화기가 들려 있지 않음을 거듭 확인한다. 그리고 베이비시터의 입을 노려본다. 노래를 부르는 것 같지는 않다. 그 입술은 낯선 언어를 낯선 모양으로 발음하고 있다. 베이비시터의 입이 점차 크게 벌어진다. 어떻게 보면 누군가에게 화를 내고 있는 것처럼 보이기도 한다. 여자가 마른침을 삼킨다. 누군가에게 욕을 하는 건 아닐까, 생각하다가 자신도 모르게 중얼거린다. 들릴까 말까 한 목소리다.

"나, 나, 나쁜 것들, 지들은 좋은 것만 처먹으면서."

여자가 베이비시터의 입 모양에 맞춰 소리를 낸다.

"이러면 좋을 것 없지. 안 그래?"

이번에는 조선족 특유의 억양을 흉내 내며 중얼거린다.

"내가 조선족이라 하찮게 보여?"

여자는 화면 속 베이비시터의 입이 자신이 하는 말과 비슷하게 움직이고 있다고 여긴다. 베이비시터의 머리가 움직이고, 손이 올라가고, 입이 달싹거릴 때마다 여자는 영화 더빙을 하는 성우처럼 목소리를 낸다.

"당신이나 나나 다 똑같아. 최소한의 대우는 해줘야 하는 거 아니야? 다들 나를 무시하고 못 밟아서 난리지, 어떻게든 살아보겠다고 악착을 떠는 사람한테."

조용한 사무실에 날카로워진 여자의 목소리가 순간적으로 새어 나간다. 여자의 뜬금없는 대사에 파티션 위로 몇 개의 머리가 불쑥 나타났다 사라진다. 여자는 모니터를 들여다보고 있는 것이 두려워진다. 베이비시터가 대학을 졸업했다는 것도, 대학을 다니는 딸이 있다는 것도, 다른 집에서 성실히 아이를 돌봤다는 이력도 믿을 수 없다는 얼굴이다. 아무것도 확실한 것이 없는 베이비시터를 어디서부터 믿기 시작했을까. 여자는 화면에서 눈을 떼지 않고 되뇐다. 이상해, 이상해, 이상해. 그리고 이미 위험을 감지한 사람의 표정이 된다.

오후 세 시 반. 유리창으로 떨어지는 빗방울이 굵어지고 있다.

창밖의 빌딩들이 물보라에 뿌옇게 가려진다. 마침내 비가 내려다 보이는 모든 풍경을 지운다. 전화벨 소리와 자판 두드리는 소리, 조곤조곤하게 웅성이던 소음이 빗소리에 먹힌다. 냉랭해진 표정의 여자는 식은땀으로 흥건해진 손바닥을 쉴 새 없이 바지춤에 문지른다. 어느새 여자의 모니터 속에는 중국 베이비시터의 괴담과 관련된 자료들이 빼곡히 정렬되어 있다. 헤드라인은 다채롭다. '충격, 중국 베이비시터 사건 피해자 부부 자살' '중국 거대 장기 밀매단의 정체' '한국에서 사라진 아기들, 연변에서 발견돼' '인육 캡슐의 비밀' '중국 베이비 마피아' 등등. 여자는 간증처럼 쓰인 기사 몇 개를 찬찬히 읽어 내려간다. 그리고 나쁜 일이 일어난 게 아니라 단지 예방을 위한 것이라고 조그맣게 중얼거린다. 필요에 의해 베이비시터가 적어낸 몇 가지를 확인하는 것뿐이라고. 팩트, 팩트, 팩트. 여자는 단호한 얼굴이 된다. 이윽고 휴대전화를 든다. 손이 떨리고 있다. 휴대전화 불빛 때문에 여자의 얼굴이 창백해 보인다. 여자는 숨을 죽이고 서류에 적힌 번호를 노려본다. 낯설고 긴 번호다. 번호의 끝에서 어떤 소리가 들릴지. 여자가 번호를 누른다. 무슨 말을 할까, 그리고 무엇을 확인할 수 있을까. 당신도 무척 궁금해진다. 그리고 곧 흥미로운 사건이 펼쳐지길 기대한다. 말없이 휴대전화를 귀에 대고 있던 여자가 한 번 더 번호를 누른다. 여자의 얼굴이 어두워진다. 전화기에 찍힌 번호와 서류에 적혀 있는 번호를 몇 번이고 확인한다. 여자의 손이 심하게 떨린다. 이마에

식은땀이 솟는다. 베이비시터를 소개해준 업체에 전화를 걸어보았지만 그것 역시 소용없다. 휘청, 순간적으로 어지러움을 느낀 여자가 의자 손잡이를 움켜잡는다. 여자의 호흡이 빨라진다. 이제 모든 것이 분명해진다. 무엇인가를 결심한 듯 급하게 일어선다. 책상 위에 흩어져 있던 서류 몇 장이 바닥으로 떨어진다. 여자는 그것을 챙길 겨를이 없다. 허겁지겁 외투를 입고 가방을 든다. 그 순간이다. 막 파티션 밖으로 튀어 나가려던 찰나, 여자의 몸이 얼음처럼 굳는다. 갑자기 까맣게 변한 거실 쪽 CCTV 화면이 여자의 시선을 잡아챈다. 여자는 파티션 밖을 향해 반쯤 몸을 튼 상태로 화면을 노려본다. 화면 속의 그것은 까맣고 동그랗다. 물컹한 것 같기도 하고 단단한 것 같기도 하다. 움직이는 것 같지만 멈춰 있는 것. 저게 뭐지? 여자의 입이 씰룩거린다. 온몸의 신경이 미간으로 몰린다. 살아 있는 것 같기도, 죽어 있는 것 같기도 한 그것의 정체를 몰라 여자는 섣불리 움직이지 않는다. 이윽고 까만 화면에 빛이 들어온다. 그리고 한동안 빛과 어둠이 교차한다. 맨들맨들 까만 화면이 어떤 순간에는 하얗게 흔들린다. 여자는 두려움으로 몸을 움찔거린다. 달려갈 준비를 하는 종아리에 팽팽한 경련이 인다. 뭔가가 확실해진다면 당장이라도 튀어 나갈 자세다. 여자는 가물거리는 화면을 잡아채기라도 할 듯, 화면 앞으로 바짝 다가선다. 당신의 눈이, 여자의 눈이 깜빡거린다. 화면이 깜빡거린다. 악! 순간, 여자의 목에서 끔찍한 비명이 터져 나온다. 파티션 너머로 몇 개의 머리가 두리번거리며 올라온다. 곧이어 화면 가득 둥그렇고 까만 것이 선명하게 드러난다.

그것은 눈동자다.

여자가 숨을 죽인다. 화면 속에서 검은 눈동자가 깜박인다. 그 앞으로 다가가는 여자는 마치 사납게 으르렁거리는 사냥개와 마주한 듯한 자세다. 화면 속 까맣고 건조한 눈동자의 초점이 흐려졌다 또렷해지기를 반복한다. 여자가 침을 삼킨다. 검은빛과 하얀빛의 교차가 서서히 빨라진다. 흐릿한 윤곽의 얼굴이 화면에 잡힌다. 그 얼굴은 거대하다. 여자의 눈이 흐려진다. 초점이 맞지 않은 얼굴이 오른쪽으로 기울어진다. 흠칫 놀란 여자가 한 걸음 뒤로 물러선다. 다시, 길고 유난히 검은 눈매가 화면을 채운다. 베이비시터의 눈을 들여다보며 여자의 입술이 달싹거리기 시작한다.
"아기를 건드리기만 해봐. 당장 가서 죽여버릴 거야."
거대하게 확대된 눈이 파르르 떨린다.
"너 같은 걸 잡아 인생 망가뜨리는 건 아주 쉬운 일이야."
쥐 눈처럼 단단해진 눈동자가 대굴거린다.
"너에게도 딸이 있다고. 지구 끝까지라도 쫓아가서 끝장을 낼 거야."
대굴거리던 눈빛이 멈칫한다. 여자의 목에서 괴상한 울음이 터지기 시작한다.

"제, 제가 잘못했어요."

렌즈에서 눈동자가 멀어진다.

"그동안 잘못한 거 보상할게."

베이비시터의 얼굴이 다시 화면을 채운다.

"일부러 그랬던 건 아니야. 제발 용서해줘. 우리 아기만은……."

화면 속 베이비시터가 고개를 갸우뚱한다. 여자의 어깨가 들썩이기 시작한다. 바닥에 주저앉은 여자는 오열한다. 그러나 영문을 모르겠다는 표정이 된 베이비시터의 얼굴은 렌즈에서 멀어진다. 그리고 곧 거실 화면이 완전한 검은색으로 가려진다. 잠시 뒤, 휴대전화 벨이 울린다. 여자는 허겁지겁 외투 주머니를 뒤진다. 거실의 CCTV는 더 이상 아무것도 보여주지 않는다. 완전한 암흑 상태다. 여자는 더듬더듬 휴대전화를 찾다가 이내 메고 있던 가방을 거꾸로 뒤집는다. 와르르, 사무실 바닥에 여자의 소지품이 쏟아진다. 파티션 위에는 전보다 더 많은 머리가 올라와 있다. 흐느끼는 여자가 겨우 휴대전화를 찾아낸다. 재빨리 번호를 확인한다. 여자의 집이다. 여자는 다시 CCTV 화면을 본다. 주방에서 세탁실로 이어지는 화면 모퉁이에서 검은 점 하나가 움직이는 것을 발견한다. 까만 머리통이 그곳에서 좌표처럼 깜빡거리고 있다. 그곳은 CCTV의 사각지대다. 이제, 사무실의 거의 모든 사람이 파티션 위로 머리를 내밀고 있다. 수십 개의 눈이 주저앉아 있는 여자

를 향한다. 여자는 전화기를 귀에 대고 뻣뻣하게 굳어 있다. 얼굴
이 고통으로 일그러진다. 침묵하던 여자가 숨을 뱉어내듯 말한다.
"제발, 제발, 아기만은 살려주세요." 여자의 입에서 튀어나온 말은
불가항력적이다. 원하는 것은 다 해주겠다, 경찰에 신고는 절대 하
지 않겠다, 불쌍한 아기만은 제발 해치지 말아달라고, 여자는 애원
한다. 얼굴은 이미 눈물과 콧물로 범벅이 되어 있다. 심하게 어깨
를 들썩이며 쉴 새 없이 중얼거린다. 제발, 제발, 제발. 파티션 위로
올라온 머리들이 웅성거린다. 여자는 들고 있던 휴대전화를 바닥
에 내팽개치고 달리기 시작한다. 숨 쉴 겨를도 없이 있는 힘을 다
해 뛴다. 파티션 사이를 지나 통유리 복도를 달리는 여자의 발아
래 11월의 폭우가 사납게 몰아치고 있다. 어깨에 아무렇게나 걸쳐
져 있던 빈 가방이 복도 바닥에 저만치 나가떨어진다. 여자는 아
랑곳하지 않고 엘리베이터를 향해 전속력을 낸다. 다급한 힐 소리
가 복도를 울린다.

사무실이 술렁인다. 파티션과 파티션 사이에 달큰하고 미지근
한 기운이 감돈다. 파티션 위로 고개를 내밀었던 몇몇이 여자의
자리를 기웃거린다. 미처 정리되지 못한 서류와 소지품, 휴대전화
와 명함 몇 장이 바닥에 뒹굴고 있다. 그 앞을 서성이던 동료들 중
한 사람이 여자의 파티션 안으로 들어선다. 여자의 옆자리에서 여
자를 내려다보던 남자다. 남자는 바닥에 떨어져 있는 것들을 정리

하기 시작한다. 중국어로 적힌 서류 몇 장과 조악한 금박이 찍힌 대학 졸업장, 반쯤 접혀 있는 명함들을 차곡차곡 포갠다. 그다음에는 여자의 가방에서 쏟아져 나온 소지품들을 모아서 파티션 구석에 떨어져 있는 파우치 안에 집어넣는다. 곧이어 남자는 책상 위의 커피와 봉지만 뜯긴 빵을 한쪽으로 밀어놓는다. 그리고 파우치는 책상 위에, 서류는 서랍 안에 정리해 넣는다. 여자가 바로 찾을 수 있도록 노란색 포스트잇에 그것의 위치를 적어 메인 모니터 옆에 붙여놓는 친절도 발휘한다. 마지막으로 쓰러져 있는 의자를 세워 책상 안으로 밀어 넣는다. 잠시 두리번거리던 남자는 마침내 여자가 미처 닫지 못한 CCTV 화면을 들여다본다. 당신은 그의 눈에서 호기심을 읽어낸다. 그러나 잠시 동안 화면을 응시하던 남자는 이내 흥미를 잃는다. 이렇다 할 사건이 없기 때문이다. 화면 속에는 어둑어둑한 아기방과 그곳을 서성거리는 누군가의 움직임만 포착될 뿐이다. 남자는 늙고 마른 여자의 서성거림에서 불안함과 망설임을 동시에 본다. 무엇인가를 찾는 것 같기도 하고, 아닌 것 같기도 한. 그러면서도 눈은 카메라가 위치한 곳을 응시하기도 했는데 남자는 잠깐, 카메라 렌즈를 관통하는 눈과 마주쳤다는 착각을 한다. 그러나 곧 남자의 표정은 싱거워진다. 남자는 노트북 화면을 펼쳐둔 채로 여자의 자리를 빠져나온다. 그리고 곧장 탕비실로 가서 커피를 한잔 내린다. 커피를 내리는 동안 몇 명의 회사 동료가 그에게 방금 전 사건에 대해 묻는다. 남자는 자신이 알고 있는 모든 정보를 조합해 말한다. 생각보다 심각한 일이 벌어진 것 같다고. 그것은 어떤 범죄와 관련된 일이고, 어쩌면 조만간 사무실에 경찰이 찾아올지도 모르겠다고. 창밖은 여전히 폭우가 쏟아지고 바람이 불고, 간간이 천둥 번개가 치고 있다. 흥미진진한 사건을 기대했던 당신은 화면 속 베이비시터의 눈을 들여다보며 이내 맥이 빠진다. 껌벅이는 것 말고는 아무것도 할 수 없는 무기력한 눈. 당신은 이미, 이 이야기의 결론을 알고 있다. 아마도 베이비시터는 다른 직장을 알아봐야 할 것이다. 어쩌면 다시는 아이 돌보는 일은 하지 않을지도 모른다. 대신에 고깃집이나 찜질방 같은 곳을 전전할 것이고 그곳에서도 미련해 보일 만큼 성실할 것이다. 그것을 또 누군가는 지켜보고 있겠지. 당신은 이런 결론이 마음에 들지 않는다. 당신은 당신과 상관없는 이야기들이 조금 더 드라마틱하게 연출되기를 바란다. 이를테면 갑자기 아기를 잃어버린 사람들과 아기를 데려간 사람들의 배후, 그 배후에 기생하는 무수한 이야기들. 그것이 양산되는 적당한 온도와 습도를 당신은 아주 잘 알고 있다.

*

이상한 자장가를 부르는 여자를 조심하라고, 당신이 누군가에게 말한다. 좁은 이마와 쌍꺼풀 없는 눈매, 튀어나온 광대와 얇은 입술, 작은 체구에 단단함이 느껴지는 팔과 다리. 여자는 중국 어느 부족의 주술 같은 괴괴한 자장가를 부르곤 한다고. 당신은 또, 그 여자가 가지고 다니는 이름 모를 대학의 졸업장과 가족 증명서 따위를 절대로 믿지 말라고 당부한다. 사실 그 여자는 죽은 아기를 잘게 잘라 그늘에 말린 뒤, 가루나 환을 만들어 파는 여자라고. 어느 집에서 납치해 온 아기가 아직도 여자의 허리춤에 매달려 있다고. 걸을 때마다 그 허리춤에서 바스락, 바스락하고 기분 나쁜 비닐봉지 소리가 난다고. 당신은 말한다. 그 목소리는 어느 때보다 낮고 고요하다.

네 개의 이름

당신은 한 번쯤 나의 일부였거나 나의 일부로 기억된 적이 있다. 적어도 당신은 내게 기대어 누군가를 기다리거나, 걸터앉아 운동화 끈을 맨 적이 있을 것이다. 어쩌면 당신은 담배를 피우는 교복 무리 중 하나였을지도 모른다. 간밤의 일을 망각한 채 널브러진 취객이었을 수도 있다. 희미한 가로등 아래 은밀한 손길을 주고받던 어린 연인이었거나 몰래 쓰레기를 버리고 돌아서는 노인 혹은 신문을 덮고 선잠이 든 노숙자였을 수도 있다. 안다. 나는 침대가 아니다. 내게 침대의 안락함을 기대했다면 당신은 곧 실망하게 될 것이다. 물론, 의자도 아니다. 밤이 되면 실내로 옮겨지는 여느 의자들과 달리 나는 움직임에 자유롭지 못하다. 실내의 삶을 모르는 나는 결코 당신의 안식처가 될 수 없다. 나는 조금 다른 방식으로 소모된다. 당신이 누구인지, 어디에서 왔는지, 어디로 갈 것이고 얼마나 머물 것인지 묻지 않는 방식으로. 나는 내 위에 앉거나 눕는 사람들에게 침묵으로 그 의무를 다한다. 그저 조용히 어깨와 무릎을 빌려줄 뿐이다. 나는 그렇게 매일 다른 당신을 만난다. 그러나 모두를 기억하지는 않는다. 공평하게 기억하고 공평하게 잊는다. 그렇지만 내게도 명치와 같은 것이 있어서 이따금씩 툭, 하고 걸리는 사람들이 있다. 철마다 모든 것이 변하는 세상에 살지만 똑같은 날들을 반복한다는 점에서, 나는 그들과 같은 부류에 속한다. 나는 그들에게 단 한 번도 문 닫은 적 없는 카페고 술집이다. 모든 밀어와 욕설, 말하지 못하는 비밀과 진실을 엿듣는 조용하고 긴 의자, 나는 벤치다.

이름이 네 개인 여자를 안다.

버스정류장 뒤쪽으로 난 공원은 야트막한 빌라들이 담처럼 둘러진 곳이었다. 공원이라면 공원으로, 공터라면 공터로도 볼 수 있는 곳. 어쨌든 공원 둘레에 나를 포함한 벤치들이 죽 놓여 있어서 사람들은 그곳을 '벤치 공원'이라고 불렀다. 잔잔한 바람이 부는 날에는 꽤 많은 사람이 공원으로 산책을 나왔다. 여자도 거의 매일 개 한 마리를 끌고 산책을 했고, 사람들 속에 섞여 조금 걷다가 내게로 왔다. 그리고 개와 나란히 앉아 오가는 사람들을 봤다. 아이들이 뛰어노는 것을 보고, 때로는 그들과 가벼운 눈인사를 나눴다. 그럴 때마다 여자는 자신의 생활이 이제는 다른 사람들과 비슷해지고 있다는 묘한 안도감을 느꼈다.

여자는 하얀 피부에 눈에 띌 정도로 까맣고 긴 머리칼을 가졌다. 머리를 하나로 묶으면 엉덩이에 와 닿는 정도. 젊지도 늙지도 않은 여자의 긴 머리는 어쩐지 숨겨진 사연이 있지 않을까, 하는 생각이 들게 했다. 동그스름한 얼굴에 친절해 보이는 눈매, 날카로운 콧날에 고집이 있어 보이는 입술. 여자의 첫인상은 '성격은 활발하지만 말이 없다'거나 '내성적인 것 같지만 의외로 사교성 있는' 정도의 알 듯 말 듯 한 분위기를 풍겼다.
나는 얇고 가벼운 목소리로 말하는 여자의 이야기를 듣는 것이 좋았다. 하지만 너무 작게 소곤거리는 버릇이 있어 귀를 기울이지 않으면 얘기를 놓치기 일쑤였다. 나는 그것이 목에 난 흉터 때문이 아닌가 짐작했다. 칼로 베인 것 같은 상처가 목 중앙에서 턱 밑까지 선처럼 얇게 솟아 있었다. 흉터는 목에 두른 스카프로 충분히 가려졌지만, 규칙적으로 스카프를 고쳐 매는 습관 때문에 상처는 오히려 눈에 띄었다. 그러나 정작 사람들이 기억하는 것은 여자의 긴 머리도, 묘한 인상도, 목에 난 상처도 아니었다. 훗날, 여자와 대화를 자주 나눴다는 한 주민은 '뚜렷한 특징이 없는 얼굴이라서 잘 기억나지 않지만 분명히 북한말을 썼다'고 말했다.

여자가 처음 공원에 나타난 것은 8개월 전이었다. 공원 근처 빌라의 반지하로 이사 온 여자는 거의 매일 같은 시간에 내게로 왔다. 공원의 하늘이 붉은빛으로 물들어갈 즈음. 볕이 좋은 날은 조금 더 일찍 왔고, 바람이 사나운 어느 날은 조금 더 늦게 나왔다. 어쨌든 그 시간은 공원에 사람이 가장 많이 붐비는 때였다. 여자는 누렇고 커다란 똥개, 똥개 말고는 달리 종을 설명할 수 없는 개 한 마리와 함께였다. 제대로 산책을 하는 일은 거의 없었다. 그저 사람들 무리를 따라 공원 둘레를 휘, 도는 것이 전부였다. 개도 산책에는 관심이 없는 듯 여자를 따라 몇 걸음 걷고는 곧 여자의 발치에 자리를 잡았다. 여자는 그렇게 앉아 사람들을 봤다. 버스가 도착할 때마다 여자의 고개는 왼쪽에서 오른쪽으로 천천히 돌아갔다. 그리고 기회가 생길 때마다, 가령 누군가 길을 묻는다거나 우연히 눈이 마주쳤다거나 혹은 나란히 앉게 된다거나 하면 여자는 그 기회를 놓치지 않았다. 눈을 반짝거리며 상대에게 말을 걸었다. 나이나 성별, 인상이나 차림새 같은 것은 신경 쓰지 않았다. 상대가 혹 험악한 인상을 가지고 있더라도 여자의 친절한 태도는 바뀌지 않았다. 여자는 조곤조곤 인사를 건네고 날씨 이야기를 꺼냈다. 한참 소란스러운 사건이나 사고에 대해 가볍게 묻고 대답했다. 가끔은 뜬금없이 오른 배춧값이나 마늘값 등을 투덜거리기도 했다. 그러다가 상대가 공감의 표시로 고개라도 끄덕이면, 여자는 다짜고짜 자신의 이름을 말했다. 당신의 이름은 뭔가요? 내 이름은, 하고. 하지만 여자의 물음에 이름을 말해주는 사람은 드물었다. 대부분은 약속시간이 다 되었다거나 가스레인지에 올려놓은 무엇인가가 생각났다거나 다급한 전화를 핑계로 서둘러 일어섰다. 여자는 조금 서운하긴 했지만 자신이 알고 있는 상식적인 인사법을 바꾸지는 않았다.

직장은 버스 종점 근처에 있다고, 여자는 말한 적이 있었다. 상대는 내 옆에 있는 나무에 등을 치고 있던 아줌마였다. 아줌마는 종점 근처 야산에 가끔 밤을 주우러 간다고 했다. 아직은 여물지 않아서 그렇지 가을이 되면 밤이 천지라고, 그런데 그런 곳에 회사가 있었나? 하며 여자의 눈치를 살폈다. 여자가 말했다. "사육장이 하나 있어요, 개를 키우는." 물론 여자는 사육장이라는 말 대신 '애경 농장'이나 '애경 유통' 같은 상호를 말할 수도 있었다. 그러나 그것은 어쩐지 정직하지 못한 일처럼 여겨졌다. 여자는 성실했고 보수에도 만족했다. 개를 돌보는 일을 좋아하지만 그 일을 오래할 생각은 없어서 아직은 임시직이라고, 조그맣게 덧붙였다. 아줌마가 미간을 찌푸리며 말했다. "아, 거기라면 개를 잡는 곳 아니우?" 아줌마는 빤한 눈으로 여자 발치에 엎드려 있는 개를 내려다봤다. 도무지 여자가 하는 일을 모르겠다는 표정이었다. 여자는 다급하게 "아니요, 그곳은 개를 키우는 곳이지 죽이지는 않아요"라고 했지만 그것은 사실이 아니었다. 아줌마는 화제를 돌리려는 듯 조그마한 소리로 개를 불렀다. "개야, 쯧쯧쯧쭈." 개는 움직이지 않고 귀만 움찔거렸다. 여자는 개의 이름을 알려주고 싶었지만, 개에게는 아직 이름이 없었다. 그래도 개의 상태가 예전보다 많이 나아졌다는 생각에 기분이 좋았다. 돌이켜보니 공원으로 오는 길에 여자는 개 때문에 걸음을 멈춘 적이 없었다. 목줄을 끌고 실랑이를 한 것도, 오줌을 지리며 아무 데나 주저앉는 개 때문에 얼굴을 붉힌 것도 꽤 오래전 일이었다. 등치기 운동을 끝낸 아줌마가 앞뒤로 박수를 치며 공원 밖으로 사라졌다. 그것을 말끄러미 보던 여자가 개를 향해 중얼거렸다. "너에게도 이름이 있어야 하는데." 여자는 허리를 굽혀 잠든 개의 콧등을 쓰다듬었다. 개에게 어울리는 이름, 개 이름으로 너무 흔하지 않은 것으로. 수십 개의 이름이 떠올랐지만 선뜻 정하기가 어려웠다. 여자는 오랫동안 그것에 대해 생각했다. 앞을 지나가던 여자아이가 개를 보고 걸음을 멈췄다. 서너 발짝 물러서서 개를 향해 멍멍아, 했다. 여자는 아이에게 가벼운 눈인사를 했다. 수줍은 듯, 아이가 배시시 웃었다. 여자는 아이를 향해 가까이 오라고 손짓했다. 그런 동시에 공원 벤치에 앉아 개 이름 같은 것을 생각할 수 있는 이 시간이 얼마나 만족스러운지 새삼 깨달았다. 그때였다. "미정아!" 이름을 부르는 소리에 여자와 아이의 고개가 동시에 돌아갔다. 둘은 공원 모퉁이의 정자를 봤다. 아이 엄마가 손짓을 하고 있었다. 아이가 아쉬운 듯 개를 한번 돌아보고 정자를 향해 뛰어갔다. 여자는 아이의 뒷모습을 바라봤다. 그리고 자신의 첫번째 이름을 중얼거렸다. 미정. 보기 좋게 살라는 의미로 아름다울 미(美), 머무를 정(停), 미정.

여자의 첫번째 이름에 관해서 들은 날은 새벽부터 내린 비가 서서히 그치던 오후였다. 우산을 접어 내 옆에 비스듬히 세워놓은 여자는 공원을 두리번거리고 있었다. 여자 쪽으로 걸어오는 남학생과 눈이 마주친 것은 바로 그때였다. 나는 공원 벤치들 중 유일하게 나무 아래 있었고, 가장 덜 젖은 벤치였다. 남학생은 곧장 내게로 걸어왔다. 스무 살쯤 되어 보였고, 여자가 앉아 있는 반대쪽에 자리를 잡았다. 여자는 손바닥만 한 책을 펼쳐 드는 남학생을 힐끗거렸다. 그에게 느닷없이 이름에 관한 질문을 던지게 된 것은 순전히 책 제목 때문이었다. 여자가 "지금은 아무도 불러주지 않는 이름이 있는데, 그걸 본명이라고 말할 수 있을까요?" 하고 물었을 때, 어리둥절해진 남학생은 얼떨결에 '입술에 묻은 이름'이라는 제목의 책을 덮었다. 매우 난감해하는 얼굴이었다. 남학생은 철학적이면서도 문학적인 대답을 해야 할지, 아니면 현실적이고도 논리적으로 말해야 할지 잠깐 고민하는 눈치였으나 이내 포기하고 그냥 "첫번째 이름이 본명 아닌가?" 했다. 고개를 갸우뚱하던 여자는 지금은 불리지 않는 어릴 적 이름이 '림미정'임을 밝혔다. 부모님이 지어주었다는 것과 흔한 이름이지만 뜻이 희귀하다는 말을 덧붙였다. 자신이 가장 좋아하는 이름이고, 불릴 때마다 엄마 얼굴이 생각나는 묘한 이름이라는 것도 얘기하고 싶었지만 여자는 그만두기로 했다. '그건 내 알 바 아니고' 하는 표정의 남학생이 "미정? 아무것도 정해지지 않았다는 뜻의 미정인가?" 하고 말했기 때문이다. 여자의 눈에 장난기가 스쳤다. 지금은 이름이 바뀌었는데도 누군가 이름을 물으면 자꾸만 림미정, 림미정 한다며 "이름이 네 개나 돼서 그런가, 저도 헷갈린다니까요" 했다. 어색하게 웃어주던 남학생은 건성으로 고개를 끄덕였다. 눈은 여전히 휴대전화에 고정한 상태였다. 남학생의 손이 그날따라 유난히 늦는 친구를 타박하고 있었다. '빨리 와, 졸라 이상한 조선족 아줌마가 자꾸 말시킴. 개짜증.'

그래도 여자의 얼굴에는 옅은 미소가 번졌다. 자기 감정에 빠진 여자는 "딱, 봄 같은 봄날이었어요" 하고 이야기를 시작했다. 어릴 적 여자가 살던 곳은 이삼 층짜리 집들이 모여 있는 동네였다. 이곳 공원처럼 아이들이 뛰어놀기 좋은 공터도 있었다. 막 잠에서 깬 여자의 손을 잡고, 여자의 엄마는 자주 산책을 나가곤 했다. 공터를 가로질러 뒷산으로 가면서 여자의 엄마는 몇 번이고 어린 여자의 손을 끌어당겼다. 대로에 솟아 있는 김일성 동상을 지나고, 시멘트로 만들어진 화단을 지나고, 야트막한 야산의 오솔길을 지났다. 그 길을 따라 걸으며 "미정아, 꽃이 참 곱디?" "미정아, 저것 보라." "이것 좀 보라. 미정아, 미정아" 하며 다정하게 말을 걸었다.

그러고는 고무줄로 바짝 당겨 묶은 까만 머리통과 쌍꺼풀이 진한 동그란 눈, 통통하고 발그스름한 다섯 살짜리 여자의 볼을 살짝 꼬집어 흔들었다. 여자 엄마의 말을 빌리자면 '오돌차게도 생긴' 여자의 얼굴. 그렇게 말할 때 여자는 약간의 슬픔과 함께 회상에 빠진 사람 특유의 눈빛을 지어 보였다. 여자는 이어서 그 시절 자신이 얼마나 그림을 잘 그렸는지, 그 소질이 얼마나 특별한 것이었는지, 그럼에도 예술가가 되지 못한 사연 등을 다소 지나칠 만큼 세세하게 설명했다. 너무나 빤한 얘기로 들렸지만 남학생은 최선을 다해 여자의 말에 고개를 끄덕거렸다. 왜인지는 알 수 없지만 이제 남학생은 회상에 젖어 고향 얘기를 털어놓는 여자의 상황에 약간의 동정심과 측은함, 심지어는 미안한 감정까지 느끼는 듯한 얼굴을 하고 있었다.

여러 번 들은 얘기지만 여자는 아주 오래전에 두만강을 건넜다고 남학생에게 말했다. 잘못을 고백하듯 목소리는 점점 더 작아지고 있었다. 그때 여자는 어린 처녀였고, 굶지 않는 것이 꿈의 전부였다. 꽝꽝 언 두만강을 건너 중국으로 간 것, 뛰고, 걷고, 다시 뛰길 반복해 두만강으로부터 가장 멀리 떨어진 곳에 숨은 것, 숨어서 할 수 있는 수만 가지 일을 했지만 결국 다시 잡혀 오는 신세가 된 것은 좀 상투적이었다. 그러나 여자는 그동안 자신에게 일어난 일과 그 심정을 되도록 솔직하고 담담하게 말하려고 애썼다. 하지만 남학생을 포함해 대부분의 사람들은 끝내 여자가 조선족인지 탈북자인지조차 구분하지 못했다. 언젠가 여자가 자신은 새터민이고 그것을 인생의 좋은 출발점으로 생각한다고 말한 적이 있었지만 사람들은 그 말뜻을 이해하지 못했다. 그리고 결정적으로 아무런 관심이 없었다. 여자는 무엇보다 사람들이 먼저 말을 걸어주기를, 그래서 호기심도, 연민도, 무시도, 경멸도 없는 얼굴로 시시콜콜한 대화를 나누길 바랐다. 그러나 얼마 지나지 않아 그것이 자신의 인생에 그렇게까지 큰 즐거움을 선사하지는 않는다고 생각하기로 마음먹었다. 여자가 순순히 모든 것을 수용하고 마음의 안정을 되찾기까지는 약간의 시간이 더 지나야 했다.

그때부터 산책은 조금 더 순조로웠다. 여자는 더욱 자연스러운 방법으로 사람들과 대화하기 시작했다. 가볍게 눈인사를 주고받는 사람들이 생겼다. 요구르트나 사탕 같은 것을 나눠주는 사람도 있었다. 때로는 여자의 이야기에 순수한 흥미를 보이는 사람을 만나기도 했다. 여자가 친절함을 유지할 수 없었던 몇몇과의 대화를 제외한다면 말이다.

여자를 곤란하게 한 케이스 중에는 김일성이 죽었을 때 휴가를 반납해야 했던 왕년의 '군인 아저씨'도 포함되어 있었다. 그 시절 최전방 부대에 막 입대했던 그는 김일성의 죽음이 자신의 인생에 어마어마한 파장을 일으켰다고 여자에게 호소했다. 얼큰하게 취한 그의 말은 두서가 없었다. 대화가 불가능할 거라 생각하고 고개를 돌리는 여자에게 이번에는 그가 막무가내였다. 그는 부대를 통틀어 가장 악질로 꼽히는 사수를 두었지만 그것은 갑작스러운 여자친구의 이별 통보에 비하면 아무것도 아니었다고 서두를 뗐다. 그의 회상에 따르면 그가 여자친구를 놓친 이유는 순전히 '김일성이 뒈지는 바람에'였다. 그날따라 가장 친한 친구와 여자친구가 함께 면회를 왔다. 하필이면 그때 김일성이 죽은 것이다. 비상소집이 발효되었고, 급하게 부대로 복귀했으며, 당분간 휴가는 반납해야만 했다. 비상근무로 밤을 새우고, 땀과 모기, 욕과 얼차려와 싸우는 동안 그는 그에게 일어날 수 있는 모든 비극이 자신의 삶에 자석처럼 달라붙는 것을 경험했다. 그는 비극의 하이라이트를 노래 비슷한 것으로 흥얼거렸다. "그년과 내 친구는 연락도 없고 나를 피하는 것 같아" 하고. '김일성이 뒈지는' 날에 면회를 온 여자친구와 절친은 함께 밤을 보내게 되었고, 때문에 바람이 났으며, 그는 절친과 여친을 동시에 잃는 불행을 겪었다. 여자를 믿지 못하게 된 것은 그때부터라고 했다. 게다가 지금의 아내를 만난 것은 그 괴로움을 잊고자 마셔댔던 술 때문이고, 결과적으로 그는 취하지 않으면 아내와 그 여자를 꼭 닮은 딸년들을 볼 수가 없다고 가슴을 쳤다. 침을 튀기며 열변하는 그의 말투는 여자에게도 책임이 있다고 타박하는 것 같았다. 그러나 그보다 놀라운 것은 여자의 태도였다. 천성적으로 남을 비난할 줄 모르는 사람의 태도를 지나쳐 실제로 자신이 김일성의 죽음에 일조라도 한 것처럼 안절부절못했다. 미안해요, 라고 조그맣게 중얼거리기도 했다. 여자를 노려보는 그의 얼굴은 폭발하기 일보 직전이었다. 위험을 직감한 여자가 자리를 피하려고 일어섰지만 분위기는 더욱 험악해졌다. 그는 여자의 손목을 거칠게 잡아끌며 외쳤다. "가만있으라고. 이 종간나 에미나이!"

'종간나 에미나이'가 여자의 이름이었던 적은 없다. 하지만 여자의 팔에 돋은 소름을 보고, 나는 여자의 이름 하나를 떠올렸다. 그 이름은 유일하게 여자의 혼잣말 속에서만 들을 수 있었던 이름이다. 이일구. 여자의 입에서 그 이름이 흘러나오기까지 여자는 차가운 시멘트 바닥과 철장, 까맣게 때가 절은 솜이불과 지린내, 그리고 그곳에 송장처럼 누워 닳고 닳은 손톱을 물어뜯던 자신을 떠올렸을지도 모른다. 하지만 그런 생각을 하는 것은 아주 짧은 순간에 불과했다. 여자는 이일구라는 이름을 말하고는 피식, 한숨 같은 짧은 숨을 내쉬었다. 그리고 "다 지난 일인데……" 했다. 무감각해지려는 듯, 여자는 반복해서 그 이름을 중얼거렸다.
　내가 들은 바를 종합해보면 이일구는 이름이 아니라 숫자, 219였다. 그것은 '림미정'이라는 여자의 이름 대신 가슴에 새겨진 번호였다. 여자가 계획했던 모든 것이 슬프고 재미없는 방향으로만 흘러가던 때였다. 그것은 마치 위도 219도 내지는 경도 219도처럼 측정이 불가능한 어딘가를 표류하는 듯한 느낌이라고 여자

는 말했다. 이제 그런 고난은 더 이상 없을 거라고 중얼거리면서
도 여전히 그것에서 벗어나지 못한 자신을 발견했다. 불과 2년 만
에 여자는 제 발로 건넜던 두만강을 다시 건너야 했다. 강제 북송
이었다. 여자의 목소리가 흔들리기 시작한 것은 강제 북송되는 차
안에서 두세 살쯤 되어 보이는 여자아이와 아이 엄마를 만났다고
말하는 순간부터였다. 여자가 박스처럼 생긴 트럭에 올라탔을 때,
아이와 아이 엄마는 구석에 앉아 있었다. 엄마 품에 안겨 있던 아
이는 한참을 칭얼거렸다. 아이 엄마의 말에 따르면 차 안에서 이
틀을 지냈는데 아무것도 먹지 못했다고 했다. 아이 엄마가 백지장
같은 표정으로 여자에게 말했다. 젖이라도 나오면 먹이고 싶은데
그러질 못했다고, 혹시 먹을 것이 있느냐고. 여자는 빈손을 내보
였다. 아이 엄마는 그것을 한참이나 들여다봤다. 그러고는 무표정
한 얼굴로 "부탁 하나만 들어주십시오. 이 아이 목을 좀 눌러줄 수
는 없겠습니까?" 했다. 여자는 그 말뜻을 생각하느라 한참 동안 멍
하게 아이 엄마의 얼굴을 쳐다봤다. 말투가 너무 아무렇지 않아서
였다. 물론, 여자는 잘못 들은 게 아니라는 것을 알고 있었다. 아이
엄마의 눈, 공포에 잠식된 그 눈을 들여다보고 있었기 때문이다.
여기에서 여자는 문득 말을 멈췄다. 여자의 어깨가 조금씩 흔들리
고 있었다. 고개를 뒤로 젖히고 불콰해진 눈을 여러 번 깜빡거렸
다. 잠시 숨을 고른 뒤 천천히 말을 이어갔다. 아이 엄마의 눈을 외
면한 채 아무것도 생각하지 않으려고 몸부림을 쳤다고. 여자로부

터 시선을 거둔 아이 엄마가 잠든 아이를 꼭 끌어안고 아이의 뺨에 자신의 뺨을 비비는 것을 보면서도, 비빈 뺨 위에 입을 맞추고 아이의 가는 목에 두 손을 올리는 것을 보면서도 여자는 그저 피가 나도록 자신의 혀를 깨물기만 했다. 여자가 한 일은 공포를 이기기 위해 겨우 목구멍으로 삼킬 못이나 철사 조각을 찾아 바닥을 더듬은 것이 전부였다. 트럭 바닥에서 작고 날카로운 철 조각을 발견했을 때 여자는 비로소 안도했다. 공포가 사라지자 머릿속이 텅 빈 기분이었다. 그 때문인지도 모른다. 보위부에 들어섰을 때, 여자는 자신의 이름이 기억나지 않는 희한한 일을 경험했다. 이름이라 여겨지는 세 글자가 머리 위로 아득하게 멀어지다 휘발되는 느낌이었다. 2년의 노동단련을 결정한 조사관이 여러 번 여자의 이름을 되물었지만 결국 아무것도 대답할 수 없었다. 조사관의 눈이 표독스럽게 일그러지고, 다시 한 번 여자의 이름을 물었을 때, 여자는 목구멍으로 올라오는 시큼한 무엇인가를 조사실 바닥에 와락 토해놓았다. 이것으로 여자의 형량은 1년이 더 늘어났다. 죄명은 '국가 모독'이었다.

"개 사육장 냄새를 알아요? 그 냄새를 안다는 건 사람이 찢기고 부서지면서 나는 냄새를 알고 있다는 얘기예요." 여자는 벤치에 널브러진, 이제는 말 대신에 코를 골고 있는 왕년의 군인 아저씨를 향해 말했다. 이야기를 듣고 있는지 아닌지는 알 수 없었지만 그는 가끔 '응' '그래'와 같은 대답을 잠꼬대처럼 중얼거렸다. 여자는 처음 사육장에 들어섰을 때부터, 사실은 자신도 모르게 이일구라는 이름을 떠올렸노라고 낮고 차분하게 말했다. 냄새 때문이라고 했다. 크고 묵직한 무엇인가가 깊게 썩어가는 냄새. 냄새 말고는 아무것도 될 수 없는 고름과 진물, 구더기와 파리 같은 것. 무엇으로도 씻을 수 없는 냄새는 아주 오래전부터 여자의 몸 깊숙한 곳에 배어 있다고 했다. 여자의 부모가 시체가 되어 나란히 누워 있는 꿈을 꾼 날, 혹은 쓸데없는 농담을 늘어놓던 친구들이 하나둘 사라지던 밤이면 어김없이 여자의 몸에서 올라오던 냄새. 이제는 거의 본능적으로 그것을 느낄 수 있다고 했다. 여자가 입술을 조용히 달싹거렸다. "그땐 그랬어요. 개나 나나, 나나 개나."

"개들은 라면 박스만 한 공간에서 먹고 싸요. 그러니까 그곳을 나올 필요도 없고, 나온 적도 없어요. 개장만큼 자라야 그나마 도살장으로 갈 수 있지요. 도살장으로 가면서도 개들은 꼬리를 흔들어요. 아무것도 몰라서 그러는 게 아니라, 다 알아서 그래요. 낯선 사람이 와도 아예 짖지를 않아요. 먹이러 오는 사람이나, 먹으러 오는 사람이나 뭐가 다르겠어요. 거기 있으면요, 개들은 먹는 것과 못 먹는 것도 구별하지 못해요. 이상한 냄새가 나는 사료를, 음식쓰레기를, 죽은 개의 사체까지도 오독오독 씹어 먹어요."

여자는 개를 내려다보았다. 술에 취한 아저씨 때문에 개는 여자로부터 멀찌감치 떨어져 있었다. 개는 여자가 사육장에서 데리고 나온 개였고 개들 중에서도 특별히 먹성이 좋았다. 썩어서 곰팡이가 핀 음식을 먹어댔다. 언젠가는 다리 하나가 없이 태어난 제 새끼를 여자가 보는 앞에서 먹어치우기도 했다. 물론 빈번하게 일어나는 일이라 놀라지는 않았지만 여자는 문득, 개를 집으로 데려와야겠다고 생각했다. 어떤 것을 계획했던 것은 아니다. 어느 날 밤, 여자는 밖으로 나오지 않으려고 발버둥 치는 개를 개장에서 끌어냈다. 개는 질퍽거리는 바닥에 주저앉아 퍼덕퍼덕 소리를 냈다. 여자는 철장에 묶여 있던 빨랫줄을 개의 목에 걸었다. 마침내 개를 끌고 사육장 밖으로 나왔을 때, 밖은 유난히도 고요했다. 늦은 새벽이었고, 개는 짖지 않았다. 여자는 개와 함께 새벽 논두렁을 걸었다. 걸으며 생각했다. 아침마다 산책을 함께 가야지, 하고. 개를 몰래 훔친 것이 여섯 달 전 일이니, 여자와 개는 벌써 6개월을 함께한 사이였다. 개를 내려다보는 여자의 표정은 뭔가 좋은 일을 한 것 같은 얼굴이었다. 평온했고, 무엇보다 개의 몸집이 개장의 크기를 넘어선 것을 뿌듯해하는 것 같았다. 장난기가 발동한 여자는 개의 콧잔등을 손가락으로 톡 건드렸다. 재채기를 하듯 개가 주둥이를 찡긋거렸다.

언젠가 여자가 말했다. 일을 마친 오후, 공원에 나와 누군가에게 말을 걸 수 있다는 사실이 새삼 벅찬 행복이라고. 지금도 배고

품과 학대에 고통당하고 있는 동포들이 있는데, 어떻게 불행하다는 생각을 할 수 있겠느냐고. 하지만 곧바로 그런 생각 자체가 아주 불온한 것 같다며 자신이 한 말을 스스로 정정했다. "꼭 그게 아니더라도 이곳에 정착한 하루하루를 감사하며 살아가고 있답니다" 하고. 그러면서 자신의 말을 듣고 있던 몇몇 주민들의 표정을 세세하게 살폈다. 그러나 사람들은 적당하게 따스한 햇볕과 시원한 바람, 색색으로 물든 나뭇잎이 바스락거리는 이런 날, 왜 하필 저런 이야기를 꺼내는지 알 수 없다는 표정이었다.

사람들의 반응이 심드렁하다고 느꼈는지 여자는 '푸셰'라는 이름에 대해 말하기 시작했다. 마치 부끄러운 고백을 하는 사람처럼 중국어 성조와 함께 이름을 발음할 때에는 얼굴까지 붉혔다. 여자가 두만강을 건너가 세번째로 얻은 이름, '푸셰(腹瀉)'는 중국어로 '설사'라는 뜻이라고 했다. 누군가 "에이, 사람 이름이 어떻게 그래요?" 하자 여자가 목청을 가다듬으며 "그래도 그 이름 덕에 지금까지 제가 살아 있는 거예요" 했다. 여자의 비유에 따르면 단련소에서의 이름 '이일구'와 '푸셰' 사이에는 두만강이 흐른다고 했다. 그때는 여자가 막 단련소 형량을 마친 시기였고, 죽지 못해 살아 있던 때이기도 했다. 그러나 여자는 곧 밖에서도 살아 있기 힘든 것은 마찬가지라는 사실을 깨달았다. 뿔뿔이 흩어진 가족의 생사를 알고자 하는 여력조차 없었다. 생사를 안다고 해도 달라질 것은 아무것도 없었다. 여자는 하루의 거의 대부분을 죽음에 대해 생각했다. 엉성한 허벅지에 가죽처럼 늘어진 살을 내려다보며 조용히 끝을 기다렸다. 그러다가 생각한 것이 두만강을 건너다 총에 맞아 죽는 일이었다. 여자는 되도록 빨리, 그리고 확실하게 끝을 맞이하고 싶었다. 너무 이르지도 너무 늦지도 않은 밤에 발목에서 무릎, 무릎에서 가슴까지 출렁이는 강을 건너며 깊이를 가늠했다. 총을 맞지 않는다면 강물이 자신을 삼켜주기를. 그러나 가슴 높이의 강은 더 이상 깊어지지 않았다. 풀벌레 소리 말고는 아무것도 들리지 않는 고요한 밤이었다. 강을 다 건너고 뒤를 돌아봤을 때, 컹컹 개 짖는 소리가 들려왔다. 여자가 거기 있는 것을 아는지 모르는지 플래시 불빛이 여자를 비켜 어둠 속으로 사라지는 것이 보였다. 뜻하지 않게 강을 건넌 여자는 무작정 걸었다. 산과 들과 물을 지나는 동안 자신이 살아 있는 것인지 죽은 것인지 여러 번 헷갈렸다. 계속 걸으면서 눈에 보이는 모든 것을 삼켰다. 귀뚜라미를, 이름 모를 풀을, 냇물을, 개구리를, 쥐를. 며칠이 지났는지, 몇 달이 흘렀는지 알 수 없었다. 마침내 여자는 어느 산기슭, 그야말로 외딴집 앞에서 와르르 무너졌다. 와르르, 라고 말하는 여자의 눈두덩이 붉어졌다. 여자가 손으로 눈가를 훔치며 말했다. 죽지 못해 먹었던 쥐가, 뱀이, 개구리가 모두 독이 되어 자신의 온몸을 푸릇하게 만들었다고.

나는 누구, 아니 무엇일까. 그리고 어떻게 될까.

54

눈을 뜨지 않고 여자는 오래오래 생각했다. 그것 말고는 아무것도 떠오르지 않았다. 자신의 이름을 포함한 모든 것이 까마득한 전생의 일처럼 느껴졌다. 어디에서 왔고 어디로 가는지, 자신이 누구였고 앞으로 어떻게 될 것인지 여자는 알지 못했다. 의식은 있었지만 그것이 의식인지 아닌지조차 분간할 수 없었다. 어떤 때는 숨을 거둔 자신의 얼굴이 내려다보이기도 했고, 또 어떤 때는 부들부들 떨리는 몸 안에 꼼짝없이 갇힌 기분이 들 때도 있었다. 마치 꿈처럼 몸 안과 밖을 떠도는 동안 여자는 계속해서 '푸셰, 푸셰'라고 웅얼거리는 소리를 들었다. 그리고 그것이 유일하게 들리는 이승의 소리임을 알아챘다. 여자는 온 힘을 다해 기억했다. 그 말이 머릿속에서 사라지지 않도록 '푸셰, 푸셰'. 떠오르지 않는 자신의 이름인 양 '푸셰, 푸셰'를 반복했다. 그때 문득, 뜻밖의 욕구가 일었다. 그것은 다름 아닌 죽기 전에 자신의 이름, 진짜 이름을 기억하고 싶다는 거였다.

쓰러진 자신을 발견한 것은 마을 뒷산에 놀러 나온 남매였다고, 잠시 침묵하던 여자가 이야기를 시작했다. 남매는 대여섯 살쯤 되어 보였다. 부모는 공장에 일을 나갔고 남매는 학교에서 돌아오다 오솔길에 쓰러져 있는 여자를 발견했다. 노루나 산개라고 생각했지만 가까이서 보니 사람이었다. 여자였고 행색이 엉망이었다. 남매는 겁을 먹었다. 그리고 비틀거리며 따라오는 여자를 피해 근처 폐가에 숨었다. 온 힘을 다해 폐가 앞까지 쫓아온 여자는 몇 걸음 못 가고 쓰러졌다. 여자는 누운 자리에서 몸속의 모든 오물을 쏟아냈다. 소변과 묽은 변이 가랑이 사이에서 흘러나왔다. 그것이 피인 줄 착각한 아이들이 비명을 질렀다. 겁에 질린 남매는 쓰러진 여자에게 살금살금 다가갔다. 그리고 들고 있던 기다란 막대기로 여자의 몸 여기저기를 쿡쿡 찔러댔다. 냄새가 코를 찔렀다. 여자아이가 먼저 코를 싸쥐었다. 남자아이가 뒷걸음질하며 "푸셰, 푸셰" 했다. 그것이 설사를 뜻하는 중국어임을 여자는 아주 오랜 시간이 지난 뒤에야 알게 되었다. 여자는 아이들의 소리가 점점 더 뚜렷해지는 것을 느꼈다. 손끝에서 가슴, 가슴에서 다시 발끝으로 사라졌던 감각이 서서히 돌아오는 것 같았다. 여자가 눈을 떴을 때, 남매는 코를 싸쥐고 멀뚱하게 자신을 내려다보고 있었다. 여자는 곧 자신이 쓰러진 곳이 누군가의 집이 아니라 폐가 앞이라는 것을 알았다. 그리고 아주 오랜 시간 정신을 잃은 것이 아니라 몇 분 동안 쓰러져 있었다는 것도 알게 되었다. 여자는 남매에게 물을 얻어 마셨다. 아이들은 여자를 빤히 보다가 집으로 돌아갔다. 여자는 누운 채로 아이들이 사라지는 것을 봤다. 그리고 조금 뒤, 몸을 일으켜 폐가 안으로 들어갔다. 좁은 방 한편에 흙더미가 쌓여 있었다. 집주인이 버리고 간 헌 옷들도 보였다. 여자는 흙더미가 쌓여 있는 곳에 등을 기대고 앉았다. 온몸이 부들부들 떨릴 만큼 한기가 느껴졌지만, 동시에 무섭게 잠이 쏟아졌다. 며칠 밤을 잠도 자지 않고 걸었던 것이 떠올랐다. 서서히 눈을 감으며 여자는 멈추지 않고 중얼거렸다. "푸셰, 푸셰, 푸셰."

"아, 이름 때문에 망하고 이름 때문에 산다니까. 림미정이 임미정이고, 임미정이 림미정이지. 그게 뭐가 다르다고 똑같은 걸 가지고 개명 신청을 해? 그것도 림미정으로. 그래서 내가 사주하고 맞는 이름으로 바꾸라고 했지. 그 이름 그대로 쓰면 고생밖에는 할게 없다고. 돈 조금 쓰면 팔자가 달라지는데, 내가 오죽하면 그렇게 얘기했을까." 나이가 지긋해 보이는 노인은 동네에서 철학관을 운영하고 있었다. 개량 한복을 입은 노인의 말에 나란히 앉아 있던 여자 둘이 고개를 끄덕거렸다. 선캡을 쓴 여자와 보라색 조끼를 입은 여자였다. "맞아요, 맞아. 개를 잡게 생기진 않았는데, 그런 일을 한다더라고." 선캡 여자가 말하자 보라색 조끼 여자가 덧붙였다. "글쎄, 생각해보니 그러네. 목에 난 흉터가 수술 상처는 아닌 것 같던데. 사람 죽이는 연습을 한다는 북한 특수부대, 뭐 그런 출신 아니야?" 지난여름 동안 별 관심을 갖지 않던 사람들이 여자가 사라지자 하나둘, 여자에 대해 얘기하기 시작했다. 누군가가 "그러고 보니 손가락 마디가 하나 없었던 거 같아" 했고, 또 누군가는 "그게 검지였지" 했다. "개구리, 뱀, 풀 안 먹어본 게 없다더라고" 했고, "왜 아니겠어? 북에서는 먹을 게 없어서 사람을 잡아먹기도 한대" 했다. 사람들은 여자를 '그 여자'라고 했다가 '개 잡는 여자'라고 했다. '특수부대 출신'이라고 하는가 하면, '빨갱이'라고 '툭 까놓고 말하자'는 사람도 있었다. 사람들이 정한 여자의 이름은 두만강부터 중국 오지 어디, 중국 오지에서 버스 종점 뒷산 어디를 종횡무진했다. 나중에는 여자의 일이 개 잡는 일인지, 사람 잡는 일인지 헷갈릴 지경이었다. 그러나 나는 이 모든 이야기의 결말을 잘 알고 있었다. 여자의 이야기는 곧 사라질 것이다. 생각보다 더 빨리. 원래부터 잠시 머물다 떠날 사람에 대해서는 이야기할 가치도 없다는 듯이. 처음부터 없던 사람이라는 듯이.

여자가 인생의 새로운 시기에 접어들었다고 생각한 것은 법원에 개명 신청서를 내고 나서부터였다. 여자는 '임미정'을 '림미정'으로 개명을 신청했다. 그리고 그 사유를 묻는 칸에는 자신의 어린 시절 이야기를 빼곡히 적어 넣었다. 여자에게 해당되는 개명 허가 사유가 없었기 때문이다. 개명 기각 통지서가 날아오기 전까지 여자의 생활은 그 전과 비슷했다. 아침에 일어나면 출근을 했고 개 사육장에서 일을 했다. 퇴근 후에는 공원에 나와 오가는 사람들과 뛰노는 아이들을 지켜봤다. 누군가와 간소화된 개명 절차에 대해 긴 대화를 나누기도 했고, 자신의 개명 이유를 장황하게 늘어놓기도 했다. 종종 여자를 곤란하게 하는 사람들과 마주친 적도 있었지만 이제 그런 일은 제법 여유롭고 자연스럽게 넘겼다. 그러는 사이, 여자는 법원으로부터 개명 신청 기각 통지를 받았다. 이유는 간단했다. 이미 짐작한 대로 '임미정'과 '림미정'은 한국어 표기상 같은 이름이기 때문에 개명이 불가하다는 것이다. 그날 여자는 평소보다 훨씬 늦게 공원에 나타났다. 몇몇 사람들이 유령 같은 얼굴을 하고 공원 입구를 서성거리는 여자를 목격했다. 여자는 사람들 사이에 섞여 조금 걷다가 내게로 왔다. 밤공기 속의 눅눅한 바람을 느끼며 개명 기각 통지서를 멍하게 내려다봤다. 그리고 사라지는 버스의 불빛, 그 건너편에서 반짝이는 치킨집, 편의점 간판 같은 것을 지켜보았다. 그때 여자는 이런 생각을 했다. 정말 착각이었을까? 자신의 삶에 반복되었던 불행, 부질없는 기대와 실망, 멸시, 무시 같은 것이 아주 조그마한 사건, 이를테면 개명 같은 것을 통해 한순간에 해결될 거라고 믿었던 것. 여자는 의식적으로 중얼거렸다. "괜찮을 거야, 사는 게 다 그런 거지" 했다. 그러면서도 끊임없이 '림미정'과 '임미정' 사이에서 벌어졌던 모진 경험들을 떠올렸다. 여자는 정확히 알 수 없는 분노로 몸을 떨었다. 그리고 모두가 이미 알고 있다시피, 여자는 개명 신청 기각 통지를 받은 뒤부터 공원에 나타나지 않았다. 갑자기 일이 많아졌다고, 그러니까 이제는 공원에 자주 나올 수 없게 되었다고 누군가에게 말하고는 황급히 공원을 빠져나갔다.

밤이 되었다. 여자가 오지 않는 밤이 벌써 여러 번 지나갔다. 그러나 무의미한 대화들은 좀처럼 줄어들지 않았다. 갈수록 더 엉뚱하고 이상한 방향으로 흘러갔다. 나는 여자의 이름을 생각했다. 림미정, 임미정, 림미정, 임미정. 여자의 말대로 그 사이에는 정말 강이 출렁이는 것 같았다. 문득, 아이의 목을 누르는 아이 엄마의 눈과 사육장의 냄새를 알고 있는 코, 벌레와 쥐, 개구리와 뱀을 삼키던 입이 떠올랐다. 여자는 어쩌자고 그렇게도 길고 험한 이름을 고집할까. 여자가 계속해서 웅얼거리던 것이 무척이나 가엾고 안타깝다고 느꼈지만 동시에 아무 일도 아니라는 생각이 들었다. 뭐랄까, 세상에 아무 반향도 일으키지 못하는 넋두리를 듣는 기분. 적어도 내가 느끼기에는 그랬다. 정말 아무 일도 일어나지 않은 느낌. 아마도 여자는 출근을 하고, 퇴근을 하고, 법원을 오갈 것이다. 대부분은 오해받고 자주 실패할 것이며 지독히도 고독할 것이다. 나는 이 광경을 상상하고는 참 단조롭다는 생각을 했다. 하지만 그럼에도 여자는 멈추지 않을 것이다. 그것이 여자의 시공을 되살리는 유일한 방법이기 때문이다.

사람들이 말한다. 수십 수백 개의 이름 중에서 나는 여자의 이름을 듣는다. 내가 할 수 있는 것은 그것이 전부다. 다만 바랄 뿐이다. 그 이름이 악몽처럼 길기만 한 이름이 되지 않기를. 언젠가는 명쾌한 공명을 만들며 기억되는 이름이기를.

점심의 연애

프라나야마. 여자의 가슴으로 미지근한 통증이 지난다. 동시에 차가 충돌할 때 온몸에 퍼지던 고통도 서서히 되살아나는 것 같다. 여자는 신음 소리를 내듯 입술을 달싹거린다. 프라나야마. 부풀어 오른 에어백 위에 얼굴을 묻은 채다. 간신히 숨을 몰아쉰다. 까무룩 잃었던 정신이 돌아오고 있다. 여자는 의식적으로 숨을 쉬어야겠다고 생각한다. 프라나야마, 선 호흡 자세. 요가 수강생들 앞에서 수백 번도 넘게 반복했던 비크람 요가의 호흡법이 여자의 머릿속에 가물가물 떠오른다. 똑바로 선 자세에서 깍지를 끼고 손바닥은 밑을 향한 채 턱으로 가져간다, 팔꿈치를 하늘로 쳐들고 배꼽에 힘을 준다, 마지막으로 숨을 나누어 들이마신다. 천천히, 아주 천천히. 뜨겁고 날카로운 통증이 폐 속으로 차오르는 것 같다. 그러나 여자는 의식적으로 호흡을 멈추지 않는다. 운전석과 에어백 사이에 몸이 끼어 옴짝달싹할 수 없었지만 조심스럽게 손가락을 움직여본다. 손목, 어깨, 다리, 발가락. 질척거리는 느낌이 없는 것으로 봐서 피가 흐르는 곳은 없는 것 같다. 때문에 잠시 혹, 이게 꿈은 아닌가 하고 생각한다. 그러나 순간순간 퍼지는 통증으로 이것이 꿈이 아니라는 것을 확신한다. 상황이 분명해진다. 여자의 뇌리에 사고의 기억이 섬광처럼 번쩍인다. 새벽에 가까운 밤, 외딴 국도, 느닷없이 눈을 멀게 한 헤드라이트, 그것을 피하려고 격하게 꺾은 핸들과 순간적으로 온몸에 퍼지던 충격, 그리고 까마득한 암전. 뼈가 으스러지는 듯한 통증이 온몸을 관통했을 때 언뜻 끝도 없는 심연으로 가라앉고 있다고 착각한 것이 떠오른다. 물속으로 가라앉는다고 여기면서도 머릿속으로는 호흡을 조절했던 기억. 숨을 쉬어야 해. 천천히, 아주 천천히. 그때부터 여자는 한 단어만 반복한다. 프라나야마, 프라나야마.

숨 쉬는 일이 이렇게 낯설어본 적이 있었나, 하고 여자는 생각한다. 아무래도 에어백 때문만은 아닌 것 같다. 여자는 다시 정신을 잃지 않기 위해 프라나야마 자세의 숨 쉬는 과정을 하나하나 되짚어본다. 이상하게도 여자는 자신을 내려다보고 있다는 착각이 들 만큼 자신의 몸을 또렷하게 떠올린다. 여자는 똑바로 선 자신의 마른 어깨를 내려다본다. 그 위로 팽팽하게 긴장된 빗장뼈가 도드라진다. 낯설다. 여자의 몸이 천천히 프라나야마 자세를 잡는다. 깍지를 낀 손이 턱을 받치고 바짝 들어 올린 팔꿈치를 따라 시선을 위로 고정시킨다. 하나, 둘, 셋. 계단을 오르듯 숨을 나눠 마신 여자가 천천히 눈을 감는다. 폐 속으로 들어간 낯선 공기가 가슴을 지나 배와 오장육부, 팔과 다리를 돌아 마침내 머리에 이른다. 여자는 살아 있다는 확신이 들 때까지 그 동작을 반복한다. 하나, 둘, 셋. 하나, 둘, 셋. 그런데 야릇한 일이다. 명치쯤에서 알 수 없는 무엇인가가 점점 뜨거워지고 커지는 느낌. 주체할 수 없는 불길함을 여자는 감지한다. 그때 울컥, 여자의 입에서 오래된 이름 하나가 터져 나온다. 케이. 더 이상 숨을 들이쉴 수 없는 여자가 잠시 숨을 멈춘다.

여자는 아주 오래전 어느 날의 케이를 떠올린다. 벌써 5년이 지났다. 사실은 그의 이름이 정확히 케이였는지 기억나지 않을 만큼 여자에게는 훨씬 까마득했다. 그러나 케이를 처음 만난 날은 기억했다. 12월 24일. 크리스마스이브였고 여자의 생일이기도 했지만, 그날을 기억하는 데는 다른 이유가 있었다.

12월의 도시는 들떠 있었다. 수백, 수천만 개의 약속과 모임이 거리를 점령했다. 손목시계를 내려다보는 사람, 전화를 거는 사람, 누군가에게 손을 흔들거나 팔짱을 끼는 사람. 분주해 보이는 사람들이 거리로 끊임없이 쏟아져 나왔다. 붉고 푸르고 번쩍거리는 분위기와는 아무 상관없는 사람처럼 여자는 그 도시 한가운데 위치한 정신과 대기실에 앉아 있었다. 불면증 때문에 정기적으로 수면제 처방을 받던 병원이었다. 늘 여유롭게 받아온 수면제가 일주일 전에 바닥났고 그 때문에 여자는 며칠째 잠을 못 잔 상태였다. 게다가 그간 미뤄왔던 요가 스튜디오 이사와 신규 강좌 몇 개를 개설하는 강행군까지 펼쳤다. 몽롱한 여자는 약간은 피곤한 상태였고 수면제가 절실한 심정으로 순서를 기다리고 있었다.

여자는 대기실 벽에 머리를 기대고 앉아 생각했다. 우선 남편과의 저녁 약속을 빨리 끝내야지, 집으로 돌아가 따뜻한 물에 몸을 담그고 와인 한잔과 수면제를 먹고 잠들어야지, 그리고 내일은 조금 늦은 아침을 먹어야겠다, 하고. 물론 남편이 외박할 것을 확신하고 짠 계획이었다. 크리스마스는 애인을 혼자 놔둘 수 있는 그런 날이 아니었다. 남편은 예약해둔 레스토랑에서 저녁을 먹으며 여자에게 꽃이나 선물을 건넬 것이다. 그런 뒤 미안하지만 어쩔 수 없다는 표정으로 말할 것이다. 회사에 중요한 프레젠테이션이 있다, 집에는 들어갈 수 없을지도 모른다, 하지만 너무 실망하지 마라, 이번 프로젝트만 끝내면 함께 짧은 여행 정도는 다녀올 수 있을 거다, 라고. 그리고 곧장 차를 몰아 애인이 살고 있는 오피스텔로 향할 터였다. 그러나 이 틀림없는 시나리오를 짚어보던 여자는 문득문득 불길하다는 생각을 했다. 이를테면 평소답지 않은 남편의 태도라든지, 무엇인가를 고백할 사람 같은 진지한 표정이라든지, 혹은 요즘 여자의 안부를 묻던 낯선 태도라든지. 정말이지 여자는 남편의 고백 같은 것은 듣고 싶지 않았다. 남편의 잦은 야근이 사실은 애인과의 데이트 때문이라거나, 출장길에 사온 향수가 애인과의 여행에서 구입한 기념품이라거나, 가끔씩 와이셔츠에 묻혀오는 파운데이션이나 립스틱 같은 것의 사소한 이유들을. 여자는 그런 것은 아무래도 상관없다고 생각했다. 남편이 자신의 애인을 노골적으로 드러내지만 않는다면, 그리고 그것이 여자의 결혼생활을 본격적으로 위협하지만 않는다면. 여자에게 중요한 것은 각자의 역할을 순조롭게 진행하는 것이었다.

여자는 제자리에 놓아둔 물건처럼 아내의 역할에 충실했다. 남편과 아이의 일상을 유지시켰고 정기적인 부부관계로 법적인 계약관계가 유효함을 확인시켜줬다. 그런 면에서 남편의 역할도 흠잡을 데는 없었다. 넉넉한 생활비에 아이와도 잘 어울렸다. 집안일도 적당히 도울 줄 알았고 생일과 기념일들을 빠짐없이 챙겼다. 무엇보다 만족스러운 것은 여자와 남편 어느 쪽도 그 이상을 기대하지 않는다는 사실이었다. 서로의 서비스는 사려 깊었고 가끔은 그것 때문에 감동하거나 행복하기도 했다. 여자의 결혼생활은 평안하고 안전하게 이어졌다. 이것들은 상당히 편리한 생활을 가능하게 했으므로 그만하면 괜찮지 않나, 여자는 스스로에게 물었고 스스로에게 답했다. 그런데 혹, 남편이 이 안녕을 깨는 고백을 한다면. 여자는 자신도 모르게 고개를 내저었다. 감고 있던 눈이 번쩍 떠졌다. 불길한 기분을 누르며 주변을 살폈다. 여자가 생각지도 못한 검은 눈과 마주친 것은 바로 그때였다. 눈을 감고 있던 여자를 오랫동안 응시했는지 마주친 눈은 여자의 눈에서 쉽게 떨어지지 못했다. 그가 케이였다.

케이는 여자와 마주한 반대편 의자에 앉아 있었다. 연한 회색 코트 차림이었고 크림색 머플러로 얼굴을 반쯤 가려 눈밖에는 보이지 않았다. 키는 컸지만 비대한 몸은 아니었다. 술을 마신 건가 싶을 정도로 몸을 떨고 있었다. 그러나 정신과 대기실에서 순서를 기다리기에는 좀 미소년처럼 생긴, 케이는 그런 느낌이 드는 사람이었다. 케이의 당황하던 눈동자는 한참이 지난 후에야 바닥으로 떨어졌다. 여자는 그런 케이를 보면서 이상하다는 생각을 했다. 처음 보는 사람인데, 게다가 눈밖에는 보이지 않는데 왠지 낯설지 않은 느낌. 어디선가 많이 봤다, 생각하며 여자는 자신의 요가 클래스 수강생들의 얼굴 하나하나를 떠올렸다. 잠시 뒤, 간호사가 케이의 이름을 불렀다. 역시 여자가 아는 이름은 아니었다. 케이가 휘적휘적 대기실을 가로질러 진료실로 들어가자 여자는 다시 대기실 벽에 머리를 기댄 채 눈을 감았다.

어느 순간 눈을 떴을 때 케이는 이미 병원을 떠나고 난 뒤였다. 그때까지도 여자의 머릿속에 케이는 없는 것이나 다름없었다. 간호사가 방금 전까지 있던 여자의 처방전이 사라졌다고 말했을 때에도, 새로 발급받은 처방전을 들고 약국에 들어섰을 때에도 케이를 다시 떠올리는 일은 없었다. 그러나 난처한 표정의 약사가 누군가 여자에게 처방된 수면제를 이미 가져갔다고 말했을 때, 그 사람이 회색 코트에 크림색 머플러를 한 젊은 남자라고 말했을 때, 여자는 케이의 이름을 간결하게 떠올렸다.

　다시, 여자의 호흡이 불규칙해진다. 얼굴은 아직 에어백에 처박혀 있는 채다. 손가락 끝의 감각이 무뎌지더니 온몸이 꿈처럼 몽롱해지는 것 같다. 수만 개의 깃털이 여자의 몸을 감싸고 있는 것처럼 간질간질한 무엇인가가 머리에서부터 발끝까지 훑고 지나간다. 여자는 감기려는 눈을 부릅뜨고 고개를 들려다 아악, 하고 비명을 지른다. 목뼈가 부러지기라도 한 것처럼 꼼짝도 할 수 없다. 통증보다 눈을 감는 것이 더 두렵다. 눈을 감으면 자꾸만 무엇에 홀린 듯 깊은 숲으로 빨려들어가는 기분이 든다. 알고 싶지도, 궁금하지도 않은 기억들이 아무렇게나 방치되어 있는 곳. 여자는 정신을 잃지 않으려고 까다로운 요가 동작을 하고 있는 자신의 모습을 그려본다. 우스트라아사나, 낙타 자세. 거울 속의 자신을 보듯 무릎을 바닥에 댄 채 허리를 뒤로 꺾는 얇은 몸이 보인다. 등과 종아리 사이가 아치 모양을 이룬다. 한껏 열린 가슴 위로 앙상한 갈비뼈가 드러난다. 우스트라아사나. 활처럼 휜 자신의 몸을 떠올리는 순간, 여자의 눈동자가 심하게 흔들린다. 케이와의 밤이, 활처럼 휘어 섞이던 두 개의 몸이 떠오른다. 여자는 자기도 모르게 낮은 신음 소리를 낸다. 욱신거리며 퍼지던 통증이 잠시 잊혀진다.

그날은 정오의 햇살이 하얀 시트를 반짝이게 했다. 아직 녹지 않은 눈 때문에 호텔 방 안은 더없이 눈부셨다. 안내받은 방에는 군데군데 칠이 벗겨진 아이보리 컬러의 철제 침대와 검정색 스탠드, 체리 컬러의 플라스틱 의자가 놓여 있었다. 여자는 낡은 공장을 개조해 만든 이 부티크 호텔이 케이와 잘 어울리는 공간이라는 생각이 들었다. 전형적인 미남은 아니지만 보고 있으면 어쩐지 소박한 북유럽의 가구나 빈티지 시계 같은 것이 연상되는 이미지가 그런 생각을 하게 했다. 여자가 방 안을 둘러보는 동안 케이는 창 앞에 우두커니 서 있었다. 처음 봤을 때처럼 회색 코트에 크림색 머플러를 칭칭 감은 채였다.

그동안 여자와 케이는 몇 번의 점심식사를 했다. 둘은 요가 스튜디오 근처의 브런치 레스토랑이나 새로 생긴 카페 같은 곳을 찾아다녔다. 시간이 여유로울 때 낮술도 함께 마시곤 했지만 호텔에 온 것은 이번이 처음이었다. 여전히 서로에 대해 아는 것이 없었다. 여자가 아는 것이라고는 케이가 별로 유명하지 않은 여행 칼럼니스트이고, 당분간 일을 쉬고 있다는 사실과 좀 심각한 우울증을 앓고 있다는 정도였다. 케이도 마찬가지였다. 여자가 요가 강사라는 것과 아이가 있다는 것, 그리고 이런 만남에 익숙한 유부녀라는 것 정도만 알고 있을 뿐이었다. 정확히 어디에 사는지, 남편은 어떤 사람이고 어떤 직업을 가졌는지 자세한 배경은 알지 못했다. 무엇보다 그런 내막을 알아야 할 필요가 없는 사이임을 서로 잘 알고 있었다. 물론, 케이와 다시 마주쳤을 때 여자는 그와 이런 관계가 되리라고는 상상하지 못했다. 여자가 케이에게 먼저 말을 건넨 이유는 순전히 왜 자신의 처방전을 훔쳤을까, 하는 호기심이 전부였기 때문에. 여자는 영문을 모르겠다는 표정의 케이에게 말했다. 오늘도 내 처방전이 필요해요? 그럼 점심 같이해요, 하고. 곧 여자를 알아본 케이는 여자의 태도에 당황했다. 자신의 처방전을 훔친 사람에게 화를 내거나 이유를 따지기는커녕 점심을 사겠다니. 얼떨떨한 표정의 케이는 아무래도 변명의 여지가 없었는지 순순히 여자의 제안을 받아들였다.

여자가 코트를 벗으며 아직 흐트러지지 않은 시트 위에 걸터앉았다. 바스락거리는 소리에 케이의 어깨가 가늘게 떨렸다. 한참 동안 침묵하던 케이가 돌아보지 않은 채 말했다. 옷을 벗을까요? 정신과 대기실에서 떨고 있을 때처럼 목소리가 흔들렸다. 여자는 하마터면 픽, 하고 실소를 터뜨릴 뻔했다. 여자는 마흔넷, 케이는 서른여섯이었다. 사실 케이의 나이가 정말 서른여섯인지 아닌지는 확인해볼 길이 없었다. 그러나 그것으로 서른여섯이라던 케이의 나이는 거짓말이구나, 하고 확신했다. 옷을 벗을까요, 라니. 여자가 간신히 웃음을 참고 뭔가를 말하려고 하자, 케이는 팔을 올려 코트를 벗고 스웨터를 벗었다. 곧이어 안에 입은 하얀색 반소매 티셔츠도 벗자 창백한 등이 드러났다. 이내 낡은 청바지와 팬티도 벗은 채 여자를 향해 돌아섰다. 순식간이었다. 그러나 마치 오래전부터 생각해오던 일을 하는 사람처럼 케이는 침착했다. 여자는 이 이상한 진지함이 당황스러웠다. 웃음이 사라진 여자는 숨을 죽인 채 케이를 바라보았다. 그리고 여자의 시선은 곧 케이의 알몸 전체를 향했다.

눈부신 햇살을 등지고 서 있는 케이의 몸이 비현실적으로 느껴졌다. 서른여섯보다 열 살은 어려 보이는 케이의 얼굴이 희미했다. 여자는 케이의 얼굴이 좋았다. 둘 사이에 묘한 적막이 흘렀다. 순간, 여자는 방금 전까지 케이를 안고 싶던 욕구가 사라지는 것을 느꼈다. 뜻밖에도 이 상황이 성적인 것과는 무관한, 오히려 테이블에 마주 앉아 차를 마시는 느낌 같아서 당혹스러웠다. 게다가 전에는 물어볼 생각조차 하지 않았던 질문들이 마구 떠올랐다. 가령 진짜 이름이라든지, 나이라든지, 좋아하는 영화라든지. 그리고 문득, 케이가 처방전을 가져간 이유까지도. 거의 들리지 않을 만큼 작은 소리로 여자가 물었다. 내 처방전은 왜 가져갔어요? 케이는 꼼짝 않고 서서 여자를 바라보았다. 눈빛은 깊고 부드러웠다. 케이가 말했다. 나는 수면제가 아주 많이 필요해요, 치사량 이상으로. 케이가 하는 말이 무슨 뜻인지 알아내려는 듯 여자의 미간이 일그러졌다. 케이는 그런 여자의 얼굴을 보며 웃었다. 희미하지만 힘이 있는, 어떤 확신에 찬 것 같은 웃음이었다. 한숨 쉬듯 숨을 내뱉은 케이가 말했다. 나는 수면제를 모아요. 죽으려고 모으는 건 아니에요. 그렇게 죽긴 힘들죠. 다만 그건 어떤 위로예요. 원한다면 평안해질 수도 있다는 위로. 이제부터 당신이 원하는 위로를 줄게요, 내게는 내가 원하는 위로를 줘요.

케이가 천천히 다가왔다. 케이의 얼굴이 여자의 얼굴 위에 포개졌다. 달고 부드러운 혀가 여자의 입술을 적셨다. 코트를 벗고 셔츠의 단추를 푼 여자가 천장을 향해 누웠다. 여과 없이 쏟아지는 햇빛 때문에 눈이 부셨다. 여자는 가늘게 뜬 눈으로 케이의 얼굴을 올려다보았다. 아름다운 얼굴이 저항 없이 여자의 가슴 위로 떨어졌다. 소년처럼 근육이 거의 없는 몸이, 가늘고 긴 손가락과 욕망이 제거된 눈동자가 여자의 몸을 오랫동안 애무했다. 잊고 있었던 희열이 여자의 몸속 어딘가에서 조용히 일어서고 있는 느낌이었다. 두 개의 벗은 몸이 햇살 속에서 완곡하고 부드러운 곡선을 그리며 섞이고 있었다.

여자의 기억처럼 부서진 헤드라이트가 불빛을 깜빡이고 있다. 눈이 부시다. 반쯤 떨어져 내려온 룸미러에 간신히 고개를 돌린 여자의 얼굴이 아른거린다. 깜빡거리는 불빛이 여자의 얼굴 위에 묘한 표정을 만들어낸다. 고통스러운 표정인 것도, 행복한 표정인 것도 같다. 5년이 지난 지금, 케이의 몸이 이렇게까지 생생하게 기억나다니. 여자는 아직도 그 기억에서 돌아오지 못한 것 같은 몽롱함을 느낀다. 케이는, 그때도 지금도 어떤 관계라 칭할 수 없는 케이는, 어디에서 무엇을 하며 살까, 여자는 생각한다. 케이는, 수면제를 모으던 케이는, 마흔한 살이 되기 전에 죽어버릴 거라던 케이는, 죽으면 감은사지 근처 바닷가에 자신을 뿌려달라고 농담을 하던 케이는, 느닷없이 온몸이 사무치게 그리운 케이. 가물거리는 의식을 놓쳤다가 찾았다가를 반복하던 여자가 소스라친다. 벌컥, 목에서 끔찍한 비명이 터져 나온다. 시커먼 절망이 여자의 몸을 가르며 뇌리에 꽂힌다. 내가 왜 이곳을 지나고 있었지? 흐릿했던 기억이 선명해진다.

케이는 죽었다.

온몸에 전기가 이는 듯 저릿하다. 비로소 여자는 케이가 죽기 전 농담처럼 말하던 감은사지로 향하고 있었음을 기억해낸다. 기억 저편에서 여자와 케이의 목소리가 엇갈려 들린다. 죽는다고 생각하면 마음이 편해지니? 응, 마흔한 살의 장례식에 미리 초대할게. 못된 소리. 섹스가 끝난 뒤에만 반말을 하던 케이가 떠오른다. 나란히 누워 있는 두 개의 벌거벗은 몸. 여자의 머릿속에 퍼즐처럼 흩어진 기억들이 조각조각 튀어 오른다. 그리고 우연히 듣게 된 케이의 자살. 3년 넘게 모아온 수면제를 한입에 털어 넣고 유서도 없이 죽었다는 정신과 간호사의 말. 참 안된 일이라며 혀를 차는 입. 대기실 한가운데 멍하게 서 있는 여자를 바라보던 이상한 눈빛. 여자의 귀에 이명이 인다. 그러나 여자는 아무것도 설명할 수 없다. 케이와 헤어진 것은 이미 3년 전 일이다. 그런데 이 거대한 절망은 밥을 먹고, 몸을 섞고, 사랑한다 고백하지 않는 관계 그 어디로부터 오는 것인지. 여기까지가 여자가 의식을 잃기 전까지 한 생각이다.

이제 여자에게 의식을 잃거나 다시 찾거나 하는 것은 별 의미가 없다. 다시, 여자의 눈에 환영처럼 자신의 앙상한 몸이 내려다보인다. 꿈과 현실의 경계 어딘가에서 요가 자세를 잡는 자신이 떠오른다. 사상가나, 토끼 자세. 무릎 사이에 얼굴을 묻고 몸 어디에도 틈이 보이지 않게 잔뜩 웅크린 자세다. 여자는 더 이상 아무것도 생각하지 않는다. 몸에서 열이 올라온다. 현기증이 인다. 문득, 어느 날의 기억이 아련하게 떠오른다. 여자의 귓가에 빗방울 떨어지는 소리가 들리는 듯하다. 유난히도 거센 바람에 빗방울이 사납게 유리에 부딪치던 날이었다.

그날 여자는 빗줄기를 뚫고 케이보다 일찍 레스토랑에 도착했다. 열두 시 삼십 분. 점심시간이 지난 시간에 여자는 케이와 만나기로 되어 있었다. 여자는 조금 달떠 있었다. 케이와 기념할 만한 이벤트가 있는 것도 아니었다. 그러나 꼭 뭔가를 고백하러 나간 사람처럼 며칠 전부터 이날을 기대하고 있었다. 정성들여 화장을 하고, 입을 옷을 새로 사고, 아끼는 구두와 가방을 들었다. 그리고 레스토랑에서 식사를 마치고 케이의 오피스텔로 향할 것인지, 호텔 방으로 자리를 옮길 것인지를 오래 고민했다. 내리치는 비만 아니었다면 근처 고궁에 산책을 가는 것도 좋겠다, 생각했다. 여자는 레스토랑 종업원이 안내한 자리로 향했다. 레스토랑은 생각보다 한산했다. 주변을 조심스럽게 살핀 여자는 아는 얼굴이 없음을 확인하고 자리에 앉았다. 한참은 더 많은 비가 내릴 듯 창밖에는 낮고 흐릿한 구름이 걸쳐져 있었다. 어쩐지 낯선 그림이었다. 생각해보니 낮에 이곳을 찾은 것은 처음이었다. 세계적으로 열 곳밖에 없다는 유명한 셰프의 레스토랑은 여자의 남편이 자주 이벤트를 벌이는 곳이었다. 남편이 여자에게 처음 함께 밤을 보내고 싶다고 말한 장소이며 청혼을 한 장소이기도 했다. 도시 한복판, 고급 호텔 30층에 있는 레스토랑은 청혼 반지를 내밀기에 민망하지 않은 뷰를 가지고 있었다.

여자는 프랑스 음식에는 특별한 관심이 없었다. 당연히 이 레스토랑의 음식 맛이 어떤지 기억하는 것도 아니었다. 다만 케이가 시켜놓은 밥을 반도 먹지 않고 젓가락을 내려놓을 때, 점심식사를 대신해 식전 빵을 깨작거릴 때, 여자는 어렴풋이 꼭 한 번 이곳에 케이를 데리고 와야겠다는 생각을 했었다. 이유는 몰랐다. 먹은 음식을 곧잘 토해버리는 케이에게, 먹는 일이 곤혹스럽다는 케이에게, 굳이 이 프렌치 레스토랑을 보여주고 싶은 이유는 무엇이었을까. 다만 어려운 이름과 생소한 재료들이 차례차례 나왔던 기억과 그것을 보며 서로의 이야기를 엮었던 기억, 혀 위의 낯선 것을 느껴보려 집중했던 단순한 감각들이 오롯하게 생각났을 따름이다.

케이가 레스토랑에 도착해 테이블에 자리를 잡았을 때 여자는 앞에 놓인 코스 메뉴를 집어 들었다. 그리고 편지를 낭독하듯 또

박또박 메뉴를 읽어 내려갔다. 어뮤즈먼트 부쉬, 토마토 수박 그라니타, 프로방스 스타일의 라타투이, 개구리 다리 므니에르와 대파를 얹은 폴렌타, 모타델라 햄. 그다음은 레몬 소스를 얹은 연어와 청후추 향의 송아지 구이. 또 그다음은 우럭 구이와 명란젓 버터 감자 빠이아송과 물냉이 샐러드. 마지막으로 옥수수 아이스크림과 커피, 초콜릿. 케이에게 메뉴를 읽어준 여자는 숨을 몰아쉬었다. 그사이 여자와 케이 사이에 음식들이 도착했다. 색감과 균형이 알맞게 계산된 접시들. 붉고 축축한 느낌의 조각과 노랗고 탱탱한 덩어리들, 길거나 짧고 검거나 흰 빛깔의 음식들. 케이는 그것을 말끄러미 내려다보고 있었다.

마침내 케이의 목젖이 미세하게 움직였다. 한참 만에야 숟가락을 든 케이의 팔에는 힘이 들어가 있었다. 테이블 맨 끝에 있는 그라니타로 숟가락을 옮길 때, 므니에르와 폴렌타에 포크를 찔러 넣을 때, 케이는 필요 이상으로 힘을 주고 있었다. 그 모습은 어쩐지 뭔가를 작정한 사람처럼 보였다. 케이는 그것들을 오래 씹었다. 그의 턱 근육이 규칙적으로 움직였다. 음식을 씹는 것이 아니라 어떤 생각을 씹는 것처럼. 코스가 끝날 때까지 케이는 필사적으로 음식을 욱여넣었다. 여자는 음식에 머리를 묻고 있는 케이의 정수리를 멍하게 바라보았다. 여자가 말했다. 맛있어? 케이가 대답했다. 별로. 여자가 고개를 갸우뚱했다. 케이는 마라톤 코스를 달리는 선수처럼 음식을 먹어치웠다. 그가 마지막 남은 한 숟갈까지 남김없이 입속으로 밀어 넣으며 물었다. 이 음식이 마음에 들어? 여자가 웃으며 대답했다. 별로. 여자와 케이는 아무 말 없이 긴 시간 동안 서로를 바라보았다. 그리고 여자는 남편이 자주 다니는 레스토랑이라는 것도 잊은 채 케이와 오래도록 키스를 했다.

가루다아사나, 독수리 자세. 상상 속에서 여자의 팔이 교차된다. 다리를 꼬아 구부린 엉거주춤한 자세. 여자는 한 발로 겨우 균형을 잡은 상태다. 이제 몸은 더 이상 통증을 느끼지 못한다. 이것이 꿈인지 현실인지도 알지 못한다. 다리를 꼬아도, 팔을 엇갈려 비틀어도 아무런 감각이 없다. 이것이 좋은 증거인지 아닌지조차 알 수 없는 여자는 한층 더 까다로운 자세를 떠올리며 생각에 빠진다. 그 속에서 여자는 케이에 대한 기억을 서슴없이 뱉고 있다. 길고 긴 점심식사를 하며 여자가 케이에게 했던 말과 하지 못했던 말이 두서없이 떠오르다 사라진다. 두 사람 중 한 사람이 죽었는데, 이 관계는 왜 끝나지 않는 건가. 아무리 씹어도 씹혀지지 않는 고기처럼, 갑자기 사는 것이 끔찍하게 질긴 느낌이다. 감고 있는 여자의 눈가가 축축하게 젖어온다. 눈물이 왜 흘러내리는지도 모르는 채 여자는 중얼거린다. 그냥 죽어버렸으면 좋겠어. 여자의 머릿속에서도 균형을 유지할 수 없는 몸이 흔들리기 시작한다. 더 이상은 기억의 나락으로 떨어지지 않으려고 안간힘을 쓴다. 그러나 익숙한 그 지옥은 이미 여자의 불안한 몸 전체를 감싸고 있다.

맥이 풀린다. 또다시, 기억 어딘가에 쓰러지듯 주저앉는다.

여자는 잔뜩 웅크린 자세로 거실 소파에 앉아 있었다. 새벽 세 시가 조금 넘은 시간이었다. 불도 켜지 않은 채였다. 여자는 러그 위에 쓰러져 있는 남편의 얼굴을 날 선 눈으로 내려다보았다. 내리다 만 바지가 남편의 허벅지 위에 그대로 걸쳐져 있었다. 짙은 술 냄새와 담배 냄새가 거친 숨소리에 섞여 있었다. 술에 잔뜩 취해 집으로 들어설 때 남편은 다른 여자의 이름을 불렀다. 여자의 얼굴을 빤히 들여다보고 있으면서도, 쓰러지듯 달려들어 가슴을 주무르면서도, 남편이 외치던 이름은 여자의 것이 아니었다. 평소 같으면 아무 일도 아닌 것처럼 '무슨 술을 이렇게 마셨어'라고 했을 것을 여자는 잠자코 있었다. 남편이 넥타이를 풀고 바지를 내리다 소파 앞에 쓰러지는 동안 여자는 문득, 배신감이 들지 않는다는 사실이 새삼스러웠다. 섬뜩한 한기가 느껴졌다. 여자는 긴장했다. 무엇인가에 금이 가고 곧 깨질 것 같은 불안이 엄습했다.

케이를 만나면서 여자는 남편에게 자꾸 무엇인가를 지적하고, 따지고, 캐물었다. 특별히 남편의 행동이 전과 달라진 것은 아니었다. 바라는 것도 없었다. 이상한 것은 여자와 남편 사이에 아무런 문제가 되지 않던 것들이 자주 다투는 이유가 되었다는 것이다. 이를테면 늦은 귀가 시간이라든지, 까다로운 식성이라든지, 아이를 대하는 태도라든지. 그러면 남편은 이해할 수 없다는 표정으로 여자를 쏘아보곤 했다. 그 순간 여자는 생각했다. 아무리 생각해도, 이제 와서 남편과 진심으로 사랑에 빠져보자는 것은 분명히 아니다. 그렇다면 그 반대인가? 여자는 케이를 생각했다. 케이를 만나면서부터 삐걱대기 시작했으니 매듭은 그곳에서부터 얽혀 있는 것 같았다. 정체를 알 수 없는 불안감을, 특히 케이의 몸이 간절히 그리운 날이면 불쑥거리는 이 감정의 정체에 대해 두려움을 느꼈다. 여자는 잠든 남편을 그대로 두고 집을 나갔다. 차를 몰고 곧장 케이를 만나 기억이 나지 않는 허름한 모텔에서 그를 안았다. 그리고 조금 울었다. 무엇이 복받쳤는지 스스로도 설명할 수 없었다. 잠자코 여자를 안고 있던 케이가 무슨 말인가를 할 듯 말 듯 망설이다 말했다.

"나를 사랑해요?"

순간, 여자는 자신의 안전한 일상을 위협하는 것의 실체를 깨달았다. 그리고 그동안 여자가 해온 것들이 얼마나 엄청난 일인지를 알게 되었다. 보여주고 싶은 것이 생기고, 먹이고 싶은 것이 생기고, 어딘가에 숨어 자유롭게 서로를 만지고 싶은 것. 여자는 갑자기 자신이 냉정해지는 것을 느꼈다. 머리가 곤두설 만큼 서늘해진 마음으로 황급히 케이의 셔츠 단추를 풀기 시작했다. 마주치고 싶지 않은 위험으로부터 물러서듯, 여자는 케이의 바지 벨트를 풀고 팬티 속으로 손을 넣으며 말했다. 빨리 끝내야 해.

무엇으로 지지는 듯 여자의 정수리가 뜨거워진다. 가슴이, 아니 온몸이 타들어가는 것 같다. 토할 것처럼 가슴이 일렁인다. 여자는 안간힘을 다해 몸을 일으킨다. 몸을 일으킨 것이 상상인지 아닌지조차 더 이상 구분할 수 없다. 여자는 답답함을 느낀다. 무엇보다 차 밖으로 나가고 싶다. 정신을 깨울 차갑고 날카로운 공기가 필요하다고 생각한다. 몸을 틀어본다. 여전히 감각이 없다. 몸에 다른 사람의 팔과 다리를 붙여놓은 듯 사지가 제각각 움직이는 것 같다. 여자는 움직임을 멈추고 밖을 본다. 이미 날아가버린 자동차 문짝이 도로 위에 떨어져 있다. 어스름한 불빛에 야트막한 언덕이 보인다. 발목쯤 오는 풀들 사이로 돌계단이 보이고 돌계단 제일 위에 구부정한 담이 보인다. 여자는 그 담 위로 뾰족하게 올라온 두 개의 탑을 희미한 눈으로 본다. 매우 아늑해 보인다. 이곳이 어디쯤인지 알 것 같다. 내비게이션이 멈춰 선 곳, 감은사지. 절이었던 곳, 지금은 절이 아닌 곳, 하지만 흔적만 남아서 더 절 같은 그곳. 기능을 상실한 여자의 입술이 알 수 없는 말들을 중얼거린다. 그러나 이것 또한 여자의 의지가 아니다. 아직 헤어나지 못한 기억이 여자의 입을 빌려 말을 옮기고 있을 뿐이다. 어떤 것이 사라지면 결국 의미가 남지. 그런 곳이 나는 좋아, 하던 케이의 말. 그리고 또 하나의 목소리가 겹쳐 들린다. 바로, 여자 자신의 소리. 명상 자세를 취한 수강생들에게, 때로는 스스로에게 타이르듯 말하던. 조용하고 느릿한 음악에 맞춘 자신의 목소리가 희미하게 들리는 것 같다. 하나, 둘, 셋.

하나, 둘, 셋. 침대에 누운 자세 그대로 숨을 고릅니다. 숨을 나눠서 천천히 들이쉽니다. 머릿속을 어지럽히는 생각들도 하나씩 내뱉습니다. 팔을 가지런히 펼친 채로, 다리는 약간만 벌립니다. 몸 어떤 곳에도 힘이 몰리지 않은 느낌. 머릿속을 비우며 아무 생각도 하지 않습니다. 편안합니다. 이제 소리가 점점 크게 들립니다. 침실 유리창을 때리는 빗소리. 제법 굵은 비가 내립니다. 간간이 천둥과 번개도 칩니다. 조깅은 생략하기로 한 아침, 유난히도 몸이 노곤하게 느껴집니다. 기분 전환을 위해 오디오를 켭니다. 귀에 익은 피아노 선율이 흐르기 시작합니다. 아직 잠에서 덜 깬 남편이 몸을 뒤척이며 돌아눕습니다. 뒤척임에 몸이 조금 흔들립니다. 잠이 완전히 달아납니다. 천천히 몸을 돌려 눕습니다. 그 자세 그대로 몇 분간 온몸을 더 이완시킵니다. 눈은 아직 뜨지 않습니다. 아무 생각도 하지 않습니다. 다만, 오늘도 완벽한 하루를 살기 위해 해야 할 것에 대해서만 생각하겠다, 고 다짐합니다. 오전 수업을 위해 특별히 준비해야 할 것은 없는지, 오늘까지 내야 하는 공과금은 없는지, 점심은 무엇을 먹고 또 저녁은 무엇으로 차려야 하는지. 생각이 마음먹은 대로 끝나지 않아 괴롭다면 그냥 그대로 눈을 뜹니다. 침대에서 일어나 부엌으로 갑니다. 냉장고에서 사과와 케일을 꺼냅니다. 흐르는 물에 씻어 믹서기에 넣습니다. 잠시 주변이 소란스러워져도 호흡을 흐트러뜨리지 않습니다. 믹서의 소음을 틈타 잡생각들이 떠오를 수도 있습니다. 케이, 케이, 케이.

깔끔하게 정리했다고 생각되는 이름이 떠오를 수도 있습니다. 헤어지자는 제안에 그간 즐거웠다, 흔쾌히 말하던 그의 입술이 생각날 수도 있습니다. 그러나 그것은 쓰지 않던 근육을 썼을 때 나타나는 증상과 비슷합니다. 한동안 어딘지 알 수 없는 곳이 뻐근한 느낌. 하지만 이것은 삶에 견고한 안전장치가 될 수 있습니다. 그리고 가져야 할 것과 버려야 할 것의 경계를 명확하게 만드는 데 좋습니다. 그조차도 불편하다면 떠오르는 생각들을 지웁니다. 가장 최근 기억에서부터 천천히 차례대로. 케이를 만났던 새벽, 새벽의 몽롱한 공기, 얼굴을 기댔던 어깨, 어깨를 축축하게 적시던 눈물 같은 것들을 하나씩 하나씩 지워갑니다. 하나, 둘, 셋.

사과 케일 주스를 두 개의 컵에 나눠 담습니다. 하나는 남편에게, 또 하나는 아이에게. 아직은 자신의 역할에 충실한 것 같아 기분이 조금 나아집니다. 각자의 자리에 앉아 식사를 하는 남편과 아이의 모습을 지켜봅니다. 사는 것이, 행복이 별것인가 하는 생각이 듭니다. 남편과 아이가 집을 나섭니다. 식탁을 정리합니다. 접시와 밥그릇, 숟가락과 젓가락을 걷어내고 행주로 닦습니다. 마지막으로 남편과 아이가 앉았던 의자를 안으로 잘 밀어 넣습니다. 설거지를 끝내고 커피 한잔을 만듭니다. 에스프레소 향이 집 안을 채웁니다. 거실 소파에 앉아 혼자만의 평안을 누립니다. 확실하지 않은 것과 초라한 것, 자존심을 버려야 하는 상황과 위태로운 감정들로부터 안전거리가 확보된 것 같아 안심이 됩니다. 이제 삶은 세상의 모든 위협으로부터 온전하고 완전한 쪽을 향해 있습니다. 잠시 비가 쏟아지고 번개가 치고 바람이 부는 일은 아무래도 상관없습니다.

여자가 눈을 번쩍 뜬다. 눈꺼풀이 눈물로 달라붙어 눈을 뜨려다 감다가를 서너 번 반복한 다음이다. 에어백과 의자 사이가 조금은 벌어진 듯, 옴짝달싹 못 하던 몸이 한결 여유롭게 느껴진다. 여자가 필사적인 힘으로 움직이기 시작한다. 발가락을 까딱거려본다. 통증이 느껴지지 않는다. 팔을 움직여본다. 역시 통증이 없다. 고개를, 그다음은 몸을 조금 틀어본다. 가물거리는 정신이 마취제처럼 온몸의 통증을 둔하게 만든다. 허리를 펴보고 고개를 움직여본다. 둔탁한 감각이지만 여자는 자신이 움직이고 있음을 확신한다. 손을 뻗어본다. 문 쪽으로 몸을 지탱하려 했던 여자가 균형을 잃고 차 밖으로 휘청, 쓰러지듯 바닥에 쏟아진다. 차갑고 딱딱한 아스팔트에 여자의 얼굴이 부딪친다. 냉랭한 기운이 여자의 뺨으로 스민다. 여자는 누운 자세로 보이는 것을 본다. 헤드라이트 불빛에 주변의 사물들이 어둠 속에서 깜박깜박 점멸한다. 여자는 이곳이 어디인지 확신한다. 케이가 일러준 그곳. 부드러운 풀이 자라는 낮은 언덕과 야트막한 돌담. 돌담 위로 뾰족이 솟아오른 두 개의 탑. 절이었는데 더 이상 절이 아닌 곳. 그래서 더 절 같은 곳. 기능이 사라지고 의미가 남아 있는 곳.

이것을 어떤 이정표로 삼고 싶은 욕구가 인다. 여자는 일어서야 한다고 생각한다. 신기하게도 생각을 하고 난 조금 뒤 몸이 일으켜져 있다. 생각이 행동으로 이어지는 시간이 좀 길다는 불편함을 빼면 몸을 움직일 수 있어 다행이라고 여긴다. 여자가 앞으로 나아가야겠다는 생각을 한다. 그러면 어느 순간 앞으로 몇 발짝쯤 나아가 있다. 이것을 반복한다. 여자의 몸은 어느새 언덕을 향해 단 몇 발짝만을 남겨두고 있다. 정신이 들고, 정신을 잃는 것이 반복될수록 여자의 몸은 언덕 가까이에서 풀숲으로, 풀숲에서 낮은 돌담 앞에 가 있다. 몇 분, 몇 시간이 흘렀는지는 알 수 없다. 다만 새카맣던 하늘이 점점 푸른빛으로 옅어지는 것을 보며 곧 날이 밝아올 것을 짐작할 뿐이다. 어느새 여자는 외딴 돌 더미 사이에 누워 있다. 순간순간 몇 초, 몇 분 전의 일이 아득하다.

별빛인지 달빛인지 모를 푸르스름한 빛이 고요하게 사방을 감싸고 있다. 여자의 거친 숨소리만 적막을 깰 뿐이다. 여자는 푸른 빛깔의 냄새를 가슴 깊이 들이마신다. 가슴이 부풀어 오른다. 좀 쉬어야겠다고 생각한다. 사바사나, 송장 자세. 여자는 손바닥을 하늘로 향한 채 바로 눕는다. 숨을 고르고 어깨 넓이로 다리를 벌린다. 찬바람이 가랑이 사이를 훑고 지나간다. 차가워진 여자의 몸에 잠시 경련이 인다. 이마와 목덜미에 땀인지 피인지 모를 것들이 순식간에 싸늘해지는 느낌이다. 여자는 또 정신을 잃지 않으려고 안간힘을 쓴다. 눈앞에 환영처럼 탑 두 개가 나란히 서 있다. 원래 알고 있던 장소처럼 아득함을 느낀다. 까마득히 지나버린 밤, 마지막으로 보았던 케이의 얼굴이 떠오른다.

"나를 사랑해요?"

간절히 묻던 그 목소리, 대답 대신 케이의 바지를 벗겼던 여자의 손. 눈으로 뜨거운 것이 몰린다. 여자는 울기 시작한다. 나직하게 시작된 오열이 차츰 격하게 빈 절터를 울린다. 여자는 어쩐지 다시는 평안한 어느 날로 돌아가지 못할 것을 예감한다. 몸에 난 균열과 마찬가지로 여자의 가슴 어디에도 쩍, 하고 금이 간 것을 깨닫는다. 붙일 수도, 꿰맬 수도 없는 좁고 날카로운 틈. 하지만 여자는 그토록 다행한 기분을 느껴본 적이 없다. 언젠가 그 틈을 빠져나가면 만나게 될 것들에 대해 몹시 알고 싶어진다. 한 줄기 바람이 여자의 코끝을 간지럽힌다. 얼었던 몸이 녹는 듯 가슴 한가운데로부터 서서히 통증이 퍼져 나간다. 여자의 머리 위로 깊은 어둠이 걷히고 있다.

사막의 뼈

좁다. 깊이 파려고 하면 할수록 구덩이는 좁고 얕아진다. 네 아비의 삽이 움직일 때마다, 혹은 바람이 불 때마다 구덩이 안으로 모래가 쏟아져 내린다. 너와 나의 몸이 들어갈 만한 깊고 긴 구덩이를 생각했던 아비는 들고 있는 삽을 모래 위에 내던진다. 휴대용 삽이 썩, 하는 소리를 내며 모래언덕에 박힌다. 아비는 더 이상 구덩이를 팔 여력이 없다. 엉망으로 취해 있었고, 오열했으며, 어깨를 들썩이며 울음을 참아내느라 너무 많은 먼지를 들이마셨다. 마침내, 아비는 주저앉아 아무것도 하지 않는다. 구덩이로부터 몇 발짝 옆에 눕혀진 너와 나를 보는 것 말고는 아무것도. 그렇다고 어느 곳에 초점을 두고 있는 것도 아니다. 동공을 덮은 검고 긴 속눈썹 위에도, 목젖을 드러낸 채 벌어진 입술 위에도, 검붉게 얼룩진 팔 혹은 다리에도 아비의 시선은 오래 머물지 않는다. 다만 모래 속에 반쯤 묻혀 있는 너와 나의 머리 언저리로 시선이 잠깐씩 멈추었다 흩어졌을 뿐이다. 아무도 없는 새벽, 아비는 탁, 탁, 바지에 묻은 모래 먼지를 털어낸 다음 엉거주춤 일어선다. 잠시 뒤 구덩이 속으로 너와 내가, 모래와 바람이, 삽과 술병이 주르륵 쏟아져 내린다. 하얀 삼베처럼 차갑게 식은 너의 몸 위로 바람이 빠져나간 섹스돌, 나의 몸이 비스듬히 걸쳐진다. 때마침 모래바람이 불고 있다.

되돌아보니, 너를 흔든 것은 바람일지도.

청년의 목덜미를 따라 등 쪽으로 저릿한 기운이 퍼져 나갔다. 피가 머리를 향해 천천히 소용돌이쳐 오르는 느낌. 사내의 바지자락을 붙잡고 있는 청년의 귀에서 방 안의 소음이 조금씩 멀어졌다. 이윽고 깊은 물속에 잠겨 있는 것 같은 고요가 청년의 귀를 막았다. 청년의 아버지인 사내가 나를 똑바로 봐라, 하고 말할 때마다 나타나는 증상이었다. 청년은 사내의 다리에 매달린 채 잔뜩 웅크린 자세를 고쳐 앉았다. 그리고 쭈뼛쭈뼛 사내의 얼굴을 향해 고개를 들었다. 역시 입에는 엄지손가락이 물려 있었다. 청년의 눈과 마주친 사내의 눈이 작게 일그러졌다. 손가락을 빼느라 쉴 새 없이 오물거리던 청년의 입술도 잠시 멈칫했다. 사내는 방금 전보다 더 힘을 준 목소리로 말했다. 나를 똑바로 봐라. 청년은 또 한 번 온몸을 부르르 떨었다. 고개를 바짝 치켜든 채 머리를 흔들고 어깨를 들썩거렸다. 시선은 여전히 사내의 얼굴이 아닌 허공 어딘 가를 향해 있었다. 그리고 이내 사내의 말이 더 이상 들리지 않는 다는 듯, 좁은 컨테이너 박스 안을 빙빙 돌기 시작했다. 멈춰 있던 입술도 다시 오물거렸다. 가늘고 긴 손가락이 청년의 입속으로 빨 려들어갔다 밀려 나왔다. 쭉, 쭉, 쭉. 손가락을 빼는 규칙적인 소리 가 사내와 청년 사이의 불안한 적막을 깼다.

청년은 사내의 눈을 똑바로 올려다본 적이 거의 없었다. 반드 시 봐야 할 경우가 아니면 대부분 사내의 눈을 피했다. 이것은 청 년의 오래된 습관이었다. 사내 앞에 서 있는 것만으로도 압사당하 는 느낌이 들 정도였다. 하지 마, 가지 마, 먹지 마. 주로 금기의 표 시로 작게 일그러졌다 펴지는 사내의 눈에 청년은 오랜 세월을 신 호등처럼 반응했다. 사내의 눈이 소문난 입시 학원의 맨 앞자리에 앉으라 하면 청년은 그렇게 했다. 도서관 열람실의 가장 외진 곳 과 쉴 새 없이 침을 뱉는 아이들을 멀리하라면 그렇게 했고, 소질 도 관심도 없는 학과에 응시하라고 해서 그 또한 그렇게 했다. 사 내의 눈은 청년이 쓴 연애편지를 스스로 발기발기 찢게 하기도 하 고, 미처 끝내지 못한 수음의 순간을 수치스럽게 헤집어내기도 했 다. 청년은 그렇게 오래도록 사내의 눈을 따랐다. 하지만 청년이 마주한 것은 결국 일그러진 사내의 눈이었다. 무엇인가에 몹시 굶

주려 있는 허기진 눈동자. 청년은 사내의 그 눈으로부터 벗어나고 싶었다. 눈이 방심하고 있는 틈틈이 탈출을 계획하기도 했다. 달리는 차에서 뛰어내리는 것을 포함한 몇 번의 어설픈 시도는 발가벗겨져 내쫓기는 것으로 마무리되곤 했다. 청년은 오히려 마음에 안정을 찾은 것처럼 보였다. 모든 것이 자신의 의지를 벗어난 느낌. 더 이상 모험을 시도하지 않아도 되는 것은 물론이고, 그 모든 추궁으로부터 아득히 멀어진 것 같은 평온. 그러나 그마저도 컨테이너 박스 안에 갇히기 전에 했던 생각들이었다. 컨테이너 박스에서 지낸 지 3년이 지나면서부터 청년은 거의 모든 능력을 잃었다. 살아왔던 시간이 통째로 잘려 나간 사람처럼 혼자서 밥을 챙겨 먹는 일도, 책을 읽거나 생각을 하는 일도, 똥을 누고 닦는 일까지도 불가능한 사람이 되어버렸다.

사내의 눈매와 입매를 고스란히 가진 청년의 얼굴은 스무 살쯤 되어 보였다. 반듯한 이목구비와 곧고 굵은 목선, 제법 탄력 있는 팔과 다리. 사내의 머리를 훌쩍 넘는 키의 청년은 생김보다 실제로는 일곱 살이 더 많았다. 나이에 비해 어려 보이는 외모였고, 준수한 인상이었다. 사내의 바지 자락에 매달려 있는 청년을 본다면 누구라도 주저 없이 왜? 하고 캐묻고 싶을 정도의 단정한 생김. 어쨌거나 이십대의 말짱한 얼굴을 하고 사내의 바지 자락에 매달려 있는 모습은 확실히 자연스럽지 못했다. 미친 건지, 아픈 건지, 아니면 둘 다인지. 사내의 노여운 눈을 피해 안절부절못하던 청년은 입속에 엄지손가락을 넣고 한동안 잔뜩 웅크려 있었다. 사내가 목소리를 가다듬으며 말했다. 울지 말고 견뎌봐라, 이 아비가 다 해주마, 네가 나을 수만 있다면, 아니 너는 분명히 나을 거다. 청년의 입이 한쪽으로 일그러졌다. 특별히 비가 오는 날도, 천둥이 치거나 번개가 번쩍거리는 날도 아니었으나 청년은 고개를 끄덕이는 대신 붙잡고 있던 사내의 바지 자락을 더 힘껏 말아 쥐었다. 눈은 이미 눈물을 참느라 불쾌하게 달아올라 있었다. 사내의 얼굴이 더욱 험악하게 일그러졌다. 동시에 청년이 매달려 있는 다리 한쪽을 신경질적으로 털어냈다. 아무래도 오늘 밤은 포장해 온 피자도, 치킨도, 휴대용 게임기도 통할 것 같지 않았다. 사내는 한숨을 몰아쉬었다. 여러 번의 경험으로 청년은 곧 발작 같은 생떼를 피울 터였다. 사내는 벽에 걸린 시계를 올려다봤다. 곧 아홉 시. 사내가 컨테이너 박스를 떠나야 할 시간이었다. 규칙적으로 움직이는 것이 얼마나 중요한 일인지를 사내는 다시 한 번 떠올렸다. 그것은 사내가 믿고 있는 치료 방법의 하나이기도 했다. 규칙적으로 자극을 주고, 상태를 살필 것. 이것이 병명도 알 수 없는 자신의 아들을 치료하기 위해 꼭 필요한 과정이라고 굳게 믿었다. 할 수 없다는 표정이 된 사내는 창문 맞은편에 나 있는 나무장 앞으로 다가섰다. 청년은 바지 자락에 매달린 채, 사내의 움직임을 따라 바닥에 몸을 끌었다. 묵직한 청년의 무게에 바닥의 모래 먼지가 함께 쓸려

갔다. 사내는 청년의 정수리를 내려다보며 주머니에서 열쇠 꾸러미를 꺼내 들었다. 철컥, 육중한 소리를 내며 나무 손잡이에 달린 자물쇠가 열렸다. 잠시 머뭇거리던 사내는 옷장 깊숙한 곳에서 상자 하나를 꺼냈다. 작지 않은 크기의 상자였다. 사내가 말했다. 내가 가거든 상자를 열어봐라. 그리고 무서울 때마다 그것의 배꼽에 바람을 넣어봐라. 청년은 어리둥절한 표정을 지으며 사내를 올려다봤다. 눈이 기대로 반짝거렸다. 청년은 고개를 끄덕이는 대신 사내의 바지 자락에서 천천히 손을 뗐다. 청년이 눈치를 살피며 사내가 내미는 상자를 받아 들었다. 부피에 비해 가벼운 상자였다. 청년은 그것을 말끄러미 내려다보았다. 상자에는 란제리를 걸친 실리콘 인형이 인쇄되어 있었다. 도톰한 입술을 벌린 채 맨가슴을 드러낸 섹스돌. 그것은 검고 긴 머리칼을 한쪽으로 모아 넘긴 채 무엇인가에 홀린 듯 허공을 응시하고 있었다. 청년은 그것의 쓰임새를 파악하려는 듯 한참이나 상자를 만지작거렸다. 사내가 옷매무새를 가다듬고, 가져온 그릇을 챙기고, 신발을 꿰어 신고 밖에서 문을 잠글 때까지도 청년은 상자에서 눈을 떼지 않았다. 이윽고 컨테이너 문 너머로 들릴 듯 말 듯 한 사내의 목소리가 들려왔다. 너도 이 아비처럼 소중한 것을 진짜 아끼는 마음을 가졌으면 좋겠구나.

그래, 나는 너의 숨으로부터 태어났다.

처음의 네가 떠오른다. 어렴풋하게 너의 어깨가, 한껏 열리던 가슴이, 입으로부터 불어오던 미지근하고 달큰한 바람이. 너의 숨에서 태어나 내가 처음 터뜨린 울음, 그 소리는 분명 바람 소리였다. 애초에 나는 바람이었거나 바람의 일부였을지도 모른다. 숨을 쉬는 것도, 생각을 하는 것도, 꿈을 꾸거나 사라지는 것까지도 나는 바람의 그것과 비슷했다. 온몸이 바람으로 팽팽하게 부풀어 있는 동안을 살고 바람이 빠져나가는 순간 죽었다. 바람이 닿는 거리의 모든 것을 단숨에 알고 있다가, 또 한순간 그 모든 것을 잊었다. 바람결에 실려 오는 사물들의 소리와 냄새를 나는 느낄 수 있었다. 이것은 오래전부터 내가 존재하는 방법인 동시에 사라지는 방식이었다. 사용설명서에는 적혀 있지 않은 나의 쓸모에 대해 나는 이런 식으로밖에 설명할 길이 없다.

설명서에 적힌 대로라면 너는 너의 숨 대신 공기 펌프를 이용할 수도 있었다. 그러나 너는 상자 속에 그것을 그대로 둔 채 나의 배 위에 입술을 포갰다. 종이처럼 얇게 접혀진 배 위에 탯줄처럼 솟아 있는 튜브, 그 속으로 따뜻한 숨결이 밀려왔다. 네가 숨을 들이쉬고 내쉴 때마다 나에게는 머리가, 가슴이, 팔과 다리가 생겨났다. 하얗고 둥근 이마가 오롯하게 솟아올랐고 오뚝하고 곧은 콧날과 붉은 입술이 또렷해졌다. 풍선을 부는 것처럼, 너는 가벼운 마음으로 나에게 생을 선사했다. 네 아비와 어미가 너에게 부여했던 그것처럼, 내게도 어쩔 도리가 없는 삶이 생겨났다. 네가 튜브에 바람을 불어넣은 지 얼마 지나지 않아 나의 온몸은 따뜻한 숨으로 가득 채워졌다. 기대에 부푼 너는 더 깊은 곳에서 끌어 올린 숨을 내쉬었다. 방금 전보다 조금 더 뜨겁고, 조금 더 단 바람이 나의 은밀한 곳까지 밀려왔다. 풍만한 가슴과 완곡한 허리 곡선이 드러났다. 그리고 마침내 가파른 숨이 가늘고 긴 발목에까지 이르렀을 때 너는 흥분을 감추지 못하고 신음처럼 내 이름을 뱉어냈다. 엄마.

엄마, 그것은 나의 첫번째 이름이었다. 처음 내 몸을 활짝 부풀어 오르게 했던 힘. 나의 팔을 베고 젖꼭지를 오물거리며 네가 느꼈을 감정. 엄마라는 이름이 낯설었던 너는 이제 정확한 촉감과 냄새로 그 이름을 기억할 수 있을지도 모른다. 어쩌면 그것은 자연스러운 일이었다. 너는 어린아이였으므로. 서른이 가까운 몸에 갇힌 어린아이. 네 아비를 훌쩍 넘는 키에 유난히도 검은 머리칼을 가진 너는 반듯한 생김에 걸맞지 않은 서툰 발음으로 나를 부르곤 했다. 엄마, 엄마, 엄마.

사막 한가운데, 지하 단칸방. 밤이 아니면 나갈 수도 없는 뜨거운 불볕 속. 순진한 눈을 껌뻑거리며 너는 내게 말했다. 모래바람이 휘몰아치고, 사람들이 곧잘 사라지는 이곳은 사막 한가운데라고. 방문 밖을 나서면 물도 없고 그늘도 없는 모래바람 속에서 길을 잃고 헤매다 곧 죽게 될 거라고. 그러니 절대 이 방 밖을 나설 생각은 하지 말라고. 무엇보다 한시도 곁에서 떨어져서는 안 된다

고, 너는 경고했다. 정말 그럴듯한 얘기였다. 너의 눈높이쯤 나 있
는 창밖 풍경이 그랬다. 모래와 흙이 끝도 없이 펼쳐져 있었고 나
무 한 그루, 풀 한 포기 보이지 않았다. 사막과도 같은 땅. 실제로
이곳은 외부와의 접촉이 거의 없는 특별한 곳이었다. 거대한 규모
의 모래 저장 지역이기도 했고 녹슨 철근과 콘크리트가 엉킨 건설
폐기물 쓰레기장이기도 했다. 수십 개의 녹슨 컨테이너 박스가 담
처럼 둘러싸인 이곳의 정식 이름은 '건설 자원 개발'. 물론 따로 간
판이 있는 것은 아니었다. 몰래 모래를 파는 사람과 몰래 모래를
사는 사람들이 그렇게 불렀을 따름이다. 훔친 모래가 언덕을 이루
고 버려진 폐기물이 담처럼 둘러진 낯선 고장의 어느 변두리. 내
비게이션이나 지도에는 존재하지 않는 곳. 대부분의 사람들에게
는 그저 버려진 벌판 정도로만 보이는 그 어떤 곳. 너는 이곳에 버
려진 수백 개의 컨테이너 박스 중 하나에 갇혀 살고 있었다. 무더
위를 피하기 위해 땅속에 묻어놓은 컨테이너 박스가 너에게는 사
막 한가운데 지하 단칸방이었다. 컨테이너 박스 안은 진짜 사막처
럼 건조하고 뜨거웠다. 좀처럼 식을 줄 모르는 열기가 하루 종일
선풍기를 타고 방 안 구석구석을 맴돌았다. 창으로 끊임없이 모래
먼지가 날아들었다. 때때로 사막에서나 살 법하게 생긴 벌레가 방
안으로 기어들어오기도 했다. 그때마다 너는 눈을 질끈 감고 주문
처럼 내 이름을 불렀다. 엄마, 엄마, 엄마. 누군가 너처럼 그곳에 살
았다면 충분히, 사막이라 믿을 만했다. 짐작건대, 너는 모래언덕

뒤에 숨어 있는 육중한 굴삭기를 보지 못한 탓일 수도 있었다. 혹은 트럭이 모래언덕을 넘으며 휘날리는 흙먼지를 눈치채지 못한 것일 수도. 아니, 어쩌면 창밖의 풍경과 소리, 냄새로 알 수 있는 그 어떤 것도 너는 알고 싶지 않았기 때문일지도 모른다.

두려웠지, 사내 역시.

사내의 눈은 물고기 같았다. 깜빡거림도 흔들림도 없었다. 문틈 사이에 고정된 눈은 숨을 죽이고 청년을 주시했다. 겨우 돌아가는 선풍기를 자신의 몸에 고정하고 청년은 바닥에 누워 있었다. 뿌연 모래 먼지가 좁고 얇게 드는 햇볕에 일렁였다. 문을 등지고 누운 청년의 티셔츠는 흠뻑 젖어 있었다. 자꾸만 등에 달라붙는 티셔츠를 떼어내며 청년은 무엇인가를 중얼거렸다. 몸을 뒤척이고 미지근하게 흐르는 땀을 닦아냈다. 불편해 보이는 청년의 머리통 위로 섹스돌의 머리가 뾰족하게 올라와 있는 것이 보였다. 사내의 눈은 그것의 머리카락 언저리를 맴돌고 있었다. 사내의 표정은 만족스러웠다. 자신이 남기고 간 상자에서 섹스돌을 꺼냈다는 것이, 바람을 불어넣어 그것의 몸을 팽팽하게 만들었다는 것이, 그리고 이렇게 겹쳐 누워 있다는 사실이 사내를 안도하게 했다. 문득, 사내의 머릿속에 설명서에 쓰여 있던 문구가 떠올랐다. 섹스돌의 피부는 실리콘 재질로 한 겹 더 입혀져 있어서 실제 살의 촉감과 무게를 느끼게 해준다던. 사내의 입이 저절로 달싹거렸다. 그래, 정말, 아직은, 완전히 미친 게 아니야. 청년이 조심스럽게 섹스돌의 가슴팍에 얼굴을 묻고 있는 것이 보였다. 숨을 쉬고, 내쉬며 청년의 얼굴이 더 깊이 섹스돌의 가슴 사이를 파고들었다. 선풍기 바람 소리에 실려 청년의 거친 숨소리가 들려왔다. 조심스럽게 고개를 튼 청년의 입속으로 섹스돌의 젖꼭지가 빨려들어갔다. 쪽, 쪽, 쪽. 손가락 대신 젖꼭지를 빠는 청년의 입처럼 사내의 입이 동그랗게 모아졌다. 청년의 어깨가 들썩이고 등줄기를 따라 허리와 엉덩이에 팽팽한 긴장이 느껴졌다. 사내가 마른침을 삼켰다. 그래, 그렇지. 사내의 눈이 더욱 집요하게 청년의 몸을 훑어 내려갔다. 그때였다. 엄마! 청년의 입에서 방언 같은 탄성이 터져 나왔다. 사내는 잠시 넋을 놓았다. 엄마, 엄마, 엄마! 신음 소리 같은 청년의 목소리가 선명히 들릴 때까지 사내는 그 단어의 뜻을 생각하느라 유령처럼 서 있었다. 엄마? 엄마라고? 사내의 미간에 깊은 주름이 잡혔다. 이윽고, 잔뜩 겁을 먹은 사내의 눈이 가늘고 길게 찢어졌다.

청년은 질끈, 눈을 감아버렸다. 빛이 쏟아지던 창의 잔상이 한동안 청년의 시야에 남아 있었다. 뻑, 하는 소리와 함께 청년의 고개가 반쯤 돌아갔다. 의자와 함께 청년이 바닥으로 나동그라졌다. 그러나 얼굴은 마치 가격당한 것이 청년 자신의 얼굴이 아닌 것처럼 무표정했다. 정작 얻어맞은 것 같은 표정이 된 것은 사내였다. 청년의 얼굴을 후려친 사내는 격하게 손을 떨었다. 눈물과 콧물이 범벅이 된 얼굴이었고, 그것을 억누르느라 어깨를 들썩이고 있었다. 청년이 사내에게 얻어맞는 것은 흔한 일은 아니었지만 특별한 일도 아니었다. 이마에서 피가 흐르고 두 눈이 짓물러 터지는 일도, 볼록하게 오른 새살이 다시 찢겨지는 일 역시. 사내는 각목을 꺼내 본격적으로 청년을 구타하기 시작했다. 사내의 눈에서 이성이 사라진 지는 이미 오래전이었다. 청년을 겨냥한 것인지, 다른 무엇인가를 향해 각목을 휘두르는 것인지 알 수 없었다. 사내는 그저 두 팔을 막무가내로 허우적거렸다. 이미 피가 흐르고 있는 청년의 뒤통수와 허공에 한 번, 움츠러든 등과 밥상 위에 한 번, 멍이 든 팔과 다리 그리고 빈 바닥으로 또 한 번. 사내의 각목은 이 모든 것을 향해 성난 듯 덤벼들었다. 각목을 피하던 청년이 두 팔로 머리를 감싸 안고 바닥 위를 굴렀다. 모래와 피, 알 수 없는 진물들이 바닥의 먼지와 함께 뒤엉켰다. 청년의 등허리를 관통한 통증은 머리와 어깨를 뚫고 발끝까지 날카롭게 퍼졌다. 정신이 아득해지는 것을 느끼며 청년은 꿈틀거렸다. 모든 소리가 서서히 귀에서 멀어지고, 둔탁한 이명이 교회 종소리처럼 머리를 울렸다. 그리고 어느 순간 아득한 평온에 이르렀다. 문득, 아직은 자신의 아버지로부터 버려지지 않았음을, 그때에 이르지 않았음에 안도했다. 쿵. 의자를 잡고 일어서던 청년이 중심을 잃고 바닥으로 고꾸라졌다.

꿈인지 생시인지, 청년은 간신히 눈을 떴다. 겨우 떠지는 눈 속에 사내의 얼굴이 들어왔다. 사내도 겨우 눈을 뜨고 있기는 마찬가지였다. 각목을 휘두르는 동안 사내는 숨이 끊어질 듯 가슴을 치며 오열했기 때문이다. 청년의 눈에 사내의 얼굴이 조금씩 뚜렷하게 보였다. 사내는 열이 식지 않은 눈으로 애처로운 듯 청년을 내려다보고 있었다. 잔뜩 갈라지고 쉰 목소리의 사내가 말끝을 흐렸다. 그냥 잘못 했다, 한마디면 될 것을. 어느새 사내의 눈에는 이성이 돌아와 있었다. 고요하고 자못 비장함까지 느껴지는 눈이었다. 사내는 조심스럽게 청년의 몸을 살폈다. 알몸이 된 청년을 얇은 이불 위에 눕혔다. 이불 위의 핏자국이 꾸덕꾸덕하게 말라가고 있었다. 청년은 몸을 일으키려고 고개를 들었다가 도로 드러누웠다. 그제야 깨달은바, 팔과 다리, 몸통 어느 한 곳에도 힘을 줄 수가 없었다. 사내의 각목은 청년의 얼굴은 물론이고 몸 구석구석에 공평한 상처를 남겼다. 알아볼 수 없을 정도로 부어오른 눈과 긁혀서 붉게 달아오른 뺨. 한쪽 어깨는 터진 살이 보랏빛으로 변해가고 있었다. 하얀 살결 때문에 그것은 더욱 도드라지고 선명해 보였다. 사내는 깊은 한숨을 내쉬었다. 그리고 곧장 나무장에서 구급상자를 꺼내 왔다. 사내는 입으로 바람을 불어가며 청년의 상처 위에 연고를 덧발랐다. 청년의 눈과 코, 찢겨진 입술과 턱, 상처로 뒤덮인 팔과 다리. 약을 바르는 사내의 미간에 깊은 주름이 반복적으로 잡혔다 사라졌다. 그러면서 사내는 묘한 만족감을 느꼈다.

자신이 한 일과는 상관없이 청년의 몸에 나 있는 몹쓸 구멍을 찾아 메우는 것 같은 성취감. 사내의 손길은 머리에서 가슴으로 가슴에서 배로 이어졌다. 연고를 잔뜩 묻힌 사내의 손이 청년의 아랫배 위를 지나다 잠시 멈칫했다. 잔뜩 졸아붙은 페니스가 사내의 눈에 들어왔다. 사내의 입에서 한숨이 터져 나왔다. 방금 전의 상황이 떠오르는 듯, 인상은 다시 일그러졌다. 그것은 아무리 생각해봐도 절망적이었다. 이제 본능마저도 사라진 것인가, 온전한 것이 아무것도 없단 말인가, 내 아들은 정말 회생 불능이란 말인가. 사내는 고개를 내저었다. 섹스돌의 가슴을 주무르고 젖꼭지를 빨며 엄마라니. 욕구를 해결하라고 던져준 인형을 엄마라고 부르고 있다니! 목구멍으로 넘어오는 뜨거운 무엇인가를 삼키며 사내가 말했다. 그것은 그렇게 쓰는 게 아니다, 엄마가 아니란 말이다, 사용설명서를 똑바로 읽어보란 말이다.

나는 너와 나란히 누웠지.

너의 아비는 모르는 말, 너의 아비는 모르는 몸짓. 너는 목소리를 내는 대신에 눈으로, 입으로, 잔뜩 열이 오른 손과 발로 나에게 말했다. 그것은 말보다는 그저 어, 어, 어, 으, 어, 어, 하는 신음에 가까웠다. 네 아비가 나를 옆에 눕히는 동안에도, 문이 닫히고 자동차 공회전 소리가 적막을 긁고 지나가는 동안에도, 너는 그것을 멈추지 않았다. 도무지 눈을 뜰 수 없는 너는 그대로 눈을 감고 있었다. 네 아비가 챙겨 먹으라는 알약을 모두 삼킨 뒤였다. 한 주먹이 넘는 알약은 전부 똑같은 모양이었다. 먹으면 자꾸만 잠이 쏟아지는 그 약을 너는 네 아비가 오래 자리를 비울 때마다 먹어야 했다. 그러면 너는 며칠을 잠 속에 빠져 잠꼬대 같은 말을 했다. 너의 말을 들으며 나는 그저 가만히 곁에 누워 있었다. 그 자세로 너의 입술이 달싹거리는 것을 지켜보았다. 달리기를 잘하는 천진한 아이로 돌아간 듯 움직거리는 다리를 보았다. 허공을 휘젓던 팔이 힘없이 떨어지는 것과 몸을 잔뜩 웅크린 채 오물거리는 입술을 지켜보았다. 알 수 없는 누군가의 이름을 읊조리며 웃거나, 무엇인가를 놓쳐버린 듯 찡그린 얼굴을 보았다. 무슨 노래가 듣고 싶다고 흥얼거리기도 하고 그만 잠에서 깨려는 듯 온몸을 뒤척이기도 했다. 나는 횡설수설 연결고리가 없는 너의 말과 행동에 가슴이 휘청거렸다. 이유는 몰랐다. 두서없이 숨바꼭질, 이라는 단어에 손이 떨리고 추워, 라고 말하며 웅크리는 너의 등에 눈시울이 붉어졌다. 뜬금없이 끝, 이라는 단어가 다시, 라는 단어와 이어질 때 어차피, 라고 말하다가 그래도, 라고 중얼거릴 때 나는 느닷없이 울음을 터뜨렸다. 하루, 이틀, 사흘, 나흘. 너는 누운 채로 용변을 보았고, 용변이 말라버린 매트 위에서 또 다른 꿈을 꾸는 것 같았다. 그 꿈에도 내가 있는지 너는 내 이름을 자주 불렀다. 엄마, 엄마.

엄마. 너는 잠꼬대와 함께 눈을 떴다. 컨테이너 박스 안은 고요했다. 타이머를 맞춰둔 선풍기도 꺼진 오후였다. 너의 이마는 옅은 땀으로 덮여 있었다. 눈만 뜬 채로 한참 동안 천장을 응시하던 너는 비로소 이곳이 꿈이 아닌 컨테이너 박스라는 사실을 깨달은 것 같았다. 너는 천천히 고개를 돌려 나를 봤다. 너의 얼굴이 나란히 누워 있는 나의 가슴을 파고들 때 뽀득, 하고 소리가 났다. 너는 어눌한 말투로 말했다. 달고 긴 잠을 잤다고. 참 많은 꿈을 꿨다고. 너는 현기증으로 휘청거리는 몸을 일으켜 세웠다. 그리고 바닥에 널브러진 수건을 집어 들었다. 네 아비가 당부한 대로 간단히 몸을 닦았다. 머리맡에 흩어져 있던 옷가지를 주워 입고, 컨테이너 안을 휘휘 두리번거렸다. 부러진 의자 밑에 손바닥만 하게 깨진 거울 조각이 보였다. 너는 비틀거리는 몸을 이끌었다. 의자 쪽으로 다가가 거울을 집어 들었다. 그리고 그것을 물끄러미 들여다보았다. 멍한 눈동자가 정처 없이 거울 속을 오갔다. 터진 입술에서 피멍이 든 눈두덩으로, 퉁퉁 부어오른 뺨에서 상처가 선명한 목 언저리로. 너는 가만가만 손가락으로 상처를 더듬었다. 파괴된 세계를 실감하려는 듯, 손길은 느리고 무거웠다. 그러나 눈빛은 그 어느 때보다 또렷했다. 꼭 다문 입술에는 단단하게 힘이 들어가 있었다. 지금까지 무슨 일이 일어난 것인지를 되짚어보는 얼굴, 혹은 이제부터 무엇을 해야 할지를 고민하는 얼굴이었다. 마치 오랫동안 잃었던 정신을 다시는 놓지 않겠다고 결심한 사람처럼. 너는 몸에 남은 힘을 모았다. 나무장이 눈에 들어왔다. 나무장 손잡이에 달린 반쯤 입을 벌린 자물쇠가 보였다. 너는 생각했을 것이다. 너의 아비가 문을 잠그는 일에 소홀하다니, 있을 수 없는 일이라고. 너는 쓰러질 듯 나무장 앞으로 다가섰다. 조심스럽게 손잡이를 잡아당겼다. 끼익, 날카로운 문소리 때문에 너의 팔에 소름이 돋았다. 나프탈렌 냄새가 훅, 하고 밀려왔다. 네 아비의 냄새. 너는 불안한 듯 등 뒤를 두리번거렸다. 나무장 안에는 이름을 알 수 없는 약병들이 가득 차 있었다. 약병들은 네 아비처럼 낡고 오래되고 불투명한 용기에 담겨 있었다. 무엇에 쓰는 것인지 알 수 없었으나 너는 그중 몇 개의 약병을 본 기억이 났다. 네가 지독한 고열에 시달리거나, 무섭게 가라앉아 잠을 이루지 못할 때, 거품을 물고 뻣뻣하게 굳어 발작할 때 네 아비는 약병에서 꺼낸 알약들을 한 움큼씩 너의 입속으로 밀어 넣곤 했다. 너는 그 약병들 사이에서 상자 하나를 알아봤다. 나, 섹스돌이 들어 있던 상자였다. 너는 손을 뻗어 그것을 꺼냈다. 상자 안에는 뻣뻣하게 접혀 있는 사용설명서가 있었다. 너는 문득, 네 아비의 말을 떠올렸을지도 모른다. 사용설명서를 읽어봐라, 하던. 너는 곧 여러 번 접혀 있는 설명서를 펴서 또박또박 읽어 내려가기 시작했다.

만 19세 이하의 청소년에게 판매를 금함. 오랫동안 소리를 잃었던 목에서 바람이 새는 것처럼 쉿소리가 났다. 네가 금함, 이라는 단어를 발음할 때 너는 여러 번 목소리를 가다듬었다. 너에게 익숙한 단어였으나 여전히 불쑥불쑥 열을 끌어 올리는 단어. 또렷했던 눈이 흐려졌다. 너는 다시, 눈에 힘을 실었다. 심장 질환 약을 복용하고 있는 사람이 사용할 경우, 반드시 의사와 상의할 것. 너는 너의 가슴 언저리로 손을 가져갔다. 쿵, 쿵, 쿵. 나에게는 없는 심장 소리가 들리는 것 같았다. 너의 몸이 휘청하며 한쪽으로 무너져 내렸다. 와락, 나의 가슴 위로 너의 얼굴이 떨어졌다. 너의 입에서 꺼억, 꺼억, 하는 울부짖음이 올라오고 있었다. 너는 오랫동안 방치된 동물처럼 온몸을 뒤틀었다. 몸부림은 격렬했으나 무기력해 보였다. 나는 너의 야윈 등을 가만히 내려다봤다. 앙상하게 박혀 있는 등뼈가 뾰족하게 솟아오르다 내려앉았다. 한참의 시간이 지나고 들썩이던 너의 어깨가 차츰 가라앉았다. 거칠게 몰아쉬던 숨소리도 천천히 잦아들었다. 이윽고 주춤주춤 너의 입술이 다시 움직이기 시작했다. 허가된 기능 외에 다른 용도로 사용 시 심각한 부상을 입을 수 있음. 너는 너에게 허가된 기능에 대해 생각하고 있는지도 모른다. 불콰해진 눈을 천천히, 자꾸만 깜빡거리며. 너의 기능은 무엇이었고 앞으로 무엇이 될까. 나는 생각했고 너는 말했다. 꿈을 꾸는 것만이 너에게 허락된 일이었다고. 네 아비로부터 벗어날 수 있는 유일한 시간이었지만 그것은 괴로웠다고, 잠드는 순간마다 그러지 않으려고 안간힘을 썼다고 했다. 그런데 자꾸만 꿈을 꾸게 되더라고. 너는 혼잣말처럼 중얼거렸다. 너의 고개가 갸우뚱 기울어졌다. 그것 말고는 허락된 것을 도무지 상상할 수 없다는 표정이었다. 반드시 포장된 용기에 보관하고, 청결을 유지할 것. 여기까지 읽은 너는 사용설명서를 그대로 상자 안에 넣었다. 비틀비틀 일어나 컨테이너 박스의 문을 흔들었다. 문밖에 채워진 자물쇠에서 덜컹거리는 소리가 났다. 너의 눈이 더욱 명료해졌다. 우리, 여기서 나가자.

그러나, 익숙한 기운이 잠기운을 거둬 갔다.

새벽이었다. 청년은 매트에 누운 채로 머리를 들어 창을 올려다봤다. 밤이슬을 머금은 모래언덕이 달빛에 반짝거리고 있었다. 동시에 컨테이너 박스 밖에서 자물쇠 열리는 소리가 났다. 사내였다. 서늘한 느낌이 청년의 등줄기를 타고 발끝까지 저릿하게 퍼졌다. 일주일 만이었고 새벽 시간에 컨테이너 박스를 찾은 것은 처음이었다. 청년은 오물이 잔뜩 말라붙은 매트에서 몸을 일으켰다. 컨테이너 박스의 문이 열렸다. 곧이어 사내가 안으로 들어섰다. 어둠 속에서 사내와 청년의 눈이 잠시 마주쳤다. 흠칫 놀란 청년의 몸이 바짝 움츠러들었다. 허공에서 마주친 사내의 눈에서 언뜻 날카롭게 번뜩이는 무엇인가가 보였다. 그 빛이 창처럼 뻗어와 청년의 가슴 언저리에 박히는 느낌이었다. 사내는 잠시 엉거주춤 앉아 있는 청년과 그 옆에 눕혀진 섹스돌을 응시했다. 사내가 컨테이너 박스를 떠날 때 벗겨놓았던 인형의 옷이 다시 입혀져 있었다. 청년은 자신도 모르게 손가락을 입속으로 밀어 넣었다. 쭉, 쭉, 쭉. 사내가 컨테이너 박스 안으로 한 발짝 더 들어섰다. 진한 술 냄새가 손가락 빠는 소리와 묘하게 섞였다. 이미 만취한 사내는 미간을 단단하게 뭉친 채 한참을 그대로 서 있었다. 달빛에 사내의 얼굴이 흐릿하게 보였다. 일주일 동안 먹지도, 씻지도 못한 사람처럼 얼굴이 초췌했다. 수염으로 뒤덮인 턱과 뭉텅뭉텅 기름진 머리, 셔츠는 심하게 구김이 가 있었다. 청년은 사내에게 시선을 고정하고 손을 뻗어 옆에 놓여 있는 섹스돌을 더듬거렸다. 그것을 잡아당겨 천천히 자신의 뒤쪽으로 옮겨놓았다. 되도록 사내의 눈에 섹스돌을 보이지 않게 하려는 것이다. 청년의 등 뒤로 뻗어 나온 섹스돌의 허연 다리를 사내는 말없이 노려봤다. 이윽고 앞으로 쏟아지듯 사내가 청년 앞에 앉았다. 사내의 손에 들려 있는 검은색 비닐봉지에서 소주 몇 병과 내용물을 알 수 없는 갈색 병이 와르르 쏟아졌다. 사내는 거칠게 숨을 몰아쉬며 자세를 고쳐 앉았다. 그리고 달달 떨리는 손으로 청년 앞에 술잔을 내려놓았다. 갈색 병을 열어 병 속의 내용물도 바닥에 함께 꺼냈다. 수십 개의 알약이었다. 그것은 먹으면 자꾸 잠이 오는 약 같기도, 기분이 가라앉아 팔조차 들 수 없게 만드는 약 같기도 했다. 사내는 곧바로 자신의 잔을 채우고, 청년의 잔도 채웠다. 사내가 말했다. 지금부터 나는, 너의 아버지가 아니다. 사내의 목소리가 희미하게 떨렸다. 시선은 그대로 섹스돌의 발치에 고정되어 있었다. 사내의 시선으로부터 벗어나게 하려는 듯, 청년은 섹스돌의 다리를 사내의 반대방향으로 천천히 밀어냈다. 사내는 청년을 응시하며 소주 한 잔과 알약 한 움큼을 집어삼켰다. 영문을 알 수 없는 표정이 된 청년은 사내의 눈이 시키는 대로 술잔을 입으로 가져갔다. 청년의 목에서 코끝까지 쓰고 아린 술기운이 올라왔다. 사내가 다시 잔을 채우고 청년은 다시 잔을 들었다. 사내가 고개를 주억거리며 말했다. 나는 네가 걱정스럽고, 네가 두렵다. 사내는 다시 술잔을 입으로 털어 넣고 알약을 집어삼켰다. 가두는 일 말고는 너를 살게 할 다른 길이 없었다. 사내의 목소리에 흐느낌이 섞여 있었다. 사내의 흐느낌을 들으며 청년은 또 한 번 섹스돌의 다리를 자신의 뒤쪽으로 끌어당겼다. 그것을 포착한 사내의 눈이 심하게 흔들렸다. 청년의 몸이 움츠러들었다. 사내의 호흡이 불규칙해졌다. 쇳소리가 섞인 숨을 몰아쉬며 사내는 청년 등 뒤에 가려진 섹스돌의 다리를 거칠게 낚아챘다. 청년의 눈이 흔들렸다. 끌려 나온 섹스돌의 치마가 가슴으로 말려 올라갔다. 섹스돌의 허연 아랫도리 위에서 사내와 청년의 시선이 부딪쳤다. 사내가 섹스돌의 속치마를 찢었다. 찢겨 나간 치맛자락이 섹스돌의 얼굴 위로 떨어졌다. 사내가 바지 지퍼를 내렸다. 청년은 온몸을 부르르 떨었다. 사내는 붉게 솟아오른 페니스를 섹스돌의 가랑이 사이로 밀어 넣었다. 청년이 괴성을 질렀다. 억, 억, 억. 사내에게는 다가서지도 못한 채 안절부절못하는 청년이 온몸을 틀며 매트 위를 굴렀다. 사내도 꼭 같은 괴성을 지르며 위아래로 몸을 격렬하게 움직였다. 사내의 턱과 입에 팽팽한 긴장이 맴돌았다. 울부짖는 청년을 향해 사내가 소리쳤다. 이건, 이렇게 쓰는 거다. 이제 청년의 입에서는 기괴한 소리와 함께 침이 흐르고 있었다. 아, 아, 아, 어, 어, 억. 무섭게 일그러진 얼굴의 청년이 와락, 사내에게로 달려들었다. 순식간에 뒤로 넘어진 사내의 가랑이 사이로 힘이 빠져나간 페니스가 덜렁거렸다. 청년은 필사적으로 섹스돌을 움켜쥐었다. 어둠 속에서 사내와 섹스돌이, 섹스돌과 청년이, 청년과 사내가 몇 번씩 뒤엉켰다 풀어졌다. 거친 숨소리와 지릿한 냄새, 흐느낌과 미지근한 열기가 어둠 속에서 뒤척거렸다. 사내의 눈두덩에서는 어느새 피가 흐르고, 간신히 몸을 가눈 청년이 섹스돌의 옷을 추슬렀다. 아아악! 절규에 가까운 사내의 목소리가 새벽의 적막을 깼다. 사내가 청년에게로 달려들었다. 사내가 청년의 배 위에 올라간 것은 순식간이었다. 억센 사내의 두 손이 청년의 목을 움켜쥐었다. 저항할 엄두가 나지 않는 힘이 청년의 숨통을 조였다. 청년의 눈을 내려다보는 사내의 눈에 아득한 슬픔이 모여들었다. 벌겋게 달아오른 눈에서 뚝뚝, 눈물이 떨어지고 있었다. 청년은 자신의 눈과 뺨 위로 떨어지는 사내의 눈물이 뜨겁다고 느꼈다. 발버둥을 치던 청년의 몸에서 조금씩 힘이 빠져나갔다. 사내의 얼굴이 흐릿해지고 정신이 아득하게 멀어지는 것을 느꼈다. 마침내 청년의 귀에서 세상의 모든 소리가 사라졌다.

그리고, 나의 몸으로부터 너의 숨이 천천히 빠져나갔지.

너는 움직임 없이 누워 있었다. 흐릿하게 풀린 동공을 내보인 얼굴은 평온했다. 마치 이것은 놀랄 일도 아니라는 듯이, 오랫동안 준비해온 순간을 맞이했다는 듯이. 모든 것이 빠져나간 너의 눈 옆으로 눈물 자국이 말라붙어 있었다. 벌거벗은 아랫도리를 드러낸 채 옆에 쓰러져 있던 네 아비가 비틀비틀 몸을 일으켰다. 한참을 멍하게 앉아 있던 네 아비는 너의 코에 귀를 갖다 댔다. 축 늘어진 몸을 어루만지다 가슴 언저리에 손을 얹었다. 끝내 자신만 살아 있다는 것이 믿기지 않는다는 듯 네 아비는 가슴을 내리쳤다. 자꾸만 치미는 구토를 목구멍으로 다시 삼켰다. 그리고 비로소 꿈에서 깬 것 같은 표정이 되었다. 간신히 몸을 가눈 네 아비는 너의 몸을 매트 위에 바로 눕혔다. 너의 눈은 흔들림에도 아무런 반응이 없었다. 다만 허공 어딘가를 응시하고 있었을 뿐이다. 그곳을 네 아비도 멍하게 올려다봤다. 이제 어쩔 것인가.
　얼마나 지났을까. 구석에 웅크리고 있던 네 아비가 다시 너의 앞으로 다가가 앉았다. 허공을 응시하고 있는 너의 눈을 아비는 가만히 내려다봤다. 네 아비는 아무것도 하지 않았다. 울지도, 웃지도, 눈을 깜빡이거나 입술을 움직이지도. 그저 침묵했다. 네 아비가 너의 눈을 감겨준 것은 그러고도 한참의 시간이 지난 뒤였다. 아직 새벽이었다. 여전히 완전한 어둠이 컨테이너 박스 안을

짙게 채우고 있었다. 네 아비는 더듬더듬 술병을 찾아 들었다. 어
딘지 모르게 날카로운 통증이 남아 있는 몸을 추스르고 술을 마셨
다. 그리고 한참 뒤, 너와 나란히 눕혀져 있는 나를 커다란 트렁크
속에 구겨 넣기 시작했다. 나의 몸속에서 너의 숨이 천천히 빠져
나가고 있었다. 이윽고 너의 몸도 나의 몸 위로 포개졌다.

　네 아비는 사막 한가운데를 걷고 있다. 커다란 트렁크를 끌고
술병을 든 채 느릿느릿 모래 위를 걷는다. 네 아비는 몇 걸음마다
뒤를 돌아본다. 너와 나의 무게만큼 모래 위에는 바큇자국이 남겨
진다. 아비는 가파르게 솟아 있는 모래언덕과 언덕 사이에서 잠시
멈춰 선다. 달빛 아래 신기루처럼, 컨테이너 박스가 보인다. 네 아
비는 혼잣말처럼 너에게 말한다. 언젠가 꿈속에서 이런 장면을 본
적이 있는 것 같구나. 푸르스름한 달빛에 멀리 있는 컨테이너 박
스, 그곳으로부터 점점이 찍혀 있는 발자국들, 그리고 내 아들. 네
아비가 갑자기 울음을 터뜨린 것은 그때다. 어깨가 들썩이고 거친
숨소리가 미지근한 사막의 공기 속으로 퍼져 나간다. 때마침 모래
바람이 불어온다. 모래바람 속에서 보이는 것은 아무것도 없다. 네
아비는 그 바람을 뚫고 다시 걷기 시작한다. 너와 나는 아비의 긴
울음을 오래오래 듣고 있다.

미싱 도로시

1102

허공에 동그란 원을 그렸다. 의자 위에 올라서서 까치발을 하면 알맞게 얼굴이 들어가는 높이. 그 높이에 손가락 굵기의 밧줄을 매듭져 걸어놓은 이미지. 텅 빈 방 가운데 누워 있는 1102호는 허공을 물끄러미 올려다보며 상상했다. 상상 속의 밧줄은 묵직한 무엇인가가 걸려 있기라도 한 듯 추처럼 흔들거리고 있었다. 새벽이었고 방 안은 불도 켜지 않은 채였다. 겨우 드는 달빛으로 살림살이가 빠져나간 자국들이 흐릿하게 보였다. 아내는 그 줄에 몇 번이나 목을 걸어봤을까. 머릿속에 아내의 낯선 모습이 떠올랐다. 잠들어 있는 1102호의 머리맡에 의자를 놓고 느릿느릿 그 위로 올라서는 아내, 긴 목에 밧줄을 걸고 잠들어 있는 1102호의 얼굴을 얼마쯤 내려다보고 있는 아내. 동굴처럼 깊이를 알 수 없는 아내의 눈동자와 강고하게 다문 입술이 생각났다. 마침내 의자를 밀쳐내고 허공을 휘젓는 깡마른 다리를 상상했을 때 1102호는 막혔던 숨통이 탁, 하고 트이는 것 같은 시원함을 느꼈다. 차라리 죽기라도 했으면. 허공을 노려보던 1102호가 천천히 몸을 일으켰다. 그리고 머리맡에 놓여 있는 의자를 창 쪽으로 가져갔다. 끼익, 의자 끄는 소리가 새벽의 적막을 깼다. 밧줄을 쥐고 있던 1102호의 손이 가볍게 떨렸다. 아내가 그랬던 것처럼 1102호는 의자 위로 올라섰다. 커튼 봉에 밧줄을 걸고 매듭을 지었다. 동그란 원이 기이하고 음산해 보였다. 목 언저리의 정맥이 튀어나올 듯 두근거렸다. 깊은 숨을 들이쉬는 1102호의 가슴이 빠른 속도로 부풀었다 가라앉았다.

1102호의 아내가 실종된 지 3개월이 지나고 있었다. 집 앞 마트에 다녀올 사람처럼 아내는 빈 몸으로 사라졌다. 늘 그랬던 것처럼 그날도 아내는 퇴근 시간에 맞춰 밥을 짓고, 찌개를 끓이고, 나물을 무쳤다. 도마 위에는 썰다 만 파도 놓여 있었다. 옷도, 화장품도, 아내의 가방과 지갑도 모두 제자리였다. 1102호의 집에서 없어진 것이라고는 오로지 아내뿐이었다. 아내가 사라지지 않았다면 내일쯤 1102호와 아내는 새집에 있을 터였다. 8년 만에 장만한 집이었다. 이것은 8년의 시간 동안 1102호와 아내를 쉼 없이 움직이게 하는 가장 큰 동기였다. 택시 대신 버스를 타는 동기, 담배나 커피를 줄이는 동기, 서랍 속의 사직서를 꺼내지 않고 버틸 수 있게 하는 동기. 감당하기 부담스러운 빚을 져야 했지만, 그리고 그때문에 포기해야 하는 것이 많았지만 어쨌거나 그것은 궁극적으로 아내와 1102호가 희망을 품는 동기였다. 적어도 1102호의 눈에는 그랬다. 그러나 아무리 생각해도 가슴을 칠 노릇이었다. 꿈을 눈앞에 두고 아내가 사라지다니. 사라진 아내가 이런 기묘한 습관을 가지고 있었다니. 그 기묘한 습관을 이렇게나 또박또박 메모로 남겨놓았다니. 모두가 잠든 밤 커튼 봉에 타이백을 묶어 목을 매어본다는 것도, 술에 취해 오후를 보냈다는 것도, 1102호와 아이가 사라져버리기를 바랐다는 것도, 아내가 실종되기 전에는 상상도 하지 못했던 사실이다. 아내에게 왜 이런 습관이 생긴 것인지. 1102호는 아내로부터 단 한 번도 그 이유에 대해 들어본 기억이 없었다. 1102호에게 아내는 대체로 너그러운 사람이었고, 늘 웃고 있었고, 말이 없었다. 얘기를 잘 들어주는 편이었고 요구하는 것도 별로 많지 않았다. 침대에서 손을 뻗으면 순하게 몸을 돌려 눕던, 아내에게도 걱정이라는 게 있을까 싶은 느낌을 주는 사람이었다. 1102호는 그런 아내가 싫지 않았다. 오히려 무심한 듯 제자리에서 할 일을 하는 것 같아 고맙다는 생각을 했었다. 그런데 왜? 문제가 없었던 것이 문제였단 말인가. 1102호는 세차게 고개를 내저었다. 아내의 메모를 처음 발견했을 때처럼 느닷없는 분노가 치밀었다.

아내가 사라져버릴 것을 계획하고 그동안 연극을 한 것은 아닌가 하는 생각마저 들었다. 동시에 밤을 새워 아내를 기다리고, 실종 신고를 하고, 우는 장모의 등을 두드려주고, 엄마를 찾는 아이를 업어 재웠던 것이 억울했다. 그래도 1102호는 동그란 밧줄 안으로 머리를 들이밀었다. 1102호의 호흡이 빨라졌다. 호흡에 맞춰 눈두덩으로 뜨거운 것이 몰려왔다. 아내의 하얀 얼굴과 뭉툭한 손가락, 야윈 등이 떠올랐다. 잠시 의자 위에 서서 온몸을 부르르 떨던 1102호는 잡고 있는 밧줄을 발작적으로 밀쳐냈다. 그리고 곧 자꾸만 치미는 울음이 아내에 대한 안타까움과 걱정이 아니라 그저 순수한 분노라는 사실을 깨달았다. 아내가 제 발로 걸어 나갔을지도 모른다는 생각에 확신이 들었다. 1102호의 눈이 가족사진이 걸려 있던 빈 벽에 고정되었다. 1102호는 납치를 확신하는 경찰에게 아내의 메모에 관해서는 이야기하지 않기로 마음먹었다. 그런 상태로 얼마 동안 아내의 얼굴이 찍힌 전단을 돌리고, 새벽에 걸려온 전화에 병원과 경찰서를 오가고, 건질 것 없는 수소문을 계속하기로 결심했다.

1603

1603호의 눈이 한순간 번쩍 떠졌다. 눈꺼풀이 자신도 모르게 감겨 있었다는 사실에 당혹스러움을 느꼈다. 잠을 제대로 못 잔 지 3개월이 다 되어가고 있었다. 1603호는 구부정하게 앉아 있던 자세를 고쳐 앉으며 반사적으로 자신의 뺨을 세차게 내리쳤다. 뺨의 통증이 미지근하게 얼굴로 퍼질 때 1603호의 입이 조그맣게 달싹거렸다. 미친년! 아들 생사도 모르는 년이 무슨 잠. 오른쪽 뺨이 붉게 달아올랐다. 그 잠깐 사이 꿈을 꾸었다. 꿈속에는 아들이 있었다. 꿈속의 아들은 결혼을 한 상태였다. 미래의 어느 때처럼 약간은 배가 나와 보였다. 말쑥한 정장 차림의 아들 옆에는 낯선 얼굴의 여자와 아이가 보였다. 지적인 이미지의 여자는 네 살쯤 되어 보이는 아이의 머리를 연신 쓰다듬고 있었다. 1603호는 그들이 아들의 아내와 아이임을 알아차렸다. 1603호가 아들에게 소개해왔던 조건의 여자인지는 잘 모르겠지만, 어둠 속에서 만족스러운 표정의 아들을 보고 짐작할 따름이었다. 이제야 제짝을 만났구나, 하고. 반가운 마음에 아들을 부르려는데 목소리가 나오지 않았다. 소리를 내려고 할수록 목소리가 더 무겁게 가라앉았다. 아들의 이름을 부르는 대신 아들에게 손을 뻗었다. 이번에는 몸이 돌처럼 무겁고 느렸다. 아들은 그보다 빠른 걸음으로 1603호로부터 멀어졌다. 이제 자신을 찾지 말라는 듯, 1603호에게 손짓했다. 저쪽으로 가세요, 저쪽으로. 순간적으로 1603호는 몸을 부르르 떨었다. 저릿한 통증이 가슴에서 온몸으로 퍼졌다.

1603호는 아들의 얼굴이 찍혀 있는 전단을 내려다봤다. 사람을 찾습니다, 라고 쓴 문장 밑에 커다랗게 찍힌 아들의 얼굴. 사진 속 아들이 1603호의 얼굴을 빤히 올려다보는 것 같았다. 흰색 셔츠에 웃을 듯 말 듯 한 표정. 선이 단정한 입매는 1603호의 이미지를 떠올리게 했다. 아들이 사라지고 급하게 찾아낸 그 사진은 재작년 1603호가 아들의 등을 떠밀고 가서 찍은 프로필 사진이었다. 지인이 아들의 맞선을 주선하며 준비해두라고 한 것이다. 카메라 앞에 어정쩡한 자세로 선 아들의 못마땅한 미소가 떠올랐다. 선을 보이려면 화사하게 웃는 게 좋은데, 하며 연신 잔소리를 했던 것도, 그 때문에 더 어색해진 아들의 얼굴도 함께 생각났다. 동안이긴 하지만 아들의 나이는 마흔. 그러니까 이 사진을 찍을 당시는 서른여덟이었다. 그래서 1603호는 늘 마음이 분주했다. 대견하다 싶을 정도로 자신의 진로를 스스로 잘 헤쳐나가던 아들이었다. 넉넉한 가정환경과 조금 엄격한 1603호의 교육 태도가 뒷받침되었던 게 사실이지만 대입 시험을 치를 때도, 입사 시험을 치를 때도 1603호는 다른 친구들처럼 아들 때문에 속을 끓여본 기억이 없었다. 우수한 성적으로 대학에 입학하고 유망한 대기업에 취업하기까지 아들은 착실하게 집과 회사를 오갔다. 화려한 용모는 아니지만 어떤 자리에서도 신뢰를 줄 수 있는 인상. 눈치 없이 설치거나 드세지도 않았다. 온순한 데다 남을 배려할 줄 아는 성격도 아들이 가진 장점이었다. 1603호에게 아들은 그런 존재였다. 순서대로 차근차근 진행되는 모범 답안. 이 모든 것이 1603호를 행복하게 했다. 그런데 결혼만은 그렇지 못했다. 아들이 데려온 여자들은 하나같이 마음에 차지 않았다. 인상이 사납거나, 직업이 별로이거나, 태도가 좋지 못했다. 그럴 때마다 1603호는 주위에서 소개받은 아가씨들의 사진을 내밀었다. 그러면 아들은 별 탈 없이 사귀던 여자와 헤어지고 선을 보러 나갔다. 1603호는 순한 아들의 모습이 눈에 선했다. 그때가 참 행복했는데, 하는 생각에 등이 싸늘해지는 것을 느꼈다.

그런 아들이 사라진 지 벌써 3개월이 지나고 있었다. 실은 사라진 지 일주일이 넘도록 모르고 있다가 아들 회사 선배의 전화로 그 사실을 알게 되었다. 말끝을 자주 흐리는 아들의 회사 선배는 아들이 갑자기 사표를 냈는데 곧 승진할 예정이라 모두 의아하게 생각했다고 했다. 상사의 지시로 다시 한 번 더 생각해보라고 설득차 전화를 걸었는데 도무지 연락이 닿지 않는다는 말도 덧붙였다. 뭔가가 잘못된 것을 감지한 아들의 선배와 1603호는 잠시 침묵했다. 예감이 불길했다. 간밤의 꿈자리가 사나웠는데. 무시무시하고 끔찍한 일이 벌어질 것만 같은 예감 때문에 1603호의 뒷목이 뻐근해졌다. 그러나 사실 1603호는 아들과 자신 사이에 아주 오랫동안 웅크리고 있던 불안을 확인한 기분이 들었다. 이 기묘한 느낌을 뭐라고 설명할 수 있을까. 말을 하지 않았을 뿐 언제고 알맞게 곪아지면 툭, 하고 터지고 말 것이라는 사실을 그저 몰랐다고 할 수만은 없었다. 그리고 이 모든 불안의 시작은 아들이 집을 나와 혼자 생활하면서부터라고 확신했다. 1603호가 바라는 일이라면 무엇이든 싫은 내색 한 번을 안 했던 아들이 1603호를 행복하게 만들어주는 일에 부쩍 의욕과 관심을 잃어가던 때. 1603호의 미간에 단단한 주름이 잡혔다. 점점 말을 잃어가는 아들이, 그 입으로 1603호가 차려준 음식을 꾸역꾸역 욱여넣던 것이 반복해서 떠올랐기 때문이다.

그날의 기억을 떠올리는 1603호의 손바닥이 축축해졌다. 아들 선배의 전화를 받고 오피스텔로 달려갔을 때, 불안한 마음으로 오피스텔 문을 열었을 때, 순식간에 밀려오는 냄새에 정신이 혼미해지던 그때. 1603호는 아직도 그 냄새가 오피스텔 어딘가에서 스멀스멀 올라오는 것 같은 착각이 들었다. 그것은 동물성이었고, 썩고 있었고, 오래도록 방치된 것의 냄새였다. 1603호는 온몸의 힘이 순식간에 휘발되는 것 같은 절망을 느꼈다. 그리고 한참 동안 오피스텔 현관에 주저앉아 일어설 수 없었다. 후들거리는 다리를 끌고 방 안으로 들어간 것은 그로부터도 꽤 오랜 시간이 지난 뒤였다. 비어 있는 침대와 널브러진 옷가지, 빨지 않은 속옷과 담배꽁초가 가득 담긴 술병. 욕실에도 옷장 안에도 오피스텔의 그 어떤 곳에도 아들은 없었다. 다만 싱크대 위에 썩은 고깃덩이가 놓여 있을 뿐이었다. 하얗게 구더기가 슨 그것은 부위조차 알 수 없었다. 1603호는 저릿한 가슴을 쓸어내리며 그때서야 코를 싸쥐었다. 사실은 그렇게까지 끔찍한 냄새는 아니었는지도 모른다. 냄새의 근원을 파악한 1603호는 자신도 모르게 안도의 숨을 내쉬었다.

목재용 톱 10000, 김장용 비닐 15000, 목장갑 2000, 레종 2500. 식탁 위, 아들이 남겨놓은 영수증 뭉치를 내려다보던 1603호가 축축해진 손바닥을 바지에 문질렀다. 정리되지 않은 오피스텔에서 유일하게 정돈되어 있는 영수증 뭉치는 아들의 행방을 유추해볼 수 있는 자료였다. 아들과 톱, 아들과 김장용 비닐, 아들과 목장갑, 아들과 담배. 1603호의 머릿속이 어지러웠다. 아무리 생각해도 아들과는 상관없어 보이는 물건들의 조합이었다. 신문에서 읽었던 끔찍한 사건 사고의 기사들이 머릿속을 빠르게 스쳐 갔다. 1603호는 오피스텔 바닥에 떨어져 있는 아들의 티셔츠 하나를 집어 들었다. 티셔츠에 얼굴을 묻고 깊게 숨을 들이쉬었다. 아들의 냄새와 진한 담배 냄새가 섞여 있었다. 1603호의 심장이 터질 듯 두근거렸다. 그리고 그 두근거림에 맞춰 아들의 섬뜩하고 낯선 이미지들이 떠올랐다 사라졌다.

1102

밧줄, 이라고 시작된 메모 뭉치에는 날짜와 시간은 적혀 있지 않았다. 생각나는 대로 쓴 메모인지 아닌지도 알 수 없었다. 사적인 기록과 책이나 기사를 옮겨 적은 것들이 뒤섞여 있었다. 어디서부터 해독해야 하는지 모르는 암호처럼 1102호는 그 의미에 대해 오래 생각했다. 어떤 것은 술에 취한 듯 흘려 쓴 것도 있었고 또 어떤 것은 손에 힘을 주어 꼭꼭 눌러쓴 것도 있었다. 아내의 글씨임은 틀림없지만 그것은 1102호가 알던 아내의 것 같지는 않았다. 밧줄에 목을 감아본다. 잠깐 동안의 평온. 아아, 기막히게도 나는 살아 있어. 살아 있을까? 1102호의 미간에 깊은 주름이 잡혔다. 살아 있다면 어디에? 어쩌면 지금 이 순간 아내는 자신을 묶는 감옥으로부터 벗어난 것을 축하하고 있지 않을까. 발품을 팔아 맞춘 커튼을 달고, 새로 사들인 가구의 위치를 고민하고, 주말마다 보러 다닌 나무들을 마당 어디쯤에 심는 일이 이제 와서 아내에게 아무런 의미가 없어졌다니. 일순간 1102호는 마치 나락으로 떨어지는 것 같은 좌절을 느꼈다. 1102호는 암호처럼 흩어져 있는 아내의 말들을 기억해내려고 애를 썼다. 이른 아침, 잠에서 막 깨어난 1102호의 머리맡에서 들릴 듯 말 듯 한 목소리로 행복해? 라고 묻던 아내. 잠이 덜 깬 얼굴로 올려다보는 1102호에게 아내는 말했다. 당신도 당신만 아는 곳에 당신이 있다고 생각해봐. 당신이 두 여자와 한 집에 산다고 해도 아무도 막을 수 없는 곳. 나는 그런 곳을 여러 해 전에 만들었어. 그곳에 사는 나는 남편도 아이도 없어. 정해놓은 규칙도 없고 지켜야 할 법도 없어. 누군가에게 행복하다는 말을 할 필요도 없지. 몽롱한 목소리와 묘한 표정, 주문을 외듯 행복하다고 중얼거리던 아내. 그날의 얼떨떨한 기억이 되살아났다.

　거대한 창고에 갇힌 것 같다. 밖으로 나가기 위해서는 값을 치러야 한다. 더 커다란 창고로 나가기 위해? 오늘부터 나는 반성하지 않겠다. 멍하니 앉아 반성하지 않기로 했다는 말을 곱씹어보았다. 반성하지 않겠다고? 그것은 1102호에게 어떤 불길한 날의 오후를 떠올리게 했다. 작년 크리스마스가 막 지났을 때였다. 그날은 아내와 늘 다니던 동네 마트가 아닌 양재동의 한 대형 마트에 갔다. 거대한 물류창고가 연상되는 마트는 회원이 아니면 들어갈 수 없었다. 1102호와 아내는 문 앞에서 잠시 어리둥절했다. 잠시 뒤 아내는 1102호의 핀잔을 뒤로하고 회비를 치러야 하는 회원증을 발급받았다. 아내와 함께 마트 안으로 들어섰을 때 훅, 하고 올라오던 이국의 냄새가 떠올랐다. 무엇인가에 쫓기는 듯한 걸음으로 마트 안을 한참 돌아다녔는데 어느 순간 아내가 보이지 않았다. 한 시간 넘게 마트 안을 뒤졌지만 끝내 아내를 찾지 못했다. 1102호의 몸이 뜨거워졌다. 퍼즐 한 조각이 제자리를 찾은 것처럼 어떤 불길한 징조가 점점 더 선명해졌다. 아내의 실종은 생각보다 오래전부터 예고되어 있었음을 불현듯 깨달았다. 마트에서 뒤늦게 집으로 돌아왔을 때 아내는 집에 와 있었다. 노란 식탁 조명등 밑에 넋이 나간 사람처럼 뭔가를 중얼거리며. 아내는 마트에서 길을 잃었다고 했다. 계산대 계산원들이 바코드에 물건을 가져갈 때마다 삐-삐 나던 소리가 꼭 심장박동을 체크하는 기계 같았다고. 갑자기 숨쉬기가 힘들어져 마트 밖으로 나가려고 했는데 도무지 출구를 찾을 수가 없었다고. 1102호는 알 수 없는 말을 중얼거리는 아내에게 불같이 화를 냈다. 욕을 했던 것도 같다. 돌아서는 1102호의 뒤통수에 아내가 나지막하게 하던 말이 또렷하게 기억났다. 나, 반성하지 않을래. 1102호가 다시 뒤돌아봤을 때 아내는 꼭 무엇에 홀린 사람처럼 온몸을 바들바들 떨었다. 1102호는 확신했다. 메모의 시작은 바로 이때부터, 라고.

생각할수록 아내는 우물 같았다. 그 심연에는 무엇이 있었는지. 1102호가 자주 집을 비웠으니 아내는 우물일 수밖에 없었을 거라는 생각이 들었다. 회사에 가고, 야근을 하고, 새벽까지 회식을 하는 일상이 일주일 내내였던 때가 적지 않았다. 아내의 병은 혼자 깊어진 셈이었다. 변명을 하자면 새로운 부서에서 포지션을 결정해야 하는 중요한 시기이기도 했다. 낯선 분위기에 적응하느라 몸과 마음이 분주해져 아내의 말을 주의 깊게 새길 여유도 없었다. 그보다 중요한 일과들이 매일매일 새롭게 1102호를 바쁘게 했으니까. 오히려 이삼 일 만에 퇴근해 집에 들어설 때는 마음이 뿌듯하기까지 했다. 가족의 미래를 위해 몇 걸음 더 전진하고 있다는 생각 때문이다. 어쩌다 쉴 수 있는 휴일이면 함께 공원이나 동물원에 가는 것으로, 유명한 맛집을 정기적으로 예약하는 것으로, 결혼기념일이나 생일에 선물을 교환하는 것으로 1102호는 충분히 노력을 기울였다고 여겼다. 그러나 그 외 시간에 아내가 무엇을 하고 지내는지에 대해서는 생각해본 적이 없었다. 이 모든 것은 1102호와 아내의 미래를 위해 정당하게 용인된 것이었으므로.

1102호는 확신했다. 아내의 태도에 어떤 변화가 생긴 것은 바로 그때라고. 승진을 하고 새로운 부서로 자리를 옮길 무렵, 새로운 일들로 머릿속이 꽉 차 있던 그때. 그 뒤부터 아내는 자주 뜻 모를 말을 했다. 화를 내거나 투정이 없던 아내가 어느 날부터인가 1102호의 늦은 퇴근에 날을 세웠다. 그리고 가끔은 당신은 왜 그렇게 살아? 하고 뜬금없는 질문을 할 때도 있었다. 1102호가 되물으면 아내는 고개를 돌리고 주방으로 사라졌다. 그때 아내의 얼굴은 무엇을 어떻게 해야 될지 모르겠다는 표정이었다. 1102호는 아내의 이 모든 것을 그냥 흘려보냈다. 아내의 상태에 문제가 있다고 깨달은 것은 그로부터도 한참의 시간이 흐른 뒤였다.

중요한 프로젝트를 앞둔 어느 일요일이었다. 간밤의 숙취로 머리가 아팠지만 몸을 추스르고 회사에 나가야 하는 상황이었다. 아내는 보이지 않았다. 아내가 식탁에 준비해둔 늦은 아침을 먹고 일어서는데, 어쩐지 집 안 풍경이 낯설었다. 생각해보니 화장실 문도 좀 이상했다. 가보니 잠금장치가 없었다. 안방도, 옷방도, 심지어 현관문의 잠금장치도 모두 사라졌다. 1102호는 잠시 어리둥절하게 서 있었다. 얼굴이 붉어졌다. 그동안 집을 들락거리면서도 그것을 눈치채지 못했다는 사실과 무방비로 비워져 있었을 집을 생각하니 머릿속이 아찔했다. 분명히 아내의 짓이었다. 그간 일어난 일련의 일들이 하나로 꿰어졌다. 끓어오르는 당혹감을 찍어 누르며 아내를 기다렸다. 오후가 넘어 집으로 돌아온 아내에게 대체 어떻게 된 일이냐고, 화를 참으며 물었다. 아내의 대답은 짧고 가벼웠다. 대수롭지 않은 일을 묻는다는 식으로 말했다. 답답해서.

1603

H호텔 카페 테라스, 커피 22000. 호텔 프런트 데스크 앞에 앉아 있던 호텔 직원이 반대편에 있는 거대한 창을 손끝으로 가리켰다. 1603호는 가방에서 영수증 뭉치를 꺼내 남자가 가리킨 카페의 이름을 다시 한 번 확인했다. 카페 테라스. 빛이 쏟아지는 거대한 창 앞으로 앤티크풍의 탁자와 의자들이 균일하게 놓여 있었다. 카페 안에는 사람이 많지 않았다. 외국인 몇몇이 앉아 신문을 읽고 있었고, 또 몇몇은 맞선을 보는 듯 서먹서먹한 얼굴로 차를 마시고 있었다. 모아놓은 영수증대로라면 아들은 지난 몇 달간 거의 매주 이곳에 온 셈이었다. 열두 시 삼십 분에서 네 시 사이, 열 잔이 넘는 커피를 마셨다. 1603호는 맞선을 보는 장소로 이곳을 택하지 않았나, 짐작했다. 그러나 아무리 생각해도 이상한 일이었다. 돌이켜보건대 1603호가 선을 주선한 것은 아무리 많아도 열 번이 채 안 되었다. 아들은 왜 매주 이곳에 온 걸까, 누구를 만났을까, 커피는 왜

이렇게 많이 시켰을까? 1603호는 테이블 사이를 지나면서 저들처럼 앉아 차를 마셨을 아들을 상상했다. 아들은 축축해진 손바닥을 바지에 문지르며 커피를 마셨을 것이다. 말을 꺼낼 때마다 목청을 가다듬었을 것이고, 여자의 질문에 얼굴을 붉히며 대답했을 것이다. 1603호를 닮아 긴장을 하면 어김없이 나타나는 증상이었다.

1603호는 자신이 내민 사진 속 아가씨들이 아들과 선을 본 맞선 상대의 전부가 아니라는 결론에 이르렀다. 선을 보는 일에 집착한 것은 사실이지만, 이렇게까지 많은 상대를 만났다는 것은 모르고 있었다. 가문과 재산, 능력을 동시에 겸비한 여자를 찾는 일에 아들은 시험 문제의 모범 답안을 작성하는 것처럼 신중하게 굴었다. 극도로 긴장했고 여유롭지 못했다. 물론 그것이 아들의 미래를 위해 반드시 거쳐야 하는 하나의 과제라는 생각에는 1603호도 의심의 여지가 없었다. 그러나 확실한 것은 아들이 맞선에서 만난 여자에게 그 어떤 종류의 열정도 보이지 않았다는 것이다. 1603호의 눈에는 평생 함께할 여자, 사랑해야 할 대상을 찾는다기보다 아들의 특기인 그때 해치워야 할 일을 하는 것 정도로밖에는 보이지 않았다. 1603호는 그것을 막지 않았다. 아니, 막을 이유가 없었다. 혹, 아들의 생각이 그렇더라도 그것은 아들의 삶을 행복하게 하는 데 결코 해가 되는 일이 아니라고 믿었기 때문이다. 그러나 아들이 1603호에게 취한 태도에 대해서는 아직도 뚜렷한 결론을 내리지 못한 상태였다. 선을 본 날이면 지독히 기분이 나빠지는 아들. 아들은 1603호의 모든 요구에 예민하게 반응하고 의식적으로 침묵했다. 마치 이 모든 것이 1603호의 탓이라도 되는 것처럼. 그것은 자신의 시험 성적을 기다리는 아들의 오래된 습관과 흡사했다. 합격 여부를 기다리는 사람처럼 상대방의 전화를 기다리고, 기다리던 전화가 오지 않을수록 맞선에 더욱 집착했다. 아들을 떠올리는 1603호의 손바닥이 다시 축축해졌다. 1603호는 손수건으로 손을 닦고 자리에 앉았다. 창과 가장 가까운 2인용 테이블이었다. 그리고 아들의 영수증에 찍혀 있는 그대로 커피를 주문했다.

1603호는 무엇이든 알아내야 한다고 생각했다. 아들의 친구들을 수소문하고, 그들의 어리둥절한 얼굴에 실망하고, 쓰러지고, 울고, 가슴을 치고. 모든 일이 동시에 일어난 것처럼 빠르게 머릿속을 스쳐 갔다. 그럴수록 더욱 선명해지는 것은 아들이 사라졌다는 것과 전단을 돌리는 일은 쓸모없는 짓이라는 것, 그리고 아들은 실종된 것이 아니라 스스로 실종을 선택했다는 짐작이었다. 1603호가 깊은 한숨을 내쉬는 사이 하얀 셔츠를 입은 여자가 테이블 위에 커피를 내려놓았다. 1603호는 여자를 물끄러미 올려다보며 물었다. 혹시, 이 사람을 기억하세요? 1603호는 아들의 프로필 사진을 내보였다. 여자의 친절한 눈이 사진을 응시했다. 네, 기억하죠. 몇 달 전까지 자주 들르셨어요. 선을 참 많이 보시는 것 같던데. 여자는 1603호의 표정을 살피며 그런데 그분은 왜? 하고 말끝을 흐렸다. 1603호가 자신의 신분을 밝히고 자초지종을 말하고 나서야 여

130

자는 말을 이었다. 한 3개월 전까지 거의 매주 오셨는데, 처음에는 너무 많은 여자 손님과 만나서 면접을 보는 줄 알았어요, 했다. 늘 커피를 다섯 잔씩 주문했고 세 시간쯤 머물렀는데, 이곳에서 만난 여자와 함께 나간 적은 한 번도 보지 못했다고. 그것 말고는 잘 모르겠다고.

좋은 만남 웨딩 인포 4000000. 1603호는 아들이 결혼정보회사에 회원 가입을 했다는 사실이 그리 놀랍지 않았다. 커플 매니저의 말에 따르면 아들은 50명이 넘는 여자를 만났다고 했다. 아들의 집안, 학벌, 직업, 외모가 괜찮아서 성공적인 맞선을 기대했는데 결과는 별로 좋지 못했다고 했다. 맞선을 본 여자들이 하나같이 다시 만나기를 거부했다는 것이다. 자신도 그 이유를 잘 모르고 있었는데, 최근에야 알았다고 했다. 수화기 너머의 침묵을 깨고 커플 매니저가 말했다. 아들이 맞선을 본 여자들에게 자신을 구해줄 수 있느냐고 물었다고 했다. 부디 어머니로부터 자신을 구해달라고. 1603호의 귓가에 날카로운 이명이 울렸다. 가늘게 떨리는 입술을 감추느라 거친 손으로 마른세수를 했다. 1603호는 한동안 몸을 움직일 수가 없었다. 배신감으로 온몸이 저려왔다. 열이 오르나 싶으면 또 순식간에 싸늘해졌다.

오피스텔 창밖으로 보이는 저녁 하늘이 멍이 든 것처럼 보랏빛으로 저물고 있었다. 1603호는 방바닥에 내려놓은 술병을 입으로 가져갔다. 위스키가 반 병쯤 비워지고 있었다. 뜨겁고 저릿하고 독한 액체가 1603호의 목젖과 가슴을 훑고 지나갔다. 자신도 모르게 깊은 한숨이 터져 나왔다. 3개월하고도 일주일. 슬픔보다는 두려움이 훨씬 더 큰 밤이 오고 있었다. 1603호는 무엇보다 아들을 의심해야 하는 것이 두려웠다. 초등학교, 중학교, 고등학교, 대학교, 대기업. 순조롭게 흘러가던 아들에 대해. 이 모든 것을 흩어놓고 순식간에 사라진 것에 대해. 그것이 타의가 아니라 자의라는 의구심에 대해. 1603호는 가슴을 쳤다. 오랫동안 존재해온 불안을 방조한 것이, 아들의 가장 가까운 곳에 있었지만 끝내 아무것도 읽을 수 없었다는 것이 후회스러웠다. 어쨌든 현실은 1603호의 굳은 믿음과는 아무런 상관없이 멋대로 펼쳐지고 있었다.

1102

Somewhere over the rainbow way up high, 무지개 너머 저 하늘 높이 어딘가에 파랑새가 날아다녀요. 그러니 왜 나라고 날 수 없겠어요. 아내의 메모는 여기가 끝이겠구나, 하고 1102호는 막연히 생각했다. 어쩐지 이제 아내는 1102호의 의지로는 닿을 수 없는 곳에 있을 것만 같았다. 아내의 말처럼 그곳은 아무것도 정해진 것이 없는지, 살아 있기는 한 건지, 누구와 함께 있는 건지, 어디서 뭘 하고 무슨 생각을 하고 있는 건지. 끝도 없는 의구심이 꾸역꾸역 밀려왔다. 그러나 1102호는 그냥 거기서 멈추기로 했다. 그리고 아내의 깊은 속마음에 대해 오래 생각했다. 뭔가를 견뎌야 했을 테지, 혼자서 오래도록. 현실에서 길을 잃게 만드는 무엇인가가, 온 집 안의 자물쇠를 부수게 하는 무엇인가가, 기어이 이 모든 것을 놔버리게 만드는 그 무엇인가가 있었을 테지. 1102호는 그것이 무엇인지에 대해서는 끝까지 알 수 없을지도 모른다는 생각을 했다. 헛웃음이 터졌다. 익숙한 멜로디가 1102호의 입가에 맴돌았다. Somewhere over the rainbow ― 아내가 이 가사를 흥얼거리던 것이 떠올랐다. 처음부터 끝까지 Somewhere over the rainbow였던. 언젠가 가사가 그게 다가 아닌데, 했더니 그건 아무래도 상관없다고 말하던 아내의 단호한 입술. 결혼, 아이, 내 집, 차근차근 순서대로 나는 행복해지고 있다고, 자꾸만 그렇게 말하면 정말 마법처럼 행복해지는 건가, 하던 아내의 물음. 한숨을 쉬듯 말을 흐렸던 기억. 나지막하게 흥얼거리는 1102호의 노랫소리가 빈 방 안으로 퍼져 나갔다. 아무리 생각해봐도 가사는 거기까지밖에 떠오르지 않았다. 1102호는 창문을 활짝 열었다. 새벽의 차가운 공기가 밀려들어왔다. 커튼 봉에 걸어둔 밧줄이 흔들리고 있었다. 마치 환영처럼 아내의 몸이 그곳에 매달려서 묵직하고 느리게 움직이는 것 같았다.

1102호는 여전히 잠들지 못하고 깨어 있었다. 아내의 휴대전화로 걸려온 전화 한 통이 머릿속에 계속 맴돌았다. 보험회사였다. 자신을 보험설계사라고 소개한 여자는 아내가 오래전에 들어둔 생명 보험이 있다고 했다. 몇 개월 전까지는 꼬박꼬박 납부가 되었는데, 무슨 일인지 3개월이나 밀렸다는 것이다. 그리고 더 이상 연체를 하면 보험이 자동으로 해약된다고 했다. 1102호는 이삿짐을 정리할 때 봤던 노란색 서류 봉투를 떠올렸다. 그 속에 담겨 있는 몇 가지 보험 증서들이 낮에 걸려온 전화와 관련이 있구나, 생각했다. 불현듯 보험회사 직원이 전화를 끊으며 덧붙인 보험 금액이 떠올랐다. 3억. 아직 갚지 못한 대출금을 갚고도 남는 금액. 1102호는 천장을 응시하며 자세를 고쳐 누웠다. 사라진 아내, 솟구치는 배신감, 분노, 슬픔, 걱정, 연민, 그리움. 이 모든 것이 1102호의 머릿속에서 서서히 흐려졌다. 대신 3억이라는 숫자가 선명해졌다. 1102호는 다시 반대편으로 돌아누웠다. 상속. 예고도 없이 당혹스러운 단어 하나가 불쑥 솟구쳐 올랐다. 1102호는 당혹스러움을 감추려고 눈을 감았다. 그러나 잠들지 못하고 몇 번을 더 뒤척였다. 1102호가 머리맡에 놓여 있는 휴대전화를 더듬더듬 찾았다. 검색창을 열고 '실종자 보험금'을 입력했다. '사망간주 실종 기간'이라는 키워드 밑으로 일반 실종은 실종 선고로부터 5년이며 그 기간이 지나도 실종자의 생사 여부를 알지 못할 때 사망으로 간주한다, 라고 쓰여 있었다. 1102호의 머릿속에 5년 후 자신의 모습이 재빠르게 떠올랐다 사라졌다.

아침이 밝아오고 있었다. 알몸이 된 1102호의 몸이 뜨거운 물줄기 안으로 들어섰다. 지난 몇 달간의 피로가 누그러지는 느낌이었다. 희뿌연 수증기 속으로 1102호의 몸이 흐릿하게 사라졌다. 샤워를 하며 오늘은 집에서 좀 떨어진 곳으로 전단을 들고 나가야지, 하고 생각했다. 가는 길에 은행에 들러야겠다는 생각도 했다. 은행에 들러 아내의 보험금 납부를 자동이체로 돌려놓아야겠다, 하고. 샤워를 마친 1102호는 옷을 단단히 입었다. 그리고 아내의 사진이 박힌 전단을 집어 들었다. '사람을 찾습니다'라고 쓰인 문장 아래 웃을 듯 말 듯 한 표정의 아내 얼굴이 보였다. 언제 찍은 것인지 기억에 없었다. 그저 급하게 서랍을 열었을 때 불쑥 튀어나온 사진이었다. 그러나 다시 생각해보니 아내가 이 사진을 어디에 쓰려고 찍어놓았는지 짐작할 수 있을 것 같았다. 하지만 더 이상 그런 생각은 하지 않기로 마음먹었다. 아이보리색 실크 블라우스에 검정색 스커트를 입고 서 있는 아내의 모습이 수증기처럼 피어오르다 사라졌다. 1102호의 어금니에 저절로 힘이 들어갔다. 아래턱에 팽팽한 긴장이 느껴졌다. 오늘은 여느 날과 다를 것 없는 평범한 하루가 될 것이라고 생각했다. 팔에 한기가 느껴져 코트 깃을 한 번 더 단단히 여몄다.

1603

레코드 포럼, 〈The Wizard of OZ〉 O.S.T 18000. 1603호의 고개가

절로 갸우뚱 기울어졌다. 오즈의 마법사라니. 영수증의 마지막은 오즈의 마법사에서 멈춰 있었다. 그러니까 실종 일주일 전, 아들은 H호텔에서 맞선을 보고, 혼자 나와 점심을 먹고, 마트에서 톱과 김장용 비닐과 목장갑을 사고 레코드 가게에 들렀다. 〈오즈의 마법사〉 O.S.T를 사서 일주일을 견딘 다음, 회사에 사표를 던지고 〈오즈의 마법사〉 도로시처럼 1603호의 곁에서 사라졌다. 1603호는 먼지가 뿌옇게 앉은 CD 플레이어 앞에 멈춰 섰다. Somewhere over the rainbow way up high — 익숙한 멜로디의 노래가 흘러나왔다. 1603호는 조용히 오디오 앞에 앉았다. 노래는 저절로 반복되고, 반복되고, 반복되고 있었다. 징그러운 노래. 이 징그러운 기록. 1603호는 술병을 쥔 오른손에 힘을 주었다. 손에 쥔 술병 말고 현실감을 주는 것은 아무것도 없었다. 지금 당장 눈앞에 아들이 서 있다고 해도 손으로 만져질 것 같지 않았다. 1603호는 마른 침을 삼켰다. 갑자기 참을 수 없는 허기가 몰려왔다. 며칠의 끼니를 건너뛴 것인지 생각이 나지 않았다. 천천히 벽을 짚고 일어섰다. 그리고 냉동실 문을 열었다. 텅 빈 냉장고에는 스테이크용 고기 몇 덩이가 남아 있었다. 1603호는 그것을 전부 꺼냈다. 랩을 풀고 고기가 녹기를 기다렸다. 한참의 시간이 지나는 동안 어지러움을 견디지 못하고 몇 번을 다시 주저앉았다. 마침내 가스레인지에 불을 켜고 달궈진 프라이팬에 고기를 얹었다. 치이익, 고기 익는 소리가 오피스텔에 흐르는 고요한 멜로디를 잘라놓았다. 스테이크는 타기만 할 뿐 제대로 구워지지 않았다. 1603호는 그 위에 후추와 소금으로 간을 했다. 입속 가득 침이 고였다.

고기를 씹는 1603호의 턱이 기계적으로 움직이고 있었다. 그리고 불현듯 한 가지 생각이 머릿속을 뾰족하게 파고들었다. 아들과 톱, 아들과 김장용 비닐, 아들과 목장갑, 아들과 1603호. 고기를 씹던 1603호의 턱이 문득 멈췄다. 아, 아, 아, 아악! 목 깊숙한 곳에서부터 생전 처음 뱉어보는 날카로운 비명 소리가 터져 나왔다. 정체를 알 수 없는 동물의 울부짖음처럼 낯선 소리가 반복되는 노래와 묘하게 섞였다. 뚜렷하고 명료하게, 아들의 방에서 발견한 톱과 김장용 비닐, 목장갑의 이미지가 떠올랐다. 아무리 들여다봐도 쓸모를 알 수 없는 물건들이었다. 목덜미까지 차가워진 1603호의 머릿속에 아들의 낯선 뒷모습이 보이는 것 같았다. 커다란 김장용 비닐 위에 목장갑을 끼고 톱을 든 아들. 상상 속의 아들은 연신 톱질을 했다. 선혈이 낭자한 비닐 위에 반쯤 잘린 1603호의 머리통이 덩그러니 놓여 있었다. 스테이크 덩이가 목구멍에 걸려 내려가지 않았다. 컥, 컥, 겨우 숨을 몰아쉬었다. 머리가 절로 흔들렸다. 톱을 사용할 일도, 김장용 비닐을 사용할 일도, 목장갑을 사용할 일도 없는 1603호는 부들부들 떨리는 손으로 아들의 영수증을 다시 내려다보았다. 머릿속이 아득하게 흐려지기 시작했다. Somewhere over the rainbow — 끊임없이 반복되는 멜로디가 귓속을 꽉 채웠다.

시간이 얼마나 흐른 것인지, 1603호는 아무것도 기억할 수 없었다. 마치 연극 무대처럼 몇 번의 까무룩한 암전이 반복된 것만 기억났다. 정신을 가다듬은 1603호는 다시 영수증을 하나하나 살피기 시작했다. 그러고는 영수증을 두 종류로 나눴다. 아들의 것과 아들의 것이 아닌 것. 그것은 절박하고 집요했다. 1603호는 솎아낸 영수증을 자신의 왼편에 내려놓았다. 그곳에는 톱과 김장용 비닐과 목장갑이, H호텔 카페 테라스와 여자가 나오는 술집과 담배, 그리고 징그러운 노래와 실종이 있었다. 1603호는 라이터를 켰다. 그리고 왼편에 골라놓은 영수증 뭉치에 불을 붙였다. 영수증은 순식간에 재로 바뀌었다. 언제 그런 게 있기라도 했느냐는 듯이. 1603호는 천천히 오른편의 영수증을 정리했다. 그것은 1603호가 기억하는 아들처럼 순하게 포개져 있었다. 1603호가 내민 아가씨들의 프로필 사진을 받아 들고 집을 나서던 아들의 뒷모습이 겹쳐 떠올랐다. 무시무시한 밤이 지나고 새벽이 오고 있었다. 간밤의 취기에 머리가 조금 아팠으나, 그런 것쯤은 아무것도 아니라고 생각했다.

1603호는 일어나 코트 깃을 단단히 여몄다. 그리고 다시 전단 뭉치를 들었다. 아들의 사진은 여전히 1603호의 얼굴을 물끄러미 올려다보고 있는 것 같았다. 1603호는 그것을 내려다보며 아들에게 할 말을 생각했다. 몇몇 단어가 떠오르지 않았다. 다만, 곧 돌아올지도 모르는 아들에게 어떤 추궁도, 어떤 타박도, 어떤 실망도

하지 않을 거라고 다짐했을 뿐이다. 사진 속 아들이 대답 대신 노래를 부르고 있는 것 같았다. Somewhere over the rainbow way up high.

---

* 제목 '미싱 도로시'는 라이먼 프랭크 바움(Lyman Frank Baum)의 소설을 영화화한 〈오즈의 마법사〉에서 차용했다.

극

노인은 혼자다. 사방이 얼음으로 둘러싸여 있는 곳에서 생전 처음 보는 크기의 달을 마주하고 있었다. 이곳 사람들은 본 적 없는 낯설고 낯선 얼굴의 노인. 그 노인은 거대한 빙하의 맨 끝에 앉아 있었다. 바닷물에 발을 담그듯 허공에 두 발을 엇갈려 저으며 노인은 아주 오래전에 죽은 딸을 생각했다. 자신이 살던 동네 입구가 떠오르고 그곳의 편의점이, 그 앞에 놓여 있는 빨간색 플라스틱 의자에 걸터앉아 발장난을 치던 딸의 모습이 그려졌다. 딸은 나이도 먹지 않고 노인의 기억 속에서 시계처럼 반복 재생되었다. 그 시절의 딸보다 더 작게 졸아든 노인의 입꼬리가 흐릿하게 움직였다.

노인은 혼자다. 그리고 오로라를 기다리는 중이다. 딸도, 아내도, 무엇보다 그들이 만들던 소리가 사라진 곳에서. 귀밑까지 눌러

쓴 방한용 모자와 몇 겹에 또 몇 겹을 겹쳐 입은 재킷 속으로 바늘 같은 한기가 올라왔다. 노인의 감각이 조금씩 둔탁해졌다. 팔과 다리가 한 뼘씩 사라지는 느낌이었다. 노인은 주머니 속 검은색 필름 통을 쓰다듬었다. 플라스틱 통 속에 든 딸의 뼛조각이 가볍게 달그락거렸다. 노인은 고개를 떨궈 발아래 허공을 내려다봤다. 검으면서 푸른빛을 뿜는 북극의 바다가 출렁이고 있었다. 노인은 그것을 응시했다. 아니, 하얀 구멍처럼 보이는 얼음 조각과 조각 사이, 시커먼 바다와 바다 사이 어디쯤을 바라봤다. 보이는 것은 눈과 어둠뿐이지만 그래도 무엇인가를 보고 싶다. 가만히 있고 싶지 않다. 노인은 벼랑 끝으로 더 바짝 다가가 앉았다. 아, 이 오래된 절벽을 이제 와서 어찌할까. 생 전체를 가파른 낭떠러지에서 떨어지는 일에 낭비한 것만 같아 마음이 조급하다. 무엇이라도 했더라면. 자식을 잃은 사람들끼리라도 끝까지 해보았다면. 아아, 하다못해 더 잘 울기라도 했더라면. 또 한 번, 노인의 입술이 희미하게 움직였다.

노인이 아비이던 세월이 있었다.

남자의 귀에 이명이 일었다. 남자의 딸 이름이 호명되는 것을 마지막으로 몇 분 동안 아무것도 들을 수 없었다. 들리는 것은 오직 모든 소음을 뒤덮는 두텁고 낮은 굉음뿐이었다. 온몸에 식은

땀이 흘렀다. 심장이 입 밖으로 튀어나올 듯 두근거렸다. 느릿느릿 걷는 남자의 모습이 어딘가 이상했다. 발을 드는 순간과 내리는 순간, 허리를 펴는 순간과 고개를 돌리는 순간. 순간순간이 몇 초의 간격을 두고 끊어질 듯 이어지고 있었다. 피해자 가족 대기실을 향해 걷는 남자의 걸음은 마치 고장 난 기계처럼 느리고 무거웠다. 남자는 생각했다. 악몽에서 깨어나야 한다면 바로 지금이 그때라고. 도대체 이게 꿈이 아니라면 뭐란 말인가. 눈앞에서 태연하게 일어나는 일들이 실제로 벌어졌단 말인가. 어떻게 그 많은 사람이 한꺼번에 바닷속으로 가라앉고, 또 그보다 더 많은 사람이 그들의 시체가 떠오르기만을 기다리고 있는 것인가. 남자는 왼발을 딛으려다 말고 엉거주춤 뒤를 돌아봤다. 남자의 이름을 부르던 푸른 제복의 사내가 남자를 지켜보고 있었다.

그나저나 방금 내가 본 건 뭐지? 남자는 꿈에서 깨려는 듯 고개를 세차게 저었다. 자꾸만 눈을 껌뻑거리고 손으로 자신의 뺨을 후려쳤다. 수학여행을 간다던 그날 아침에 입은 옷이, 삼선이 들어간 초록색 추리닝이 맞기는 한데…… 잘못 잘랐다고 투덜거리던 단발머리, 그 머리 모양도 맞긴 맞는데…… 낡은 철제 침대에 놓인 시체는 작고 얇고 축축했다. 허리와 무릎이 말려 잔뜩 웅크린 몸은 그대로 굳어 퍼지지 않았다. 남자는 종아리에 걸려 있는 딸의 손을 물끄러미 내려다봤다. 욕심이 없는 아이였는데, 마지막에 움켜쥔 것 역시 다름 아닌 자기 엄지손가락이라니. 그나저나 이

애가 내 딸이라고? 남자는 오도카니 서서 아이의 손을 응시했다. 이윽고 길고 예리한 칼이 등골 사이를 긁고 지나가는 듯한 통증이 느껴졌다. 남자는 억, 소리도 내지 못한 채 고개를 돌려 푸른 제복의 사내에게 소리쳤다.

이것 보세요! 저기, 그게, 제 딸 이름이 맞긴 한데요. 아무리 봐도 얘는 내 딸이 아닌 것 같아요. 걔는 아직 배 안에 있을 건데요. 아직, 살아서.

남자는 뒤도 돌아보지 않고 그대로 확인소를 빠져나왔다. 비틀거리는 몸을 추스르며 불안한 듯 중얼거렸다. 아니라니까, 나 참. 정말 이상한 사람들이네. 대기실을 향해 걷는 남자의 목으로 무엇인가 뜨겁고 거대한 것이 올라오고 있었다. 꾸역꾸역 비명을 삼키는 남자의 어깨가 요동치듯 들썩거렸다. 어, 어, 어. 억, 억, 억. 자신도 모르게 절규에 가까운 비명 소리가 목구멍에서 터져 나왔다. 시커먼 절망이 남자의 눈을 점령했다. 벌어진 입에서는 침이 흐르고 있었다. 고꾸라질 듯 비틀거리는 남자에게로 몇몇이 조심스럽게 다가왔다. 갑자기 걸음을 멈춘 남자가 아랫배를 얻어맞은 사람처럼 훅, 하고 허리를 꺾었다. 그대로 바닥에 나동그라졌다. 맹수에게 목이 뜯긴 짐승처럼 팔다리가 제각기 다른 방향으로 틀어졌다. 멋대로 움직이는 몸은 이미 남자의 것이 아닌 것 같았다. 어, 어, 어. 억, 억, 억. 노란색 셔츠의 청년과 짧은 커트 머리의 중년 여자가 쓰러진 남자를 부축했다. 남자의 팔과 다리에서 뻗어 나오는 알 수 없는 힘이 청년과 여자를 동시에 주저앉혔다. 버둥거리는 남자를 붙잡다가 여자가 먼저 울음을 터뜨렸다. 이윽고 청년도 울기 시작했다. 여기저기서 흐느끼는 소리가 바닷바람과 섞여 미지근하게 불어왔다. 순식간에 거대해진 절망이 하나둘 사람들을 집어삼켰다. 남자는 누워서 가능한 한 큰 소리로 울부짖었다. 주먹을 꼭 쥐고 시멘트 바닥을 내리쳤다. 돌처럼 굳은 딸의 손이 떠오를 때마다 더 세게 주먹을 바닥에 내리꽂았다. 손등에서 피가 흐르기 시작했다.

남자는 몸을 일으키고 싶었으나 그럴 수 없었다. 서늘한 바닥의 한기가 땀과 피로 흠뻑 젖은 등으로 고스란히 퍼졌다. 남자는 뻣뻣해진 몸을 움직이는 대신 소리를 들으려고 안간힘을 썼다. 아련하게 파도 소리가 귓가를 맴돌았다. 바람 소리가 들리기 시작하고, 크고 작은 울음소리와 경적 소리, 목탁 소리와 찬송가 소리가 동굴 속 메아리처럼 귓속을 울렸다. 잠시 뒤 쉭, 쉭, 하고 남자 자신의 숨소리가 들렸다. 누군가의 목소리도 함께 들려왔다. 아저씨는 시체라도 찾았잖아요, 죽은 자식 시체라도. 남자의 팔을 부축하던 중년 여자였다. 남자는 먹먹했던 소리들이 점점 더 선명해지는 것을 느꼈다. 이윽고 남자가 여자의 얼굴 쪽으로 고개를 돌렸다. 여자의 눈에는 남자의 것과 똑같은 두려움이 담겨 있었다. 그것을 한참 동안 멀뚱하게 바라보던 남자가 바닥을 짚고 몸을 일으켜 세웠다. 남자는 있는 힘을 다해 몸을 지탱했다. 일어서는 남자를 향해 여자가 말했다. 이제 가세요. 이 지옥 같은 데서 얼른 돌아가세요, 하고. 문득, 남자의 고개가 기울어졌다. 아무리 생각해봐도 모르겠다는 얼굴이었다. 이제 돌아가라는 여자의 말이 남자의 머릿속에서 서걱거렸다. 멍하게 여자를 내려다보던 남자는 간신히 소리를 내어 물었다.

돌아가요? 어, 어디로요?

따지고 보면 교통사고인데 나라에서 뭘 더 어쩌란 말인가, 하고 누군가가 말했다. 배에 탑승한 인원을 정확하게 알지 못해 사망보험금 계산에 적잖이 애를 먹는다고 빈정거리는 사람도 있었다. 경제를 살려야 하는 이 중요한 시국에 작작 좀 하라고 혀를 차는 사람, 좋은 공부의 기회로 삼는다면 꼭 불행한 일만은 아닐지도 모른다는 사람까지 등장했다. 수학여행 길에 생긴 사고이니 차라리 수학여행을 없애자는 사람과 그래도 수학여행은 있어야 한다는 사람들이 열띤 논쟁을 벌였다. 또 누군가는 이렇게 따져 물었다. 온 국민이 느끼는 거대한 피로감은 어쩔 거고, 자꾸만 갈리는 편은 도대체 어떻게 수습할 거냐고. 온 세상이 정신병에 걸린 것처럼 실시간으로 보도되는 뉴스에는 서로 연결되지 않는 것들이 쏟아져 나왔다. 그 누구도 요약할 수 없는 사건의 전말은 가라앉은 배와 함께 매일매일 생중계됐다. 사람들은 바닷속으로 완전히 침몰한 배를 보면서 저녁밥을 먹고, 아침 운동을 하고, 이를 닦고 화장을 했다. 그렇지만 여전히 확실히 밝혀진 것은 아무것도 없었다. 날이 갈수록 사건의 질은 나빠졌고, 사태는 걷잡을 수 없는 지경에 이르렀다.

남자에게도 일상은 침몰한 배와 다름없었다. 슬픔은 남자에게 수시로 주먹을 날렸다. 머리와 어깨, 허리와 가슴으로 감당할 수 없는 통증이 날아왔다. 남자는 자주 바닥으로 고꾸라졌다. 시멘트 바닥에 쓰러져 밤을 새는 날이 이어졌다. 잠을 잘 수 없었고 꿈에서도 딸은 만날 수 없었다. 눈을 떠도 악몽은 끝나지 않았다. 진실을 밝히겠다던 약속들은 순식간에 뒤집히거나 내일로 미뤄졌다. 사고 처리를 맡은 담당자들은 '조만간'이라는 말과 '곧'이라는 말을 자주 했다. 하지만 그것은 반복될 뿐 남자에게는 결코 오지 않는 시간이었다. 남겨진 사람들의 고통에 공감한다는 표정으로 담당자들은 말했다. 이게 참, 법이 그래 놔서…… 사정들이 모두 제 각각이고…… 우리도 참 곤란해요. 다시 논의를 해보겠습니다. 곧, 조만간, 결론이 나겠지요, 하는 식이었다. 그때마다 남자는 술을 마셨다. 숙취처럼 진원을 알 수 없는 소문들이 머릿속을 흔들었다. 물속으로 가라앉은 의혹들이 몸집을 불리는 사이, 남자는 하루가 다르게 말라갔다. 누군가의 멱살을 잡아도, 반대로 누군가에게 무릎을 꿇어도 남자가 할 수 있는 것은 아무것도 없었다. 사람들의 입과 입 사이를 부유하는 기분이었다. 할 수만 있다면 남자는 그 모든 것으로부터 멀리 달아나고 싶었다.

어쩌면 당연한 일이었다. 딸의 장례를 치르다가 문득. 시위대 인파에 섞여 떠밀려 다니다가 문득. 어린 경찰의 팔에 매달려 울음을 터뜨리다가 문득, 문득. 남자의 머릿속에는 한 가지 의문만 되풀이됐다. 도대체 이 모든 것이 내 딸의 죽음과 어떻게 연결되는가. 무엇을 해야 할지, 어떻게 해야 할지 알 수 없었다. 확실한 것은 오직 집으로 돌아갈 수 없다는 것뿐이었다. 딸이 죽은 이후로 단 하룻밤도 묵지 않은 집. 바스러질 듯 바싹 마른 아내가 유령처럼 누워 있는 집. 딸의 유품이 대부분인 집으로 들어가는 것은 남자에게 공포 그 자체였다. 남자는 마지막 의식을 치르듯 힘겹게 정신을 가다듬었다. 길바닥에 부려놓은 짐들을 배낭에 구겨 넣었다. 세면도구와 남색 점퍼, 속옷 몇 개와 낡은 운동화가 남자가 꾸린 짐의 전부였다. 어디를 가야겠다는 생각도 의지도 없었다. 그저 될 수 있는 한 멀리, 사람의 소리가 닿지 않는 조용한 곳이면 좋겠다고 생각했다.

차나 기차를 타고 가다 내려서 걷고, 걷다가 졸리면 아무 곳에서나 쓰러져 잠을 잤다. 물 한 모금 마시지 않는 날도 있었다. 생각이 나면 밥을 먹었고 그마저도 잊으면 그런 채로 또 며칠을 살았다. 어느 날인가 정신을 차리고 보면 산속의 외딴 절 앞에 서 있기도 했고, 다른 어떤 날은 논밭 한가운데 넋을 놓고 앉아 밤을 맞기도 했다. 남자는 떨어진 문짝처럼, 쌓여 있는 쓰레기처럼, 마디마디 웅크리고 있는 벌레처럼 이곳저곳에서 없는 듯 머물다 사라졌다. 그러나 그 어디서도 들려오는 것들을 피할 수는 없었다. 몇 주가 지나 들은 얘기도, 몇 달이 지나 들은 얘기도 남자가 알던 것과 다르지 않았다. 아무 일도 일어나지 않았고, 아무것도 바뀌지 않았다. 그럴 때마다 남자의 숨에서는 쇳소리가 났다. 얕고 빠르게, 의식적으로 호흡을 조절하지 않고서는 도저히 숨을 쉴 수 없었다. 그때마다 남자는 생각했다. 더 먼 곳, 더 깊은 곳, 아무도 살지 않는 무인도 같은 곳을 찾아야겠어, 하고. 어처구니없게도 남자는 지구상에 사람이 살지 않는 곳은 어디일까에 대해 골몰하기 시작했다.

북극. 남자는 문득 북극을 떠올렸다. 사람이 살지 않는 사막과 밀림, 이름 없는 무인도와 산맥을 거쳐 남자의 생각은 북극에서 멈췄다. 그러자 울컥, 분노인지 서러움인지 알 수 없는 감정이 북받쳤다. 딸의 장난스러운 질문들이 허공에서 아른아른 들려오고 있었다. 아빠, 아빠, 한번 맞춰봐. 아빠, 북극은 섬이게 아니게? 섬이지. 땡. 북극은 거대한 얼음 덩어리야. 땅이 아니라고. 아빠, 아빠, 북극점을 제일 처음 정복한 사람의 이름은? 로버트 할리! 아이, 아빠, 땡. 피어리야, 로버트 피어리. 언제? 나한테 연락도 없이. 아빠, 엉터리로 말고. 좀, 맞춰봐! 다시 한다. 자, 북극 백야는 최장 며칠이나 계속될까? 백야니까 백 일이네. 땡, 땡, 땡! 에이, 진짜, 나중에 약속도 안 지키는 거 아니야? 대학 붙으면 북극 여행 같이 간다고 했잖아. 이 정도 상식은 알고 있어야지! 나 개썰매도 타고, 오로라도 볼 거라고. 응? 응? 응?

남자의 눈으로 뜨거운 것이 몰리기 시작했다. 가슴에서 쉭쉭 첫소리가 올라왔다. 오로라, 하고 작게 오므라졌다 펴지는 딸의 입술이 또렷했다. 북극이 섬인 줄 알았던 남자에게 그곳은 땅이 아니라 거대한 얼음 덩어리라고 일러주던 또랑또랑한 목소리. 몇 달씩 해가 뜨지 않는 날도, 해가 지지 않는 날도 있데, 하던. 남자는 오로라, 하고 작게 웅얼거렸다. 차가운 새벽 공기에 하얗게 입김이 피어올랐다. 꺽, 꺽, 남자의 목에서 격한 울음소리가 터져 나왔다. 눈물과 콧물이 한꺼번에 쏟아졌다. 딸의 얼굴이 명치끝을 무겁게 누르고 있었다.

정말 가실 거예요? 여행사 직원이 남자를 힐끗거리며 물었다. 동그란 얼굴에 동그란 안경을 낀 청년이었다. 시오라팔룩, 북위 77도 47분. 사람이 살 수 있는 가장 북쪽에 있는 마을이고 조금만 더 올라가면 아무것도 없는 북극이라고, 청년은 말했다. 책을 읽듯 딱딱하고 평평한 목소리였다. 지금이 1월이니까 3월까지는 해도 뜨지 않는 극야가 시작되는데 정말 그곳에 갈 거냐고, 청년이 취조하듯 다시 물었다. 그제야 깨달은바, 남자는 청년이 그곳에 가는 비용에 대해 묻고 있음을 알았다. 오랜만에 그리고 새삼스럽게 남자는 자신의 행색을 살폈다. 오래전 겹쳐 입은 남색 점퍼는 회색에 가깝게 변해 있었다. 날씨가 추워지면서 걸쳤으니 족히 4개월은 그대로 입고 있었던 것이다. 청바지는 벗은 기억도 다시 꿰어 입은 기억도 가물가물했다. 길에서 주워 둘둘 말고 있던 목도리와 여기저기가 찢어진 배낭은 남자를 영락없는 부랑자로 보이게 했다. 생각해보니, 청년이 남자를 고객으로 마주하고 있는 상황 자체가 이상한 일이었다. 남자가 말했다. 더 북쪽으로 갈 수는 없습니까? 시오라팔룩이라는 곳에 가서 북극으로 데려가달라고 하면, 정말 그렇게 해줍니까? 남자를 응시하던 청년이 머리를 긁적이며 말했다. 글쎄요, 가봐야 알 수 있지 않을까요? 남자가 다짐하듯 다시 말했다. 그곳에 갈 거라고. 여행 비용은 얼마면 되겠느냐고.

시오라팔룩, 시오라팔룩. 남자는 간절한 주문을 외우는 것처럼 이 단어를 반복해서 중얼거렸다. 그리고 주머니 속에서 달그락거리는 작은 필름 통을 손가락으로 쓰다듬었다. 딸의 뼛조각이 담겨 있는 플라스틱 통이었다. 낡은 배낭 하나가 짐의 전부인 남자는 공항 대합실을 서성였다. 서울에서 코펜하겐까지, 코펜하겐에서 강게루수악까지 도착은 이틀이 걸릴지, 2주가 걸릴지 알 수 없었다. 그곳 사정에 따라 달라질 수 있다고 말하던 여행사 청년의 걱정스러운 표정이 떠올랐다. 시오라팔룩, 남자의 목적지가 그곳은 아니었으나 오로라를 볼 수 있을지 모른다는 기대만으로도 그곳에 가야 할 이유가 충분하다고 여겼다. 남자가 사표를 제출할 때도, 용기를 내어 딸과 살던 집에 짐을 꾸리러 갔을 때도, 아내의 만류를 뿌리치고 적금을 깨서 비행기값을 치를 때도, 남자가 한 말은 이것이 전부였다. 시오라팔룩, 시오라팔룩. 남자는 다가오는 출국 날짜를 숨죽여 기다렸다. 통증에 가까운 슬픔과 압도적인 무력감으로 허리가 꺾일 때마다 겨우겨우 숨을 몰아쉬며 시오라팔룩, 했다. 그것은 얼핏 주기도문이나 불경을 외는 것처럼 보였다. 딸의 죽음 이후, 남자는 어쩌면 제대로 된 말을 잊었는지도 모른다. 하고 싶은 말을 할 수 없었고, 해야 할 말 역시 하지 못했다. 그저 어, 어, 어, 어, 억, 억, 억, 억, 가슴 언저리 어딘가에서 올라오는 괴상한 소리를 낸 것이 전부였다. 다시 남자의 입술이 조그맣게 달싹거렸다. 시오라팔룩. 남자는 지상으로부터 멀어지는 자신을 상상하며 큰 숨을 내쉬었다. 가슴이 한껏 부풀어 올랐다가 가라앉았다. 남자는 선 채로 눈을 감았다. 오랜만에 긴 잠을 잘 수 있을 것 같았다. 아무 꿈도 꾸고 싶지 않다고 생각했다.

두통을 느끼며 깨어났을 때, 남자는 공항 벤치에서 잠을 자고 있었다. 단출한 배낭을 베개 삼아 공항에서 노숙을 한 지 벌써 일주일째였다. 남자는 입속에 맴도는 술기운을 다시며 시계를 올려다봤다. 몇 시간 후면 코펜하겐행 비행기에 몸을 실을 수 있었다. 남자는 잠수를 하듯, 깊게 숨을 들이마시며 화장실로 향했다. 의식을 준비하는 사람처럼 일회용 면도기로 면도를 하고 이를 닦았다. 거울 속에 바스러질 듯 까맣게 마른 남자가 오도카니 서 있었다. 남자는 주문을 외듯 시오라팔룩, 시오라팔룩, 했다.

출국장을 빠져나가려는 남자의 팔을 누군가 뒤에서 덥석 잡았다. 남자가 다니던 교회의 목사였다. 멀리서 뛰어온 듯, 목사는 남자의 팔을 붙잡고 숨을 골랐다. 아내로부터 소식을 들었다고, 목사는 포획하듯 남자를 막아섰다. 마지못해 멈춰 선 남자를 향해 목사가 소리쳤다. 우리, 교회에 가십시다. 믿음으로 이 지옥을 벗어나야지요, 했다. 남자는 목사의 눈을 빤히 쳐다봤다. 문득, 지옥에 관해서라면 자신이 너무나 구체적이고 사실적으로 알고 있다는 생각을 했다. 그리고 목사에게 알려주고 싶었다. 당신의 설교처럼 불구덩이와 살벌한 고문 도구들이 있는 곳이 지옥이 아니라고. 진짜 지옥은 고요하고 침착한 곳이라고. 논리적으로 차곡차곡 절차를 밟아 서서히 숨통을 틀어막는 곳이며 자비를 구하느라 시간을 허비하게 만드는 곳이라고. 결국에는 지쳐서 모든 것을 무기력하게 만드는 곳이 진짜 지옥이라고 말해주고 싶었다. 그러나 남자는 침묵했다. 다만 목사의 손을 조용히 뿌리쳤다. 경험으로 그 역시 자신의 고통 바깥의 사람임을 확신했다. 목사는 모호한 표정을 지으며 남자에게 말했다.

잘 알고 계시잖아요. 하나님을 믿으면…….

웃기고 있네.

형제님.

믿으면 벗어난다고 생각하세요?

지옥에서 벗어나지요.

목사님, 저는 지옥이 하나도 두렵지 않아요.

그럼 뭐가 두려워서 도망치는 거지요?

없는 거요. 천국이니, 희망이니 하는 게 그 어디에도 없다는 거요.

남자는 스스로 한 말에 치가 떨렸다. 관자놀이에 힘줄이 불거지도록 온몸이 뻣뻣해졌다. 붉게 부풀어 오른 남자의 얼굴이 절망적으로 일그러졌다. 갑자기 현기증을 느꼈다. 어느새 흐느끼고 있는 남자가 휘청, 하고 비틀거렸다. 남자는 부축하는 목사의 손을 뿌리치고 빠르게 걸었다. 출국 게이트 앞까지 간 남자가 돌연 멈춰 섰다. 그리고 그 자리에 털썩 주저앉았다. 남자의 머릿속에 모든 것을 뒤엎는 단어 하나가 떠오르고 있었다. 뒤집어진 뱃머리를 깨고, 악다구니를 치듯 엉망진창으로 뒤엉킨 사건의 전말을 깨고, 주기도문처럼 불경처럼 외던 시오라팔룩을 깨고, 깨고, 깨고. 남자의 눈이 흔들리고 있었다. 공항 한가운데 그대로 드러누웠다. 멈춰 선 사람들이 남자를 지켜봤다. 남자는 온몸을 비틀며 오열했다. 마치 그것 말고는 할 수 있는 게 없는 사람 같았다. 여권을 쥔 손으로 바닥을 내리쳤다. 머릿속에 도돌이표 같은 단어들이 하나씩 떠올랐다. 지옥에서 벗어나? 어떻게? 벗어나서 뭘 해? 뭘 해서? 그래서? 그래서? 그래서? 남자의 팔에는 소름이 돋아 있었다. 절망으로부터 도망칠 수 있는 곳은 아무 데도 없다는 깨달음이 남자의 뒤통수를 가격했다. 너무나도 분명히, 남은 평생을 도피의 반복으로 살 것이 확실했다. 남자 주변에 모여 있던 사람들이 하나둘, 할 수 없다는 표정으로 출국 게이트를 빠져나갔다. 남자는 오랫동안 공항 바닥에 누워 있었다. 살아 있다는 사실이 소름 끼치게 무서운 순간이었다.

남겨졌으므로 결국 남자는 세월을 버티는 쪽을 택했다. 지옥에서 할 수 있는 모든 것을 하기로 마음먹었다. 끝없이 추락해도 아무것에도 닿을 수 없는 하루하루였다. 술에 취해 인사불성으로 며칠을 보내는 날도 있었고 말짱한 정신으로 울다가 웃다가를 반복하는 날도 있었다. 그러다가도 남자는 다시금 자신을 가다듬고 일어섰다. 마치 무대 위의 연극배우처럼 주어진 배역에 맞는 적절한 행동과 말로 스스로를 지탱했다. 그리고 믿었다. 지구의 공전과 자전을. 만유인력과 중력의 무게를. 가만히 그것에 몸을 맡기면 무엇인가가 조금씩 변할 테고, 그것으로 어떻게든 되겠지, 했다. 물론 희망이나 새 출발의 느낌은 아니었다. 오히려 원망과 분노, 복수에 가까운 것이었다. 무서운 의지였다.

남자는 빛이 잘 드는 방 두 칸짜리 아파트로 이사를 했다. 그리고 오랫동안 친정과 친구 집을 떠돌던 아내를 찾아 그곳으로 데려왔다. 아는 얼굴이 아무도 없는 곳에 새로운 직장도 잡았다. 매일매일 잠수를 하듯 큰 숨을 들이마시며 집과 직장을 오갔다. 되도록 쓸모없고 시시껄렁한 일에 집중했다. 무엇이든 쉽게 잊어버리는 것도 연습했다. 관심도 없는 난을 들여와 공을 들이는가 하면, 이름도 들어본 적 없는 생소한 나라의 수도 이름을 줄줄 외우기도 했다. 때때로 아내와 마주 앉아 삼겹살을 구워 먹는 날도 있었다. 회식 때는 사람들과 어울려 술을 마시고 노래방에도 갔다. 챙겨 보는 주말 드라마가 생기기도 했고, 응원하는 야구팀의 실수를 아쉬워하기도 했다. 이제는 뉴스를 보거나 식당 테이블 위에 접혀 있는 신문을 펼쳐 보는 것도 망설이지 않았다. 언젠가는 노란 리본으로 빼곡했던 거리가 흔적조차 남아 있지 않다는 사실을 깨닫고 피식, 하고 허탈하게 웃기도 했다. 통증처럼 찾아오던 딸에 대한 기억도 점차 잦아들었다. 습관처럼 꺼내 보던 딸의 교복도 장롱 깊숙한 곳으로 들어갔다. 어쩌면 사람들보다 남자가 먼저, 그 봄날의 잔인했던 오후를 아득하게 여기는 것 같았다.

아비에게는 더없이 잔인한 세월이었다.

자요?
아니.

요즘도 그 꿈을 꿔요?

아니.

잠이 안 와요. 나는 눈을 감으면 자꾸 꿈을 꿔요. 시커먼 바다랑 뾰족하게 솟은 뱃머리.

이제 곧 새벽이야.

얼마나 추웠을까.

그만하지.

그만할래요.

…….

세상이 정말 아무 일 없이 돌아가네요.

그게 이상한가?

네. 나는 그게 너무 징그럽고 무서워요.

꿈에서 깬 남자는 어느덧 노인이 되어 있었다. 그리고 노인의 아내는 노인이 종종 자신의 꿈을 꾼다는 사실을 알지 못했다. 딸의 꿈인지, 아내의 꿈인지, 기억할 수 없는 꿈 때문에 자주 마른 눈두덩을 문지른다는 것 역시 알지 못했다. 노인의 아내가 세상을 떠난 지도 벌써 오래전의 일이기 때문이다. 노인은 싸늘하게 식은 얼굴을 담요 밖으로 내밀었다. 어두컴컴한 천장에 가로등 불빛이 얼룩져 있었다. 새벽이었다. 딸이 배와 함께 가라앉은 날도, 잘 견뎌오던 아내가 스스로 목숨을 놓았던 날도, 아침은 배달시킨 우유처럼 꼬박꼬박 잘도 찾아왔다. 아내의 예언대로 세상은 정말 무탈하게 돌아가고 있었다. 세월이 지나는 동안 바뀐 것은 아무것도 없었다. 다만, 스무 평 남짓했던 아파트가 30평, 40평으로 넓어진 것이 전부였다. 그것은 순전히 경제의 힘이었다. 경제를 살리자는 구호에 맞춰 남자는 열심히 노인이 되어갔다. 한기를 느낀 노인이 어둠 속에서 이불을 끌어당겼다. 얼굴이 조금 더 짙은 어둠 속에 잠겼다. 몸을 잔뜩 웅크린 노인의 가슴팍에 아릿한 통증이 퍼졌다. 딱딱한 덩어리 하나가 가슴 한가운데 뿔처럼 돋아난 느낌이었다. 별스러운 새벽이었다. 이제껏 태연하게 살았으면서 별안간 무슨, 하며 눈을 감았으나 다시 잠들 수 없었다. 요즘 들어 너무나 갑작스럽고, 새삼스럽게 노인은 무엇인가를 꽉 붙잡고 울고 싶다는 생각에 사로잡혔다. 가까스로 유예되었던 분노의 감정이 치통처럼 불쑥불쑥 치밀어 올랐다. 무엇보다 뼛속 깊이 박혀 있는 무모한 인내심이 공포스러웠다. 노인은 또 한 번 몸을 뒤척였다.

쇠꼬챙이처럼 뾰족한 무엇인가가 노인의 목구멍을 찔렀다. 벌써 몇 달째 계속되는 통증이었다. 특별한 병명도 없이 미열이 계속됐다. 노인은 찬찬히, 그리고 처절하게 통증의 실마리를 찾으려고 애썼다. 이비인후과를 다니며 규칙적으로 약을 먹고 자신의 몸을 살폈다. 그러나 번번이 같은 증상이 되풀이됐다. 그러는 동안 노인은 한 가지 생각에 사로잡혔다. 이것은 삶도 아니다, 이런 삶은 사는 것이 아니다. 어떻게 살고 싶은가, 과연 무엇을 할 수 있는

가. 늙고 힘없는 몸. 아아, 할 수만 있다면 딸아이가 죽기 전으로, 그것도 할 수 없다면 아내가, 아니, 아니, 내가 할 수 있었던 것은 도대체 뭐였나. 노인은 그렇게 자주 어둠 한가운데 오도카니 앉아 있었다.

노인이 몸을 뒤척이고, 마른세수를 하고, 천천히 몸을 일으키는 동안 창밖에 비가 내리기 시작했다. 빗소리가 노인의 귀를 먹먹하게 채웠다. 새벽이 지나도록 이불 속에 그대로 얼굴을 묻고 있었다. 아무리 생각해도 모를 일이었다. 느닷없이 왜 그곳이 떠올랐을까. 그곳에 가면 무엇인가를 시작할 수도, 끝낼 수도 있을 것 같은 생각이 들었다. 아니, 그것은 확신에 가까웠다. 언젠가 도망치듯 공항을 빠져나왔을 때, 그때 그곳에 갔어야 했다고. 거기라도 갔더라면 이 지긋지긋한 생을 마감하거나 무엇인가를 다시 시작하지 않았을까. 노인은 고요하게 일어서서 이불을 갰다. 세수를 하고 옷을 차려입었다. 어두운 계단을 내려가 한기가 도는 거리로 몸을 떠밀었다. 노인이 입 밖으로 소리를 내어 중얼거렸다. 시오라팔룩, 시오라팔룩.

지난 세월은 무효나 다름없었다.

아침에 떠나 저녁에 이르고 저녁은 곧 밤, 밤은 내내 밤으로 이어졌다. 일주일을 넘게 비행기와 헬리콥터를 갈아타야만 도달할

수 있는 어둠의 맨 끝. 비행기를 타기 전까지도 노인은 반신반의
했다. 과연 시오라팔룩에 갈 수 있을까. 그곳에 가면 뭔가를 정리
할 수 있을까. 노인은 그저 집을 나선 것이었다. 어디든, 무엇이든
해야겠다고 생각했을 뿐이다. 그러면서도 마음을 정한 사람처럼
보이는 여행사마다 들어가 북극 여행을 수소문했다. 몇몇은 노인
이 치매에 걸렸겠거니 하고 말을 돌렸고, 또 몇몇은 그곳에 가기
에는 건강이 걱정된다고 충고를 했다. 그럴수록 노인은 완고했다.
시작을 하든, 끝을 내든 첫 단추는 그곳에서부터라고.

　시오라팔룩에서는 일상의 견고하고 촘촘했던 시공간이 맥없이
무너져 내렸다. 맨 처음 사라진 것은 밤과 낮의 경계였다. 한참 동
안 감았던 눈을 떠도 천장과 벽은 완만하고 평평한 어둠 속에 잠
겨 있었다. 그다음은 방향이었다. 남쪽이라든가 서쪽 혹은 이곳이
라든가 저곳, 같은 것이 흐릿해졌다. 그저 눈과 바람으로만 이루
어진 땅, 시오라팔룩에는 혹독한 한기만 휘몰아칠 뿐이었다. 노인
이 이해할 수 있는 어떤 문자나 소리도 없는 이 세상의 끝. 노인은
비로소 자신이 올 수 있는 가장 먼 곳에 이른 것임을 확신했다. 노
인의 눈꺼풀이 무겁게 내려앉았다. 일생 동안 차곡차곡 쌓은 피로
가 한꺼번에 쏟아지는 느낌이었다. 무너지듯 침대에 쓰러졌다. 옷
을 벗는 것도, 씻는 것도, 먹고 싸는 것도 잊었다. 몇 시간, 아니 며
칠이 지났는지 알 수 없었다. 이미 잠들어 있는 상태에서도 계속

잠들어 있기를 바랐다. 같은 꿈을 반복해서 꾸고, 그 꿈에서 반복적으로 깨어나는 동안 노인은 여전히 자신이 어둠 속에 있다는 사실에 안도했다. 꿈과 현실이, 과거와 현재가, 실제와 환영이 어둠 한가운데서 섞이고 흩어졌다. 헬리콥터에서 내렸던 기억이 꿈인지 생시인지, 얼굴을 때리던 매서운 눈보라가 오늘의 날씨인지, 어제의 날씨인지. 버스터미널처럼 생긴 공항의 비릿한 냄새와 그 냄새 때문에 빈속을 게워냈던 기억이 가물가물했다. 언덕과 언덕 사이 드문드문 솟아 있는 회색 지붕들과 이따금씩 울리던 썰매견의 하울링 소리가 아주 오래전 일 같았다. 어둠 속을 멀뚱하게 서성이다가 밑도 끝도 없이 뜨거워지던 얼굴과 무엇이든 생각해야 한다, 하던 수천 번의 중얼거림이 입가에 맴돌았다. 주머니 속에 반쯤 접혀 있는 여권을 박박 찢어버렸던 것을 떠올렸을 때는 뻣뻣하고 질긴 종이의 감촉이 어렴풋이 살아났다.

노인은 누운 상태로 발치를 내려다봤다. 배낭만 내려놓았을 뿐 재킷과 신발은 그대로 입고 신은 채였다. 잔뜩 몸을 웅크린 노인의 눈이 어두운 방 안을 더듬었다. 천장이 낮은 이글루처럼 생긴 집이었다. 덧문이 달린 창이 하나, 흰색 페인트를 칠한 문이 하나, 조그마한 테이블과 짐승의 가죽으로 만든 소파가 하나. 누워 있던 노인은 침대 머리맡에 엎어놓은 손목시계를 들여다보았다. 세 시 사십 분. 노인은 창을 올려다봤다. 새벽인지 낮인지 알 수 없었다. 칠흑 같은 어둠을 생각했던 극야의 밤은 의외로 푸른빛에 가까웠다. 곧 새벽이 올 것 같은 그런 빛. 노인은 몸을 일으켰다. 일으키다가 문득, 발밑에 흩어져 있어야 할 여권 조각들이 보이지 않는다고 생각했다. 재킷 주머니를 더듬거렸다. 아무리 생각해봐도 여권 조각을 치운 기억이 없었다. 주변을 둘러봤다. 소파 옆 테이블 위에 하얀 보가 덮인 무엇이 눈에 들어왔다. 열어보니 아직 온기가 남아 있는 차와 빵 한 덩이였다. 노인은 백인과 인디언의 중간쯤 되는 얼굴 하나를 떠올렸다. 자신의 이름을 토마, 라고 소개한 청년이었다. 첫눈에 그가 여행사에서 알려준 시오라팔룩의 유일한 숙박시설 운영자라는 사실을 알았다. 토마는 유령처럼 창백한 얼굴로 서 있는 노인에게 자신의 이름과 국적이 적힌 쪽지를 내보였다. 보고 그린 것 같은 글씨였다. 곧이어 높낮이가 없는 건조한 톤으로 그저 토마, 라고만 짧게 말했다. 빽빽하게 털이 둘러진 모자 속의 눈이 어렴풋이 기억났다. 그의 이름 이외에 아무것도 알아들을 수 없다는 사실이 편안하게 느껴졌던 것도. 노인이 숨을 깊이 들이마셨다. 오랜만에 가슴이 한껏 부풀어 올랐다 가라앉았다.

노인은 한밤중에 토마의 숙소 문을 두드렸다. 근처에 묶여 있는 개들이 컹, 컹, 짖었다. 잠시 뒤, 잠에서 덜 깬 토마가 문을 열었다. 눈보라를 등지고 서 있는 노인을 발견하자 의아한 듯 눈을 껌뻑거렸다. 토마의 표정을 미루어 보아, 지금이 한밤중임을 짐작할 수 있었다. 어리둥절한 표정의 토마가 비켜서며 안으로 들어오기를 청했다. 노인은 천천히 집 안으로 들어섰다. 노인이 머무는 곳과 똑같은 구조의 오두막이었다. 토마는 푹신한 소파로 노인을 안내했다. 그리고 따뜻한 차 한잔을 내밀었다. 노인은 컵의 온기로 손을 녹이며 한동안 그대로 앉아 있었다. 묘한 평온이 노인과 토마 사이를 채웠다.

차가 마시기 좋을 만큼 식었을 때쯤 노인이 말했다. 나를 북극에 데려다줄 수는 없겠나? 저기, 저기, 북쪽 끝, 하며 노인은 북쪽이라 생각되는 곳을 가리켰다. 영문을 모르겠다는 표정의 토마에게 노인은 종이에 적어놓은 단어 하나를 보여줬다. 'North pole.' 잠시 생각에 잠긴 듯한 토마의 고개가 갸우뚱 기울어졌다. 아마도 갈 수 없다는 얘길 하겠지, 노인은 짐작했다. 북극의 한가운데였고, 극야의 한가운데였다. 여행사 직원에게 이미 들은 바였다. 북극에 가까이 가는 것도 힘들지만, 가까이 가더라도 배에 올라타 멀리서 둘러보는 것이 전부일 거라고. 노인은 애원하듯 토마에게 말했다. 안 되겠어? 정말 안 되겠어? 예전에 우리 딸이 그곳에 꼭 가보고 싶다고 그랬어. 나 그곳엘 꼭 가야겠는데. '마이 도터'와 '오로라' '노스 폴'과 '플리즈'를 외치며 노인은 연신 가슴팍을 쓸어내렸다. 토마가 그것을 알아들을 리 없었다. 그래도 노인은 계속 손짓과 발짓으로 말했다. 토마가 무엇인가를 결심한 듯 노인이 입고 있는 옷을 손가락으로 가리켰다. 짐작건대, 옷을 따뜻하게 입으라는 것과 몹시 힘들 거라는 의미 같았다. 노인은 손사래를 쳤다. 아니, 아니, 힘들 것 없다고. 옷은 따뜻하게 입을 테니 걱정 말라고.

　토마가 데려간 곳은 북쪽을 향해 솟은 가파른 빙하 언덕이었다. 그 밤 그 시각에 노인을 데려갈 수 있는 가장 북쪽이 그곳이라는 것을 노인도 알 수 있었다. 푸른 빙산을 품은 거대한 바다가 눈앞에 있었다. 노인은 빙하 언덕을 기어오르기 시작했다. 바람이 불 때마다 몸이 휘청거렸다. 몇 걸음마다 언 손으로 주머니 속 플라스틱 통을 확인했다. 딸의 뼛조각이 달그락거렸다. 노인은 빙하 꼭대기에 자리를 잡았다. 길고 긴 잠에서 깬 것 같은 기분이었다. 딸의 모습이 떠올랐다. 딸의 눈에도 맺혔을 푸르고 영롱한 빛깔을 떠올리며 노인은 오로라를 기다려보자고 마음먹었다. 오로라의 빛깔을 상상하며 노인은 잠깐 내일에 대해 생각했다.

홀로, 코스트코

성은 빡, 이름은 큐, 너의 이야기를 해야겠다.

Fuck! 네가 빽, 이라고 발음하는 사이 목젖과 목구멍까지 흘러
간 피가 비릿한 비린내를 풍긴다. 너는 묘하게 들뜬 기분으로 손
을 목 뒤로 가져간다. 고개가 젖혀진다. 머리가 뻐근해진다 싶더
니, 콧등으로 묵직한 무엇인가가 몰려온다 했더니, 순식간에 끈적
하고 미지근한 액체가 인중을 타고 입술 위로 흐른다. 코피다. 너
는 밀고 있던 카트를 멈추고 열십자로 쪼개진 마트 통로 중앙에
선다. 분유 코너와 주류 코너로 이어지는, 혹은 세제 코너와 스낵
코너로 이어지는 지점이다. 눈썹까지 밀려 올라간 안경을 가운뎃
손가락으로 끌어 내리며 너는 생각한다. 아직 반도 채우지 못한

카트를 두고 집으로 가야 하나? 3분의 1쯤 남은 올리브유는 사야하나 말아야 하나. 물은 있었나 없었나. 머릿속에 유통기간이 지난 만두와 덩어리가 떠다니는 우유, 흐물흐물해진 오이가 떠오른다. 너는 쉽게 결정을 내리지 못한다. 고개를 젖히고 멀뚱하게 서 있다가 무엇인가에 놀란 듯 재빨리 아래쪽으로 시선을 돌린다. 고개를 쳐든 채로 목을 틀어 바지와 신발을 힐끗거린다. 잘 차려입은 옷에 혹시 피가 묻지 않았는지 확인하기 위해서다. 하늘색 스트라이프 셔츠와 복숭아뼈를 살짝 덮는 아이보리색 면바지 그리고 위빙 장식이 들어간 로퍼는 네가 가진 것 중 가장 비싼 것들이다. 일종의 투자인, 아직 본전도 뽑지 못한 것을 코피 따위로 망칠 수 없다고 생각한다. 난감한 듯 너의 고개가 천장을 향해 더 젖혀진다. 카트에 물을 옮겨 담던 몇몇과 네 앞을 지나던 몇몇, 무심코 뒤를 돌아보던 몇몇이 너의 얼굴과 마트 천장을 번갈아 본다. 뭐지? 하는 얼굴들이 고개를 갸우뚱하게 기울인다. 너는 뭉텅뭉텅 넘어오는 피를 삼키며 얼굴을 찡그린다. 불쾌해진 너는 방금 전보다 더 큰 소리로 뇌까린다. Fuck!

너의 발음은 정확하고 명료하다. 아랫입술이 윗니를 스칠 때 새어 나오는 F 발음은 생각보다 많은 정보를 타인에게 전달한다. 어느 조사에 따르면 영어 발음만으로 알 수 있는 개인에 관한 정보가 무려 스물한 가지가 넘는다고 한다. 그중 몇 개의 항목에 너는 고개를 끄덕인 적이 있다. 적어도 몇 년 이상의 외국 체류 경험과 그것을 가능하게 했을 경제적 여유, 몸에 배어 있는 자유분방한 성격과 반사신경처럼 건조한 예의 바름. 물론 그것은 네가 너의 고객에게 노출하고 싶은 정보이기도 하다. 너는 명문대학의 졸업장을, 만점에 가까운 토익 점수를, 완벽하게 쓰인 자기소개서와 서너 개의 자격증을 유창한 영어 발음과 함께 고객 앞에 내민다. 그것이 진짜든 가짜든 너의 비즈니스에서는 별로 중요한 것이 아니다. 고객들은 대부분 너보다 네가 내민 서류를 믿고 싶어 했고, 그것 이면의 진실 따위에는 아무런 관심이 없다. 어쨌거나 너는 서류상으로 네가 또라이라 칭하는 초인적인 스펙의 소유자들 중 한 사람이다. 씨발 슈퍼맨이나 좆나 아이언맨 혹은 니주가리 씨빠뿡 육백만 불의 사나이. 어떻게든 번지르르한 간판을 유지하는 것이 관건이다. 물론 단정한 용모와 세련된 매너는 융통성 있게 발휘되어야 한다. 과도하게 부풀린 이력이나 성형수술의 도움 같은 것은 기본에 속한다. 네가 아는 모든 경쟁자가 그렇듯, 너 역시 이력서의 규격에 맞춰 누군가에게 평가받는 것이 익숙하다. 너는 생각보다 간편하게 증명되고 보장된다. 이것은 고객의 미묘한 표정 변화만으로도 쉽게 알 수 있다. 네가 내민 증명서에 만족하는 고객들은 미간에 뭉쳐 있던 바리케이드를 풀고 안심의 표시로 입꼬리를 올린다. 종종 이런 표정의 변화를 들키지 않으려고 농담을 건네는 고객도 있다. '그러고 보면 우리는 3억 분의 1 확률을 가지고 만나는 건가요?' 하는 식으로. 만족스러운 표정의 고객이 지갑을 연다. 그러면 너는 지퍼를 내린다. 곧이어 증명서가 보장하는 정자들이 방출된다. 고객의 빈 자궁 안에 확신이 착상된다. 너의 업무는 여기까지다. 너는 몰래 정자를 파는 사람, 즉 스펌셀러다.

　손가락으로 콧등을 누르고 있던 너는 주변을 살핀다. 도움을 줄지 말지를 결정하지 못한 몇몇이 뻑, 이라는 단어를 듣고 재빨리 등을 돌린다. 너는 그제야 마음을 놓는다. 특별한 이유는 없다. 적어도 불쾌함으로부터 몸을 움츠리는 사람들은 그다지 위험하지 않다는 것을 경험으로 알고 있을 따름이다. 너는 천천히 숨을 고른다. 머리를 젖힌 채로 뻐근해진 고개를 좌우로 움직인다. 시선은 여전히 천장에 머문다. 2층 높이, 아니 그보다 훨씬 높아 보이는 천장에는 은색 환풍기 관이 규칙적인 간격으로 길게 뻗어 있다. 너의 눈이 사마귀 알처럼 줄에 매달린 전구 뭉치에 고정된다. 형광의 창백하고 푸르스름한 빛 아래에서 너의 눈이 가늘고 길게 찢어진다. 아무래도 이 상황이 몹시 마음에 들지 않는다. 일을 마치고 일찍 집으로 가고 싶었는데. 가는 길에 마트에 들러 먹을 것을 좀 사야겠다고 생각했을 뿐인데. 갑자기 웬 코피? 느닷없이 화가 치민다. 그런데 그 이유가 충분하지 않다고 생각하는 순간, 엉뚱하고 낯선 이미지 하나가 떠오른다. 방금 전 병원에서 보았던 포스터 속 사진! 난자를 향해 돌진하는 정자의 모습을 찍어놓은 현미경 사진. 그것이 조작인지 아닌지 잠깐 의심했던 바로 그 사진. 허공에 매달린 전구 뭉치를 올려다보고 있는 너의 머릿속에 물살을 가르는 정자의 미끄덩한 머리와 꼬리가 스친다. 그렇게 억지스러운 매치도 아니라고 잠시 생각한다. 전구 뭉치와 투명하고 푸르스름한 정자들의 뭉텅이. 검은색 플라스틱 통에 담겨 있을 너의 그것. 입에서 피식, 실소가 터져 나온다. 너는 어처구니없다고 생각하면서도 그 이미지를 쉽게 떨쳐버리지 못한다. 상상은 하나의 이미지를 밑도 끝도 없이 분열시킨다. 너를 닮은 얼굴 하나가 흐릿해지더니, 마침내 까만 머리통이 투명해지기 시작한다. 몸통에 붙어 흐느적거리던 팔과 다리가 서서히 짧아진다. 이윽고 올챙이를 닮은 꼬리가 생겨난다. 그것은 너의 의지와 상관없이 규칙적이고 힘차게 펄떡이고 있다. 너처럼 생긴 정자 수천 개가 플라스틱 수조 안을 유영하고 있다. 이제 너는 하나의 거대한 정자 무리다. 너는 생각한다. 불가능해 보이는 확률을 뚫어야만 살 수 있다는 점에서 별로 다를 것도 없군, 하고. 눈두덩으로 피곤이 몰려온다. 선명했던 이미지가 파편처럼 흩어진다. 너는 다시 중얼거린다. Fuck! 이번에는 자신에게 속삭이듯 작은 목소리다. 맞아, 나 방금 전에 Fuck 했지. 피곤해서 터진 코피야. 한 시간 전, TV 속 젖소 같은 년이랑! 메기처럼 두텁고 큰 입술에서 새어 나오던 신음 소리가 선명하게 떠오른다. 너의 얼굴에 당혹스러움이 번진다. 젠장, 오늘 너무 무리했나 봐.

성은 박, 이름은 규. 박, 규, 라고요.

너는 너의 이름을 두 번씩 말하는 버릇이 있다. 박규, 라고 하지 않고 성은 박, 이름은 규, 박, 규, 라고 최대한 천천히 성과 이름 사이에 간격을 두고 말했다. 접수창구에서 차트를 보고 있던 간호사가 의심스러운 눈초리로 너와 여자의 얼굴을 힐끗거렸다. 한눈에 봐도 너와 여자는 부부 사이로 보이지 않았다. 너는 시선을 의식하며 여자 곁에 더 바짝 다가가 앉았다. 그리고 귓속말을 하듯 손으로 입을 가리며 말했다. 내 이름이 박규라고요. 이런 노래 들어본 적 없어요? 가사가 굉장히 재밌는 노랜데. 내 이름은 박규, 박규, 박규, 하던. 계속해서 부르다 보면 이름이 욕이 돼요. 한번 해봐요. 박규, 박규, 박규, 박규. 너는 머리를 긁적였다. 그리고 긴장한 표정이 역력한 여자에게 물어보지도 않은 얘기를 덧붙였다. 여전히 비밀을 털어놓듯 속삭이는 말투였다. 대학교 1학년 때 일이에요. 동아리에 처음 들어가서 자기소개를 하는 자리였죠. 제가 제 이름을 말하고 지구상에서 가장 근사한 영어 발음이 빽, 이라고 우스갯소리를 하니까 사람들 중 누군가가 큐, 라고 외치더군요. 그때부터 별명이 빡큐가 됐어요. 정말 웃기지 않아요? 여자는 그제야 아! 하는 표정이 되었다. 그러고는 조금 누그러진 얼굴로 갈색 단발머리를 매만졌다. 너로서는 이미 여러 번 봐온 표정과 반응이었다. 여자는 너의 마흔네번째, 아니 마흔다섯번째쯤 되는 고객이니까. 이것은 순전히 불임 클리닉 대기실용 농담 세트 같은 것이다. 복잡 미묘한 표정의 고객에게 제공하는 일종의 긴장 완화 서비스. 너의 농담은 갈수록 싱겁고 왕성하게 번식했다.

그래, 오늘의 여자.

너의 일에는 늘 여자가 있었다. 여자는 그냥 여자로, 너는 그 이름을 쉽게 잊어버렸다. 대체로 두 번쯤 만나고, 시간은 한 시간을 넘기지 않았다. 마흔이나 마흔셋, 넷, 아니면 그 이상. 대부분 수수한 옷차림에 원래 나이보다 더 늙어 보였다. 홀쭉하거나, 뚱뚱하거나, 작고 오종종하거나, 땅땅하거나. 너의 기준으로 볼 때 완벽히 관심 밖의 인상. 때문에 너는 여자들에 대해 필요한 만큼만 아는 것이 좋았다. 진료 의뢰서에 빈 칸을 채울 수 있는 그만큼, 딱 그만큼만. 그런데 오늘 여자는 말이 좀 많았다. 알고 싶은 게 아무것도 없었으나 여자는 끊임없이 지껄였다. 너는 커졌다 작아졌다 하는 여자의 목소리에 건성으로 고개를 끄덕였다. 결혼은 할 생각이 없다고 했다. 아니, 할 수 없을 것 같다고. 곧 뉴욕 지사로 발령을 받아 이사를 준비하고 있는데 앞으로 쭉 혼자일 거라면 아이 하나는 있어야 하지 않을까, 했다는 결심도 네가 알 바는 아니었다. 너는 어떻게요? 혹은 왜요? 라고 묻지 않았다. 그저 아주 먼 친척의 안부를 전해 듣듯 아, 네, 그렇군요, 했다. 잠시 멈칫하던 여자가 들릴 듯 말 듯 한 목소리로 물었다. 혹시 나중에라도 아이 얼굴이 궁금하지 않겠어요? 너는 여자의 얼굴을 빤히 올려다봤다. 여자의 눈

빛이 원한다면 우리 아기를 보여줄 수도 있는데, 하는 식으로 동
그랗고 부드럽게 누그러져 있었다. 그 순간 너는 아주 잠깐, 여자
의 얼굴에 겹쳐지는 낯선 얼굴 하나를 떠올렸다. 어딘지 모르게
너와 여자를 묘하게 섞은 것 같은 얼굴. 너는 잠시 침묵하다가 대
답했다. 아니요, 전혀. 저는 다만 정자를 제공할 뿐이에요. 완성품
을 제공하는 게 아니고. 너는 대기실 벽에 붙어 있는 정자 사진을
손가락으로 가리켰다. 여자의 당황한 눈과 너의 눈이 허공에서 잠
시 마주쳤다. 무엇인가를 말하려던 여자가 재빨리 시선을 거뒀다.
너는 어쩐지 여자가 겁에 질려 있다는 생각을 했다. 때마침, 검은
색 플라스틱 통을 든 간호사가 너의 이름을 불렀다. 간호사는 복
도 끝을 가리키며 말했다. 문이 열린 방으로 들어가시면 됩니다.
궁금한 점이나 도움이 필요하시면 벨을 눌러주세요. 플라스틱 통
을 받아 든 너는 복도 끝을 향해 곧장 걸었다.

　몇 개를 사야 할까.
　코코넛 주스 850밀리리터. 3일분이 못 된다. 7할이 물이고 한 컵
에 30칼로리쯤. 고작해야 라면 코너에서 조미료 코너 정도까지 너
를 움직일 수 있게 하는 열량이다. 이국의 언어가 어지럽게 쓰인
포장 용기 위에 얼마 남지 않은 유통기간이 흐릿하게 찍혀 있다.
너는 코피 때문에 비릿해진 입맛을 다신다. 혀 밑으로 자꾸만 고
이는 침을 삼킨다. 코 속에 작은 휴지 조각을 말아 넣은 상태로 '초

특가 할인' 코너 앞에 멈춰 선다. 그리고 코코넛 주스 세 개를 카트에 담는다. 유통기간이 신경 쓰이기는 하지만 어차피 일주일 혹은 열흘이면 동이 날 양이다. 코코넛 주스가 무지방, 저칼로리 열대과일로 만들어졌다는 사실이 떠오른 것은 바로 그 순간이다. 그러나 그것이 사실이 아니라는 것을 이미 알고 있다. 언젠가 코코넛 주스의 성분 라벨을 살펴보았고, 그 결과 마시기 좋게 가공된 코코넛 주스는 생각보다 칼로리가 높다는 사실을 알게 되었다. 칼로리가 높을수록 맛은 더 좋아진다는 것 역시. 하지만 칼로리는 별로 중요한 문제가 아니다. 그보다 코코넛 주스 자체가 더 중요한 의미를 갖는다. 그렇게 본다면 코코넛 주스에 대한 너의 첫 경험은 코코넛 주스를 맛본 것이 아니라, 코코넛 주스를 본 것이 된다.

너는 어떤 남자를 본 적이 있다. TV를 통해서다. 몸에 딱 맞는 회색 정장을 입은 남자는 퍼포먼스라는 단어를 자주 쓴다. 가운뎃손가락으로 안경을 밀어 올리는 버릇이 있는 남자는 자신을 투자 컨설턴트라고 소개한다. 클로즈업된 남자의 얼굴 밑으로 값비싼 스펙들이 빼곡히 나열된다. 곧이어 남자와의 면담을 기다리는 투자자들의 인터뷰가 시작된다. 그들은 모두 공통점을 가지고 있다. 엄청난 경제적 권력을 가지고 있다는 것과 이 만남을 오랫동안 기다렸다는 것, 그리고 남자에게 어마어마하게 큰 금액을 투자하려고 한다는 것이다. 시장의 여건과 전혀 상관없는 것 같은 수익률을 자랑하는 남자는 돈이 있다고 해서 아무에게나 투자를 받는 사람이 아니다. 자신이 정해놓은 원칙과 규칙에 맞는 투자자들을 선별한다. '투자자를 선별'한다는 것도 놀라운데, 라고 말하는 인터뷰어의 말을 끊고 남자가 말한다. 거기까지는 누구나 할 수 있는 일이라고. 어리둥절한 표정의 인터뷰어가 잘 이기는 법을 알려달라고 한다. 지속적으로, 계속적으로 이 바닥에서 이기는 방법을 알려달라고. 남자는 비밀을 얘기하듯 낮고 차분한 목소리로 말한다. 경고장을 전략적으로 활용하는 것이 자신만의 성공 노하우라고. 정해진 가이드를 따르지 않는 투자자들 앞으로 경고장을 보내는 것으로 확실한 자신만의 투자 의지를 표시한다고. 남자의 등 뒤로 수십 개의 경고장이 깃발처럼 휘날린다. 비밀을 털어놓은 남자가 여유롭게 와이셔츠 자락을 걷어 올린다. 통유리 밖으로 보이는 빽빽한 빌딩 숲이 남자의 배경이 된다. 월넛 컬러의 견고한 책상 위에 코코넛 주스가 놓여 있다. 마치 한 편의 광고 같다. 딸깍. 남자가 책상 위에 놓인 코코넛 주스의 마개를 딴다. 고개를 젖힌 남자의 목울대가 힘있게 움직인다. 너는 갑자기 심한 갈증을 느낀다. 마치 목이 타들어가는 것 같다. 입속 가득 침이 고인다. 코코넛 주스의 맛이 몹시 궁금해진다. 너도 남들과 다른 습관을 가지고 싶다. 아주 까다로운 것이면 더 좋겠다고 생각한다. 완벽한 코코넛 주스를 찾고 싶다는 욕구가 인다. 아무 데서나 구할 수 없는 아주 특별한 코코넛 주스. 이제 너에게 습관이란 구원만큼이나 중요한 문제가 된다.

코코넛 주스에 대한 너의 첫 경험이 그리 나쁘지 않았음을 기억해낸다. 특별히 이 대형 마트를 반복적으로 찾게 된 이유도, 반복적인 습관 때문에 생겨난 또 다른 습관들도 너는 어쩐지 특별하다고 여긴다. 많게는 일주일에 두 번, 적게는 열흘에 한 번. 결과적으로 너는 코코넛 주스를 사기 위해 마트를 찾는다는 생각에 이른다. 너의 눈이 카트 속에 놓인 코코넛 주스 세 병에 고정된다.

그렇다면 몇 개를 더 사야 할까.

너의 고심은 어느덧 일주일 전 곤란했던 한때에 이른다. 만취 상태로 동네 마트를 뒤지고 다녔던 기억이 어렴풋하다. 그날 너는 예전 대학 동아리 사람들을 만났다. 왜 그들을 만났을까. 아무도 너를 부르지 않은 낯선 자리에 왜 얼굴을 들이밀었을까. 너는 진짜 대학생이 아니었으므로 진짜 대학 동기들도, 진짜 동아리 친구들도 아닌데. 너는 다만 대학생 행세를 했고, 그들에게 들키지 않았고, 소리도 소문도 없이 천천히 기억에서 잊혀진 사람이었다. 너는 이유를 잘 몰랐다. 인터넷에서 우연히 찾아낸 모임 장소에 불쑥 모습을 드러낸 이유. 어색하게 둘러앉은 사람들은 서로 서먹서먹했다. 누구 할 것 없이 기억하는 것들이 적었다. 그때 걔가 누구였더라? 누구누구는 그때 뭘 했더라? 하는 식으로. 무용담 같은 면접 얘기와 정신병자 같은 직장 선배의 뒷담화. 와하하, 타이밍이 잘 맞지 않던 웃음소리와 중간중간 쉽게 끊어지던 대화가 떠오른다. 너는 술을 마시면서 두툼하게 모인 명함들을 하나하나 살펴보았다. 갑자기 느꼈던 심한 갈증과 자꾸만 삼키던 마른침. 침을 삼킬 때마다 목젖과 목구멍이 달라붙는 것 같았던 기억이 생생하다. 그때만큼 달고 시원한 코코넛 주스가 간절한 적은 없었다. 계산을 하려고 지갑을 여는 너를 말리던 어떤 녀석과 택시를 기다리는 너의 어깨를 토닥이던 또 다른 녀석이 순서 없이 뇌리를 스친다. 이윽고 동영상의 재생 버튼을 누른 것처럼 냉장고 문이 반복적으로 열렸다 닫힌다. 바닥을 드러낸 코코넛 주스의 빈 통이 눈앞에 아른거린다. 참을 수 없는 갈증으로 거리를 헤매던 기억과 막 정산을 끝낸 동네 마트를 뒤지고 다녔던 기억이 토막토막 떠오른다. 너는 망설임 없이 코코넛 주스 네 개를 더 집어 든다. 코코넛 주스로 채워진 카트를 내려다보는 얼굴에 만족감이 번진다. 이제는 미련 없이 코코넛 주스 코너를 지난다. 그리고 멀지 않은 곳에 진열돼 있는 컵라면과 초콜릿, 짭조름한 과자 묶음 하나씩을 카트에 담는다.

박, 규 씨. 그 방입니다. 바로 거기요.
너는 간호사가 가리키는 복도 맨 끝 방을 향해 걸었다. 의자에 앉아 있던 단발머리 여자는 네가 방으로 들어가는 것을 말끄러미 지켜보았다. 그것은 방이라기보다 그저 칸막이로 막아놓은 상자 같았다. 문을 열자 미지근하고 비릿한 공기가 코끝에 다가왔다. 옆

방에서 새어 나오는 신음 소리를 들으며 어둠 속으로 들어섰다. 작은 모니터와 가짜 가죽으로 만들어진 소파, 간이 테이블 위로 조명의 붉은빛이 맴돌았다. 네가 가보았던 불임 클리닉들과 다른 것이 있다면 네모난 갑휴지 대신 동그란 두루마리 휴지가 걸려 있다는 정도였다. 너는 소파에 자리를 잡으며 문득 탁상 등이 켜진 독서실의 칸막이 책상을 떠올렸다. 그것은 순전히 냄새 때문이었다. 31년을 통틀어 네가 가장 많은 시간을 보낸 그곳이 떠오른 까닭은 독서실 커튼을 젖히고 들어설 때 퍼지던 미지근하고 비릿한 날것의 냄새 때문일 것이다. 그때 너는 막연하게 양계장을 떠올렸던 것 같다. 닭 비린내를 풍기는 칸막이 책상과 그 책상 앞에 가슴을 바짝 붙이고 앉아 있던 시절. 그 속에 머리를 들이밀고 있으면 너는 자주 한 마리 닭이 된 것 같다는 생각을 하곤 했다. 사람들이 한방에 모여 앉아, 아니 사람처럼 보이는 닭들이 한곳에 모여 앉아 두꺼운 책 위를 연필 같은 부리로 콕, 콕, 콕, 쪼아대는 것 같았다. 너는 거의 자동적으로 그중 한 마리였던 K의 안부가 궁금해졌다.

5년의 시간을 독서실에서 함께 보냈던 고등학교 동창 K. K는 11년째 독서실에 있다. 언제까지고 독서실 붙박이로 있을 것 같은 사람, K에게는 다른 직함이 없었다. 대학생이나 대학원생, 취업 준비생 혹은 그 흔한 대리도 과장도 아니었다. K는 그냥 K로 하루 종일 상자처럼 생긴 독서실 책상 칸막이 속에 얼굴을 묻고 있었다.

K는 조는 법이 없었다. 기지개를 켜거나 잡담도 하지 않았다. 그 사이 열 번쯤 바뀐 독서실 총무는 봄, 여름, 가을, 겨울 점점 횅해져가는 K의 정수리를 독서실의 부표처럼 내려다보곤 했다. K의 자리에는 S대 로고가 붙어 있었다. 선명하게 인쇄된 스케치북 크기의 로고를 K는 성물을 대하듯 매일 아침 손으로 매만졌다. 눈을 감고 기도를 하기도 했다. 몇 년 전, 네가 독서실을 뛰쳐나오기 전까지 너는 거의 매일 K를 보았다. 보았다는 표현이 맞을 것이다. 친하지도 않았지만, 안 친한 것도 아닌 사이. 제일 먼저 독서실에 나타났다가 가장 늦게 독서실을 빠져나가는 K의 뒤통수를 보며, 너는 그것이 일종의 종교적 고행 같다는 생각을 했다. K를 구원할 수 있는 것은 오직 십자가처럼 걸려 있는 S대 로고 같았다. 그때 너는 K의 뒤통수를 보는 것이 좋았다. 어쩐지 마음이 놓였다. 그것은 네가 K만큼 무능한 인간이거나 K보다 덜 무능한 정도의 인간이라는 것을 알고 있었기 때문이다. 네가 알고 있는 K는 다른 사람들이 이해하고 있는 K와는 조금 달랐다. 독서실의 바보, 라고 불리는 K는 생각보다 많은 것을 알고 있었다. 수학이나 과학 공식 등을 아주 잘 외우고 있었지만 그것이 인생에 왜 필요한지 고민한다거나, 지식의 깊이를 추구하다 보니 하나의 문제에 너무 많은 시간을 할애한다는 것이 문제였다. 어쨌든 K가 최소한 머저리는 아니라는 것에 너는 안도했다.

그러던 어느 날이었다. 독서실에 도착한 너의 눈에 K의 빈자리가 보였다. 책상 위에는 아무것도 펼쳐져 있지 않았다. 붙어 있던 S대 로고도 사라지고 없었다. 너는 주위를 두리번거렸다. 어쩐지 불길한 예감에 아랫배가 근질거렸다. 그것이 K 때문인지, 그저 너의 컨디션 때문인지는 알 수 없었다. 느닷없이 이렇게 살아도 괜찮은 걸까, 이렇게 살아서 뭘 할 수 있을까, 하는 물음이 치밀었다. 독서실 문이 열릴 때마다 너의 고개는 문 쪽을 살폈다. 점심때가 되어도 K는 나타나지 않았다. 점심식사를 마친 사람들이 하나둘씩 자리로 돌아올 때쯤, K가 문을 열고 들어섰다. 흘러내린 곱슬머리가 넓은 이마 한가운데 척 달라붙어 있었다. 땀을 몹시도 흘린 K는 느릿느릿 자신의 자리에 앉았다. 너는 며칠 전보다 더 황량해진 K의 뒤통수를 돌아보았다. K의 머리꼭지에서 감지 않은 머리 냄새가 풍겼다. 그때였다. 씨이발. 너는 냄새의 근원에서 함께 터져 나오는 K의 목소리를 들었다. K가 씨발이라는 단어를 말할 때, 너는 그것이 그냥 씨발과는 다른 차원의 단어라는 것을 알아차렸다. 아주 오랫동안 농축된, 무겁고 진한 그 무엇. 곧이어 박박박, 뭔가를 긁는 소리가 들렸다. K가 독서실 책상의 칸막이를 손톱으로 긁고 있었다. 긁어도 소용없는 모퉁이를 맹렬하게 긁고, 잠시 노려보다가 같은 자리를 다시 집요하게 긁었다. 너는 수년째 같은 자리에 앉아 책만 들여다보던 K가 돌아버렸는지도 모른다고 생각했다. 박, 박, 박, 씨이발. 손톱이 들리고 그 사이에서 피가 나도록 박, 박, 박, 씨이발. 옆자리에 앉은 고등학생이 말려보았으나 소용없었다. 박, 박, 박, 박. K의 목덜미에서 땀이 흐르고 있었다. 머리카락도 젖고 등도 젖어 있었다. K의 발밑으로 노란 액체가 후두둑 떨어졌다. 너는 너도 모르게 몸을 움츠렸다. 독서실 칸막이 위로 나온 얼굴들 중 한 명이 소리쳤다. 아, 씨발. 저 미친 새끼, 바닥에 오줌 쌌어! K의 입에서 거품이 일기 시작했다. 너는 그것을 무기력하게 지켜보았다. 팔과 다리에서 순식간에 힘이 휘발되는 것 같았다. K를 말리거나 밖으로 끌고 나가는 것이 아무런 소용이 없다는 것을 이미 알고 있었다. 너는 생각했다. 차라리 K가 이대로 죽어버리면 좋을 텐데. 그러면 좀 편해질 텐데. 너는 K에게 가는 대신 짐을 챙겼다. 박, 박, 박, 소리를 들으며 참고서를 덮고 필통을 가방에 넣었다. 물컵과 도시락을 들고 독서실 문으로 향했다. 유일하게 빛이 새어 나오고 있는 문을 열고 곧바로 그곳을 떠났다.

K가 여전히 독서실에서 살아가고 있는 동안 너는 단지 삶을 지속하기 위한 시간을 보냈다. K의 자리가 독서실 총무 자리로 옮겨지는 동안 너는 캠퍼스를 누비고 있었다. 대학 시험을 본 적도, 합격한 적도 없지만 너는 아무렇지도 않게 학생들 틈에 섞였다. K가 소원하던 S대였다. 네가 그곳을 택한 것은 순전히 K 때문이었다. 마침 같은 이름의 신입생도 있었다. 너는 그가 되어 가짜 학생증을 만들었다. 그것은 생각보다 쉬웠다. 아무도 너에 대해 관심을 가지지 않았으므로 정체를 들킬 기회가 적었다. 너는 네가 선택한 학과를 제외한 캠퍼스 여러 곳에서 목격되었다. 학교 도서관, 도서

관 앞 벤치, 운동장 스탠드와 학교 식당. 되도록 혼자였고 함께 있다고 해도 너를 알지 못하는 다른 과 학생들이었다. 동아리도 들었다. 남의 이목을 끌지 않는 종교 동아리였다. 진짜 학생들에 비해 늘 시간이 남았으므로 도서관에서 책을 읽거나 파트타임 아르바이트를 했다. 그렇게 너는 진짜 대학생들 속에 섞여 몇 년을 보냈다. 졸업할 때쯤, 너는 자연스럽게 대학 졸업장을 만들었다. 학생증을 만든 것처럼, 그것 역시 어려운 일이 아니었다.

방에 들어선 너는 뒷주머니에 꽂혀 있는 휴대전화를 꺼냈다. 부재중 전화에 K의 이름이 찍혀 있었다. 쓸데없는 생각에서 벗어나려는 듯 바지를 내렸다. 지금은 업무 시간, 놀 때가 아니라는 것을 너는 잘 알고 있었다. 리모컨을 집어 들었다. 모니터 속에 여자가 등장했다. 메기처럼 입술이 두터운 여자였다. 여자는 비스듬하게 누워 있는 남자의 가랑이 사이에 얼굴을 묻었다. 간간이 남자의 입에서 거친 욕설이 터져 나왔다. 몸을 비틀던 남자가 여자의 머리카락을 움켜쥐었다. 너는 페니스를 잡고 흔들기 시작했다. 무엇인가가 일어날 테고, 그러면 무엇인가가 달라지겠지, 하며.

너는 다시 걷는다. 코코넛 주스와 라면, 왁스와 탈모 방지용 샴푸가 담겨 있는 카트를 밀고 있다. 지하 식품 코너에서 사야 할 냉동식품 몇 개를 떠올린다. 지하로 이어지는 에스컬레이터 안으로 카트를 밀어 넣으려는 순간이다. 불쑥, 카트 하나가 너의 카트를 막아선다. 기다란 두루마리 휴지와 세탁 세제, 베개만 한 과자 봉지와 컵라면 박스가 가득 채워진 카트다. 순서를 기다리던 너의 카트가 뒤로 밀린다. 너의 입에서 욕이 먼저 튀어나온다. Fuck! 두 개의 카트 사이에 긴장이 인다. 쌓여 있는 물건들에 가려져 있던 얼굴이 유령처럼 스윽 떠오른다. 매끈한 슈트를 입은 여자는 스마트한 인상이다. 긴 머리를 하나로 묶고 얇은 은테 안경을 쓴 여자는 통화 중이다. 여자의 표정에는 미안한 기색이 없다. 그보다 자신과 마주친 너의 카트를 향해 인상을 찌푸린다. 여자의 미간에 선명한 주름이 드러난다. 여자는 남자의 순서 따위는 관심 없다는 듯, 전화기 너머의 누군가에게 어떤 매너 없는 사람에 대해 얘기하고 있다. 너는 두 팔에 힘을 싣지만 여자는 아랑곳하지 않고 너를 앞질러 간다. 네가 당혹스러워하는 사이 여자에게 길이 열린다. 당연한 결과라는 듯, 잘 다려진 바지를 입은 여자의 엉덩이가 너의 시선을 가로지른다. 너는 문득 여자의 시선이 불온하다는 생각을 한다. 가슴 한가운데서 두근거림이 느껴진다. 관자놀이가 욱신욱신 아파온다. 갈증이 느껴진다. 목이 타들어가는 것처럼 입술이 바싹 마른다. 카트에 담겨 있는 코코넛 주스를 벌컥벌컥 마시고 싶은 충동이 인다. 카트를 쥔 손에 땀이 찬다. 너는 숨을 천천히 들이쉬고 다시 내쉰다. 뻣뻣했던 어깨가 점차 누그러든다. '저런 년은' 하고 중얼거리다 여자의 통화 내용을 듣는다. 소득수준과 수준 차이라는 말이 들린다. 어느 조사 결과라는 얘기와 박사

논문이라는 단어가 맴돈다. 안 되는 것들이라는 단어와 허사라는 단어가, 쓰레기라는 단어와 한심한 인사라는 단어가 섞여 들린다. 도대체 어쩌자고 저렇게 사는지 환멸을 느낀다는 한숨이 터져 나올 땐, 너는 자신도 모르게 두 귀가 달아오름을 느낀다. 한쪽 가슴이 조여오는 것 같다. 빵 굽는 냄새와 고기 굽는 냄새, 축축한 것과 끈끈한 것들의 냄새가 여자를 통과해 너의 얼굴 쪽으로 밀려온다. 너는 점점 더 불쾌해진다. 정확히 여자의 무례함 때문인지, 그저 냄새 때문인지는 알 수 없다. 기분 전환이 필요하다고 판단한 너는 주머니에서 휴대전화를 꺼낸다. 부재중 전화에 K의 이름이 또 찍혀 있다. 너는 삭제 버튼을 누르고 K의 흔적을 지운다. 휴대전화와 여자의 뒤통수를 번갈아 노려보며 여러 번 중얼거린다. Fuck, Fuck, Fuck!

에스컬레이터가 지하에 이른다. 카트 바퀴가 너보다 먼저 바닥에 닿는다. 여자가 오른쪽으로 방향을 튼다. 너는 왼쪽을 바라본다. 너의 몸이 움찔한다. 혹시 내가 여자를 두려워하고 있는 것인가, 하는 물음이 튀어나온다. 아니다. 그건 아니다. 아마도 아닐 것이다. 너는 스스로를 타이르듯 조용하게 웅얼거린다. 여자를 흠씬 패줄 수 있다면. 차라리 그럴 수 있다면. 너는 방향을 고친다. 왼쪽이 아니라 오른쪽. 그러고는 곧장 여자가 사라진 오른쪽으로 카트를 민다. 냉동식품 코너 중간에 서 있는 여자가 보인다. 이미 포화 상태인 카트에 베이컨을 꽂아 넣고 있다. 너는 계획에도 없던 냉동

만두와 아이스크림을 카트에 담는다. 너는 잘 모르겠다고 생각한다. 왜 저 여자를 지켜보는 거지? 여자가 카트를 민다. 너도 카트를 민다. 여자 앞으로 거대한 냉동 창고가 보인다. 차가운 냉기가 여자와 너 사이를 가로지른다. 너는 어떤 순간을 포착하려고 애쓴다. 별것은 아니다. 모르는 척 여자의 발을 카트로 밟고 지난다거나, 둔탁한 어깨를 퍽, 치고 지나가거나. 다만 너는 아무것도 두려워하지 않음을 증명하고 싶다. 그뿐이다. 그것이 알 수 없는 분노를 가라앉히는 유일한 방법인 것 같다. 여자의 일거수일투족이 눈에 거슬린다고 생각한 그 순간이다. 훅, 갑자기 눈앞의 모든 것이 검게 사라진다. 정전 혹은 암전. 검은 장막으로 덮인 듯한 완벽한 어둠. 두텁고 거대한 암흑이 눈앞을 막아선다. 에스컬레이터가, 카트가, 남자가, 여자와 어린아이들이 순식간에 사라진다. 그 속에서 어리둥절하게 서 있던 너는 검은 허공의 어느 부위에 눈을 맞추고 얼음처럼 서 있다. 혹시 이 모든 게 꿈은 아닌가, 눈만 깜빡인다.

박 규, 만 28세, A형.
너는 어둠 속에서 너의 이름이 붙어 있는 플라스틱 통을 더듬거렸다. 모니터 속 여자의 신음을 들으며 딱딱해진 페니스 앞으로 그 통을 갖다 댔다. 화면 속 여자의 자세가 한 번 더 바뀌고 남자의 고개가 뒤로 반쯤 꺾어졌다. 입을 뻐끔거리는 여자의 얼굴도, 짙은 눈썹을 씰룩거리는 남자의 얼굴도 프레임 바깥으로 밀려났다. 클로즈업된 화면 속에 한껏 솟아오른 가슴과 딱딱한 페니스가 꽉 들어찼다. 너의 입에서 신음 소리가 터져 나왔다. 규칙적으로 움직이는 손에 가속이 붙었다. 머릿속을 채웠던 단어들이 하얗게 날아갔다. 투명하면서 뜨겁고 미끌거리면서도 날카로운 액체가 너의 몸을 빠져나왔다. 온몸에 짧은 경련이 일었다. 반쯤 감긴 너의 눈이 부르르 떨렸다. 너는 두루마리 휴지를 말아 쥐고 한참 동안 움직이지 않았다. 알맹이가 빠져나간 빈 껍질처럼 너의 페니스가 천천히 누그러들었다. 팬티도 올려 입지 않은 채 다시 플라스틱 통에 붙은 라벨을 확인했다. 박 규, 만 28세, A형. 플라스틱 통에 담긴 희멀건 정액이 눈에 들어왔다. 방금 전까지 네 몸의 일부였을 그것. 이름과 나이, 혈액형과 정액, 이 중에 너의 것은 아무것도 없는 것 같았다. 머릿속으로 무엇인가 묵직한 것이 몰려들었다. 심장이 머리로 옮겨진 것처럼 관자놀이가 욱신거렸다. 두근거림에 맞춰 머리카락이 쭈뼛거렸다. 머리가 뻐근해진 너는 몸을 웅크리고 소파에 누웠다. 너는 문득 몸 안에서 쏟아진 너의 일부가 무엇이 되어 자라날 가능성에 대해 생각했다. 아무것도 떠오르지 않았다. 차라리 개나 고양이, 소나 염소 같은 것이었다면 상상하기가 더 쉬웠을 텐데. 동그랗게 말린 너의 몸이 푹 꺼져 있는 소파의 빈 공간에 맞춰졌다. 엉덩이의 맨살과 소파의 비닐이 맞닿아 뽀드득 소리를 냈다. 너는 갑자기 문밖을 나서는 것이 무서워졌다. 문을 여는 것도, 문을 닫는 것도, 병원 냄새가 나는 복도를 걷는 것도, 아무렇지도 않은 척 간호사를 만나고 끈적끈적한 플라스틱 통을 내미는 것도. 그냥 이 방이 하나의 거대한 자궁이었으면. 차라리 소파의 일부가 되어 다시 태어날 수만 있다면. 너의 이마가 점점 뜨거워 졌다. 목 뒤가 뻣뻣해지고 발기하듯 머리끝에서 발끝까지 팽팽하게 부풀어 오르는 느낌이었다. 후두둑, 투명하고 뜨거운 액체가 뺨을 타고 소파 위로 떨어졌다. 너는 울고 있었다. 두 주먹을 꼭 쥐고 잔뜩 웅크린 자세였다. 울음을 참으려고 주먹을 입으로 가져갔다. 목구멍에서 억, 억, 소리가 올라왔다. 어깨를 들썩이며 이 모든 게 허탈함 때문이라고 여겼다. 사실은 무엇이 슬픈지도 모른다고, 너는 막연하게 생각했다.

어둠과 웅성거림이 섞여 들린다.

그 웅성거림은 시식 코너 쪽에서부터 퍼져 나온다. 웅성거림에 다급한 발소리가 섞인다. 발소리에 어린아이의 울음이, 사람들의 비명이 섞인다. 하나둘, 휴대전화 크기의 푸르스름한 불빛들이 섞인다. 휴대전화 액정만 한 얼굴들이 하나둘씩 섞인다. 유령처럼 창백하게 조각난 얼굴들이다. 부딪치는 누군가의 어깨가 섞인다. 물컹, 하고 밟히는 누군가의 발이 섞인다. 가방이 사라졌다는 외침이 섞인다. 가슴을 주무르고 달아나는 누군가의 손과 욕설이 섞인다. 그 위로 쏟아지는, 무너지는, 무엇인가가 섞인다. 타고, 새고, 터지는 것들의 냄새가 섞인다. 오, 주여! 하고 외치는 예수와 스팸이 섞인다. 부처와 냉동 만두가 섞인다. 구원과 심판과 두려움과 호기심이 커다란 소시지와 섞인다. 이 모든 것이 스멀스멀 어둠의 한가운데에서 버무려진다. 뱅글뱅글 돌며 큰 원을 그리고 있다. 너는 그것의 어느 부위를 노려보고 있다.

너는 생각한다. 그년은 알까? 네가 지금 몹시 슬프다는 것을. 쓰리고 아린 무엇인가가 아랫배 어딘가에 고여 자꾸만 출렁이고 있다는 사실을. 그 멍청한 년은 네가 방금 정자를 돈과 바꾸었다는 사실을 알까. 아니면 다달이 낼 월세를 걱정해야 하는 처지라는 것을. 네가 좀처럼 고기를 먹지 않는 것도, 술을 잘 마시지 않는 것도 사실은 정자를 만들어내기 위한 노력이라는 것을. 그것을 알고 저렇게 지껄인 걸까. 몰랐을 것이다. 멍청하니까. 아둔하니까. 알았다고 해도 달라질 것은 없으니까. 그렇다면 맛을 봐야지. 무신경한 년, 놈들은 따끔한 맛을 봐야지. 그런 인간들은 상처를 받아봐야 알지. 너는 참으려고 애를 쓴다. 어금니에 힘을 준다. 빠드득, 이 가는 소리가 들린다. 하지만 잘 되지 않는다. 검은 소용돌이 속에서 희멀건 불빛이 하나둘 많아지기 시작한다. 어둠의 옆구리가 조금씩 찢겨 나간다. 너는 중얼거린다. 그래, 어떤 일이 일어나고, 어떤 것이 바뀔 수 있다면. 그럴 수만 있다면!

너는 빛을 피해 더 깊은 어둠 속으로 카트를 민다. 밖으로 나가는 출구가 보이지 않는다. 그래도 상관없다고 너는 생각한다. 어차피 다시 태어날 수 없으니까. 이미 모든 것은 정해져 있으니까. 너는 카트를 움직인다. 통, 무엇인가에 부딪혀 카트가 멈춰 선다. 악!
여자의 비명이 되돌아온다. 휴대전화의 네모난 불빛 속에 창백한
얼굴이 떠 있다. 너는 속으로 비명을 삼킨다. 그년이다. 바로 그년.
여자는 겁에 질린 듯 휴대전화 불빛으로 너를 비춘다. 눈이 부시
다. 너는 인상을 찌푸린다. 머릿속에 네가 쫓던 여자의 뒷모습이
선명하게 떠오른다. 이제는 어쩔 수 없는 일이라고 생각한다. 너의
카트가 여자로부터 몇 발짝 물러선다. 공포에 잠식된 여자의 신음
소리가 한 발짝 멀어진다. 너는 조금 더 뒤로 물러선다. 너의 몸에
제어가 불가능한 모터가 달린 것 같다. 심장이 벌떡인다. 뜨거운
피가 머리 쪽으로 소용돌이친다. 너는 다시 중얼거린다. 정말 어쩔
수 없어. 너는 어둠의 꼭짓점을 향해 돌진한다. 소름 돋는 한기가
가슴 한가운데를 통과한다. 살이 찢겨져 나가는 듯한 통증이 온몸
으로 퍼진다. 너의 카트가 질주한다. 덜컹거리는 카트가 어둠 속을
파고든다. 픽! 너의 카트가 유령처럼 서 있는 여자의 몸을 치고 달
린다. 끔찍한 비명 소리와 네가 섞인다. 네모나게 떠 있던 여자의
얼굴과 카트가 섞인다. 어둠 저편으로 나가떨어지는 여자의 몸과
마트 진열대가 섞인다. 진열대의 물건들이 와르르 쏟아져 내리는
소리와 정적이 섞인다. 귓속을 메웠던 심장박동이 천천히 귓가에
서 멀어진다. 너는 여자의 반대방향으로 카트를 민다. 더 이상 아
무 소리도 들리지 않는다. 여자로부터, 어둠으로부터 너는 유유히
멀어진다.

그리고 다시, 마트에 빛이 들어온다.

카트를 끄는 사람들 속에 네가 보인다. 너는 코코넛 주스가 담긴 카트를 밀고 계산대를 향해 걸어가는 중이다. 계산대 앞에서 너는 멈춰 선다. 잠시 뒤, 계산대에 코코넛 주스가 가득 놓여진다. 마트 계산원과 너의 눈이 허공 어디쯤에서 마주친다. 너와 계산원은 기계적으로 웃는다. 계산원이 말한다.

많이 놀라셨죠?

있을 수 있는 일인데요, 뭐.

괜찮으세요? 많이 다치신 손님도 있어서요.

그렇군요.

코코넛 주스를 좋아하시나 봐요.

아니요. 별로 좋아하지 않아요.

좋아하지 않는 것치고는 좀 많네요.

제가 하는 일에 아주 효과적이거든요.

너는 다시 카트를 민다. 무엇인가를 증명한 것 같아 기분이 좋다. 카트 속에서 코코넛 주스 하나를 꺼낸다. 마트를 돌아보며 딸깍, 코코넛 주스를 딴다. 그리고 코코넛 주스를 마신다. 주스를 넘기는 목울대가 경쾌하게 움직인다. 너는 마시면서 생각한다. 아직도 목이 마르다고.

브라질리언 왁싱

나나는 여사장의 말에 동의할 수 없었다. 높은 곳에서 내려다본 왁싱숍의 구조를 여자의 은밀한 그곳과 닮아 보이게 하고 싶다니. 설령 그렇더라도 사장의 말대로라면 왁싱룸은 지금보다 더 어둡고 긴 타원형이어야 했다. 좁은 출입구가 있는 둥근 방에 기둥 모양의 빛이 베드의 중앙으로 떨어지는 구조. 그러나 그것보다는 딱딱한 베드와 고장 난 자동 향 분사기를 바꾸는 게 더 시급하지 않나, 나나는 생각했다. 각 방마다 있어야 할 개별 소독 기구도 추가되어야 할 것 중 하나였다. 나나는 몇 주째 시원찮은 소독기 때문에 기구들을 삶아야 했던 일을 떠올리며 한숨을 쉬었다. 사장의 희망사항 대로 왁싱숍이 '특별한 그것'으로 보이기 원한다면 줄어드는 손님부터 붙잡아두어야 하지 않을까. 그러나 나나는 곧 단념

했다. 그건 함께 듣고 있던 임과 최도 마찬가지였다. 사장이 구상하는 왁싱숍은 이미 설계부터 불가능한 방향으로 멀어지고 있었다. 그 복잡한 설계를 가능하게 할 돈이 있을까, 하는 의구심마저 들었다. 나나는 테이블에 놓인 머그잔을 만지작거리며 기계적으로 고개를 끄덕였다. 그게 무엇이든 동의한다는 표시였다. 효율성에 대해 열변을 토하는 사장의 얼굴을 보며 임이 그건 그렇죠, 하고 맞장구를 쳤다. 이제 점심시간이 얼마 남지 않았다는 표시였다. 이것은 누구의 월급을 올리는 일도, 보너스를 챙기는 일도 아니었다. 만약 공사 때문에 일을 못 하게 된다면 그게 더 곤란했다. 사장을 설득할 아무런 이유가 없는 나나는 하품을 참으려고 차를 홀짝거렸다. 사장은 나란히 앉아 있는 직원들의 어깨를 툭, 치며 격앙된 톤으로 말했다. 앞으로 더 잘해봅시다, 선생님들!

나나는 사장이 하는 또 다른 주장, 인류가 점차 털이 적은 피부를 선호하고 있다는 것과 이를 증명하는 논문들이 속속 발표되고 있다는 것에도 동의했다. 이 말은 나나가 면접을 보러 왔을 때도, 사장이 미용 전문 TV 프로그램에 나왔을 때도 했던 얘기였다. 그것은 사장 혼자만의 착각인 게 분명한데도, 연설은 미용 시장의 미래와 자기 관리 시장의 확장 가능성으로 번지고 있었다. 왁싱숍은 1년째 겨우겨우 적자를 면하는 중이었다. 최소한 몇 년은 더 그 상태가 지속될 것 같았다. 정말 사장의 예측이 맞다면 여섯 명이던 왁싱숍의 제모 '선생님'들이 반으로 줄 일도, 하루의 대부분을 청소로 보내는 일도 없었을 것이다.

그렇다고 나나가 사장의 운영 방식 전부에 이의를 갖는 것은 아니었다. 여러 숍을 옮겨 다니며 6, 7개월 머무는 것이 전부였던 나나는 벌써 1년째 왁싱숍에서 일을 하고 있었다. 그 전까지 나나는 어디를 가든 그곳이 자신에게 온전하게 주어진 일터가 아닌 것처럼 느꼈다. 그저 끊임없이 날아오는 전기세와 수도세, 가스비와 관리비 때문에 몸을 움직였다. 새벽 여섯 시에 일어나 지하철을 타고 열 시가 되면 도구를 씻거나 수건을 널었다. 한 시에 밥을 먹고 여덟 시가 넘을 때까지 나나는 서 있거나 뛰기를 반복했다. 그러나 이상한 일이었다. 잠자리에 누워 생각해보면 늘 아무것도 하지 않은 기분이었다. 그제와 어제, 3일 전과 4일 전이 통째로 잘려 나간 느낌. 팔다리는 욱신거리고 목이 뻣뻣했지만 도무지 뭘 했는지 정확히 말할 수 없는 상태. 나나는 몸을 돌려 누우며 그럼에도 뭔가 솟아날 구멍이 있지 않을까, 했다. 문제가 무엇이고 어떤 해결책이 있는지에 대해서도 생각해봤다. 그러나 늘 결론은 같은 지점에서 멈췄다. 주관이나 확신을 갖고 실천에 옮기는 것은 또 다른 차원의 문제라는 것. 그것이 가능하게 태어난 사람들에게만 해당되는 일처럼 느껴졌다. 나나는 그저 몹시 귀찮은 일을 미루는 심정으로 출근을 했다. 피부관리실, 네일숍, 미용실 혹은 전문대학 미용학과를 나와 들어갈 수 있는 거의 모든 곳에서 언니로 머물렀다. 언니, 물 좀 줘. 언니, 수건 없어? 언니, 여기 좀 닦아줘. 언니, 언니, 거기 언니!

사람들이 언니, 하고 부를 때 나나는 웃었다. 웃으면 대부분 아무 일도 일어나지 않았지만 웃어서 욕을 먹는 날도 있었다. 뺨을 맞은 적도 있었다. 말을 말 같지 않게 하는 사람에게 마땅히 대답할 말이 없어서 웃었다가 봉변을 당했다. 너, 지금 나 무시하니? 이런 동네에서 머리 한다고 깔보는 거야? 나나는 얼얼해진 뺨을 감싸 쥐었다. 어쩌지 못하고 서 있는 나나에게 갑휴지가 날아왔다. 롤빗과 잡지가 날아왔다. 분을 이기지 못한 여자가 나나를 노려보고 있었다. 남의 머리나 감겨주고 사는 주제에. 왜, 또 웃어보시지? 나나는 허리를 꺾으며 고개를 숙였다. 머리를 숙이는 속도와 각도, 손의 위치와 표정에 신경을 썼지만 실은 아무것도 미안하지 않았다. 웃은 것도, 머리를 감겨준 것도, 날아오는 물건을 피하지 않은 것도. 다만 보여주고 싶었다. 나는 너와 다르다, 나는 무례하지 않다, 지킬 건 지킨다, 그래서 나는 너보다 더 나은 인간이다, 하고.
그런 면에서 왁싱숍은 좀 달랐다. 독특한 운영 방식 때문인지, 요즘 미용숍에서 유행하는 고급화 전략 때문인지는 확실하지 않았다. 뭐가 다를까, 따져봤으나 분명하게 꼬집어 말할 수는 없었다. 그러나 굳이 몇 가지를 든다면 예약 없이 방문한 손님을 돌려보내는 것을 숍의 원칙처럼 설명하는 사장의 태도였다. 죄송하지만 저희 숍은 100퍼센트 회원 예약제로 운영됩니다. 이 점 양해부탁드려요, 하는 식으로. 나중에 안 사실이지만 사장은 당장 예약이 없는데도 예약 없이 찾아온 고객을 돌려보냈다. 고객이 온 김에 예약을 하겠다고 하면 비어 있는 예약 노트를 오랫동안 들여다봤다. 사장 나름의 영업 전략이지만 나나는 이해할 수 없었다. 직원을 부르는 호칭도 달랐다. 사장은 임을, 최를 모두 선생님, 하고 불렀다. 선생님이라니. 미용실에서 헤어디자이너를 선생님 혹은 원장님이라고 부르는 것도 어색하게 느껴졌는데, 이것이 요즘 유행인 것 같았다. 그러나 엉뚱하게도 나나가 왁싱숍에 마음이 기운 이유는 다름 아닌 그 '선생님'이라는 호칭 때문이었다.

왁싱 디자이너 정나나. 나나는 명함의 빳빳한 종이 질감이 좋았다. 이름이 금박으로 꾹꾹 눌려 박혀 있는 것도 마음에 들었다. 나나로서는 처음 가져보는 명함이었다. 엄살이 심한 여자의 사타구니 털을 미는 것도, 자신을 유명 정치인의 숨겨진 딸이라고 고백하는 여자의 다리에 왁스를 바르는 것도 나나가 하고 싶었던 일은 아니지만 명함은 이 모든 것을 매끈하게 포장해주는 느낌이었다. 나나는 명함에 사탕을 붙여 밖으로 나가기도 했다. 지하철역 입구나 버스정류장 옆, 횡단보도 앞이나 공원 출구 같은 곳에서 자신의 명함을 돌렸다. 아메리카노를 사면서도, 김밥 한 줄을 사면서도 명함 건네는 것을 잊지 않았다. 무심코 받아가는 사람도 있고, 나나가 보지 않는 곳에 명함을 버리는 사람도 있었다. 정말 이상한 일이지만 나나의 머릿속에는 명함을 건네받은 사람들의 표정이 오래 남았다. 미세하게 구겨지는 미간과 길고 얇고 단단하게 다문 입술. 나나는 그 얼굴들을 곱씹고 곱씹다가 겨우 잊어버리곤 했다.

사장이 나나를 '선생님' 하고 부르면 고객들은 나나를 뭐라고 불러야 할지 고민했다. 사장이 그렇게 불렀으므로 그대로 선생님, 하고 부르는 사람도 있지만 대부분 호칭을 생략했다. 저기요, 내지는 여기, 하는 식으로. 호칭은 압도적으로 사장 혼자만의 영역이었다. 왁싱숍에서 1년 가까이 지낸 나나는 더 이상 명함을 들고 밖으로 나가지 않았다. 어쩌다 손님이 선생님, 하고 부르면 물건을 사고 장난감 지폐를 내미는 사람처럼 쭈뼛거렸다. 직원들도 마찬가지였다. 사장이 있을 때만 임쩀, 최쩀 하고 서로 장난처럼 얼버무렸다. 어느 날, 사장과 밥을 먹던 나나가 물었다. 뭘 가르치는 것도 아닌데 원장님은 왜 선생님, 선생님, 해요? 사장은 잠시 눈을 깜빡이더니 김밥 하나를 입에 넣으며 말했다. 그건 이름하고 비슷한 거야. 이름은 작은 닻 같은 거잖아. 어디론가 너무 멀리 떠밀려 가지 말라고 묶어놓는 거. 손님이 이름을 기억하는 건 아무래도 무리가 있으니까, 그렇게라도 하는 거지. 아무렇게 부르면, 아무렇게 되는 거야. 이런 건 의지를 가지고 의식적으로 행동해야 해. 왜냐하면 우리 숍 손님들이 언니, 언니, 하고 부르는 건 실은 정 선생을 부르는 게 아니야. 내가 누구보다 위에 있다는 걸 확인하는 거지. 자기가 내려다볼 수 있는 존재가 필요한 거라고. 까라면 까고 뒤집으라면 뒤집는 존재. 그게 하고 싶어서 자꾸 언니, 언니, 하는 거야. 언니야, 나는 더 고객답게 굴겠다. 더 게으르고 뻔뻔한 것을 요구하겠다, 뭐 이런 식으로. 사장은 화가 난 것 같았다. 상처받은 것 같기도, 상처를 주고 싶은 것 같기도 했다. 사장이 어쩐지 아련한 표정으로 나나의 이마 언저리를 응시했다. 아주 짧은 순간이었지만 나나는 사장이 진짜 언니 같다는 생각을 했다.

사장은 숍을 열기로 결정하기 전부터 이런 생각을 해왔노라고 말끝을 흐렸다. 자신에게도 아주 오랫동안 불만족스럽고 불공평한 날들이 있었노라고. 스스로 할 수 있는 일을 찾기 위해 끊임없이 노력했다고 했다. 사장은 공인중개사 시험을 보고, 바리스타 자격증을 땄다. 속눈썹 연장술을 배우고 네일아트 학원을 기웃거렸다. 잠을 잘 때도, 먹을 때도, 심지어 애인과 몸을 섞을 때도 뭐든지 꼭 해내야겠다는 생각뿐이었다고. 왁싱숍을 하기로 결심하고 최선을 다해보자고 다짐한 것은 어머니가 돌아가시고 난 뒤부터라고 했다. 사장의 어머니는 미용 업계를 아주 오랫동안 지키신 분이었는데, 그분이 없었다면 지금의 자기는 아무것도 아니었을 거라고. 그게 다 무엇 때문이었겠느냐고. 사장의 이야기를 들으며 나나는 김밥을 씹었다. 그래서 나나를 이해할 수 있다는 말이, 그러니 더 열심히 올라가보라는 말이 입속에서 서걱거렸다. 더 열심히 도대체 어디로 올라가란 말일까. 그 물음에 답을 하듯 가스 고지서와 월세, 충치 치료비와 이삿짐 정리 같은 것들이 나나의 머릿속에 떠올랐다 사라졌다.

사무 보조 언니, 경리 언니, 전화 받는 언니 혹은 복사하는 언니. 이것이 사장의 진짜 이력이라고 했다. TV 속 미용 프로그램에서 소개된 사장의 이력과는 거리가 멀었다. 사장의 과거는 임과 최의 입에서 퍼즐처럼 흘러나왔다. 그만둘까, 하는 마음이 들 때마다 임과 최는 사장의 과거를 언급했다. 이유는 제각각이었다. 어쩐지와 어쨌든 사이, 몰랐는데와 알고 봤더니 사이에는 무분별한 과장이 있었다. 나나는 고자질을 하듯 속삭이는 임과 최에게 사장의 변호를 해보았지만 소용없었다. 오히려 정색하며 나나에게 경고했다. 자기, 조심해. 괜히 선생님, 선생님 하면서 위해주는 척하는 거야. 뒤로는 호박씨가 엄청나다고!

임과 최가 사장으로부터 듣고, 보고, 추론한 바로는 사장의 최종 학력은 고졸이었다. 사장의 이력에 자주 등장하는 명문대는 그 대학에 부설되어 있는 평생교육원이었다. 또, 미용 업계에서 꽤 든든한 입지를 다졌다는 사장의 어머니는 동네 미용실을 운영했던 사람이다. 평생 과부로 살며 동네 여자들 등살에 시달린 탓인지 일찍 치매를 앓았고, 죽기 며칠 전에는 자신이 운영하던 미용실에 불까지 질렀다고 했다. 사석에서 사장과 언니, 동생 하는 임의 증언이었다. 이미 몇 번이나 사장을 데리러 경찰서를 오갔다고 했다. 사장은 어머니가 죽은 뒤 화재 보험금과 사망 보험금, 미용실의 재개발 보상금을 한꺼번에 손에 쥐었다. 그것으로 차린 것이 왁싱숍이라고. 여기에 최가 말을 보탰다. 그 돈으로 이렇게 큰 왁싱숍을, 게다가 신도시에 차리는 게 가당키나 하느냐고. 실은 왁싱숍에 자주 찾아오는 남자가 있는데 사장이 그 남자를 이용하고 있다는 게 하이라이트라고. 나나는 어렴풋이 한 사람을 떠올렸다. 키가 작고 머리가 정수리까지 벗겨진 남자였고, 사장과 다정하게 나가는 걸 몇 번 본 적이 있었다. 나나가 말했다. 그 남자요? 그래, 그 남자. 그 남자 돈이 엄청 많아 보이던데? 차도 외제차고. 최가 잠시 뜸을 들인 뒤 목소리를 낮추며 말했다. 그러면 뭘 해? 유부남인걸. 나나와 임이 동시에 반응했다. 유부남? 그래, 그렇다니까. 전에 숍 밖에서 통화하는 걸 들었는데 부인한테 거짓말하고 있던데? 아, 그런 거였구나, 어쩐지. 나나는 최의 얼굴을 말끄러미 봤다. 미간을 찌푸린 임이 맞장구를 쳤다. 어후, 대단하다. 고상한 척, 잘난 척은 혼자 다 하더니만. 그런 게 아니라면 지가 어디서 사장 소리를 듣겠어. 겨우 미용실 보조 언니나 하고 있겠지.

사장의 남다른 경영철학과 유명세를 공유한 고객들은 왁싱숍을 다시 찾았다. 그러면 사장은 매끈함을 표방하는 왁싱의 기본에 대해 먼저 일러주었다. 원한다면 불쾌한 밀림을 산책하기 좋은 숲이나 정원으로 가꿀 수 있다고 했다. 사장은 나나에게 차를 내오게 한 뒤 상담 차트에 적힌 몇 가지 항목을 물었다. 조곤조곤한 목소리에는 조바심이 없었다. 느긋하게 고객이 먼저 얘기를 꺼낼 때까지 기다렸다. 그러면 눈치를 살피던 사람들은 자신에게 필요한 것을 말했다. 사장은 고객의 유형과 생활 패턴을 충분히 파악했다고 생각될 때 비로소 본론을 꺼냈다. 매끈함과 편리함에 반하게 될 터이니 회원권을 끊으라고, 기본은 5회이고, 30만 원을 적립하면 눈썹, 팔, 다리, 겨드랑이와 비키니 라인까지 모두 반값에 받을 수 있으니 더 경제적이라고 부추겼다. 돈은 별로 문제가 아닌데, 하고 시치미를 떼는 사람이 있으면 사장은 왁싱의 더 강력한 장점으로 입을 막았다. 혼자만 아는 비밀을 털어놓듯 조용히 속삭였다. 사실, 이건 그냥 미용과 편리함의 차원이 아니에요. 그렇게 좋아진다잖아요, 했다. 대부분은 피식, 하고 웃었고 웃은 다음에는 더 구체적인 사례를 기대했다. 사장은 즐겨 읽는 연애 심리 책의 구절구절을 내키는 대로 자르고 붙여 그럴싸한 말들을 늘어놓았다. 매끈매끈한 느낌이 뭘까요? 그건 뭘 의미하는 거죠? 기본적으로 소통이에요. 매끄러움은 불필요의 부재고, 불필요한 게 없어지니까 밀접한 부분이 생겨날 수밖에 없잖아요? 그것으로 우리는 거짓 없이 소통할 수 있는 거고요. 조금 더 솔직해질 수 있죠, 하는 식이었다.

사장의 말에 따르면, 왁싱룸에서는 누구나 서로에게 밀접한 존재가 된다고 했다. 고객과 선생님들의 관계는 더욱더. 물론, 눈썹이나 겨드랑이 털을 밀기 위해 마주 앉았을 때 고객의 이력을 느낄 수 있는 것은 사실이다. 점심으로 뭘 먹었는지 정도는 금방 알아챘다. 어떤 종류의 화장품을 쓰는지와 애인이 있는 사람인지 아닌지까지도 알 수 있었다. 그것이 팔이나 다리일 경우에는 다른 것들을 알았다. 일을 많이 하는 사람인지 아닌지, 밖을 돌아다니는 직업인지 책상에 앉아서 하는 일인지와 같은 것들. 그러나 나나가 느끼는 것은 친밀과는 거리가 멀었다. 아는 게 많아지는 것과 누군가와 가까워지는 것은 전혀 다른 차원의 일이었다. 오히려 고객과 자신 사이에 가로놓인 견고한 벽 같은 것을 자주 확인했다. 고객이 어떤 사람인가를 알고 나면 나나의 머릿속에는 그들의 일상이 그려졌다. 나나의 것과는 완전히 다른 삶. 대체로 시간이 많고, 돈이 많고, 바쁘지 않은 삶. 그렇지만 결코 한가하다고 말하지 않는 삶. 브라질리언 왁싱의 경우는 더했다. 눈썹이나 겨드랑이 털을 미는 작업이 여러 단초들을 조합해 벽을 확인하는 것이라면, 브라질리언 왁싱은 벽 스스로 하는 자백 같은 느낌이었다.

브라질리언 왁싱을 하는 고객은 먼저 하의를 벗어야 했다. 양 발바닥을 마주 보게 붙인 뒤 다이아몬드 모양으로 무릎을 벌렸다. 그러면 아랫배 언저리에 좁고 깊고 밝은 조명을 비췄다. 음모 속에 가려진 음부가 여과 없이 드러났다. 거웃을 고르기 위해 빗을 가져가거나 가위를 가져갈 때, 그곳은 잔뜩 움츠러들었다. 나나는 순전히 자세 때문이라고 생각했다. 이것은 누구에게나 균일하게 주어진 위협이었다. 나나 앞에 누운 사람들은 불안에 대한 최소한의 경계 표시로 말을 했다. 그것은 거짓말에 가까웠다. 숫자나 넓이 혹은 높이로 쉽게 환산할 수 없는 말들이었다. 한 달 월급의 세 배가 넘는 신발이, 수영장이나 테라스가 딸린 저택의 넓이가, 혹은 TV에서만 듣던 이름의 높이가 나나에게 아득한 거리감을 줬다.

그러나 나나는 나나였다. 이런저런 곁눈질과 시행착오 끝에 내린 결론은 단순했다. 벌름거리는 번식기 혹은 오락기. 어떤 사람의 것도 다 비슷비슷하다는 것과 위든 아래든 그렇고 그렇게 반응한다는 거. 나나는 뜨끈한 왁스를 뻣뻣한 털 위에 발랐다. 그러고는 다리를 다이아몬드 모양으로 접어주세요, 엎드려 고양이 자세를 해주세요, 곧 끝나요, 따끔합니다, 했다. 저 여자도, 그 언니도, 아까 그 고객과 어제 그년도 알고 보면 다 거기서 거기라고 여겼다. 나나는 그렇게 구멍들을 응시했다. 한 번도 본 적 없는 자신의 것도 저것과 다르지 않겠지, 하며 왁스와 함께 털이 엉겨 붙은 테이프를 힘껏 잡아당겼다. 악! 하는 비명 소리를 들으면 나나의 벌겋게 달아오른 얼굴은 금세 차가워졌다. 문제라고 느꼈던 것들이 털 뽑힌 살처럼 매끈해졌다. 그리고 비로소 안도했다. 이 기묘한 위안이 나나의 주눅 든 어깨를 다독이는 느낌이었다. 생각해보면 모든

208

것이 꼭 그렇게까지 공평할 필요는 없을 것 같았다.

물론, 친밀함을 강조하는 사장의 논리가 누구에게나 먹히는 것은 아니었다. 어떤 사람은 사장의 말투가 재수 없다고 했다. 어떤 사람의 눈에는 유명세를 이용한 술수가 불쾌했고, 또 다른 사람은 사장의 생김이 어쩐지 마음에 들지 않았다. 아는 척하는 게 싫고, 대단한 일을 하는 양 거들먹거리는 것 같아 껄끄럽게 느끼는 사람도 있었다. 그 여자도 그랬다. 왁싱숍이 자리한 신도시에서 가장 비싼 아파트에 사는 여자였다. 비즈니스상 골프 여행을 자주 가고 일주일에 한 번은 꼭 마사지숍에서 피부 관리를 받는다고 자랑을 시작한 여자는 결벽증은 아니지만 위생 관리에 민감하다고 했다. 다른 숍에도 미리 끊어놓은 왁싱 쿠폰이 있지만, 자신에게 모이는 과도한 관심이 부담스러워 조금 멀지만 이곳으로 숍을 옮겼노라고, 그렇다고 완전히 무관심을 원하는 것은 아니고 적당히 알아서 해줬으면 좋겠다고 첫 인사를 마무리했다. 여자가 까다로울 것은 예상 가능한 일이었다. 강한 향이 나는 오일이나 바디 크림 같은 것은 쓰지 못하게 했다. 수건은 결이 빳빳하게 살아나도록 바싹 말라 있어야 했고 슬리퍼나 가운이 구겨져 있는 것은 일어날 수 없는 재앙처럼 여겼다. 여자는 눈썹이나 겨드랑이, 비키니 라인에 털이 올라오는 것을 참지 못했기 때문에 일주일에 한 번은 꼭 왁싱숍에 들렀다. 사장으로서는 매우 반길 일이지만 자주 난처한 일을 시키는 탓에 직원들에게는 진상 중에 진상으로 통했다. 차를 대신 주차해준다거나 자잘한 심부름을 하는 것은 쉬운 일에 속했다. 왁스를 바르고 마르길 기다리는 사이 전화를 대신 받거나 말상대를 해주는 일은 모두가 곤혹스러워하는 것이었다.

사장은 여자에게 새로 시작한 숍의 프로모션을 설명하다가 난처한 듯 나나를 향해 눈짓했다. 정 선생, 안내를 좀……. 새로운 프로모션을 설명해달라고 한 것은 여자였으면서도 쉽게 짜증을 냈다. 뭔가가 대단히 마음에 들지 않는다는 태도였다. 나나는 여자를 왁싱룸으로 안내했다. 여자가 나나의 뒤를 따르며 중얼거렸다. 들릴 듯 말 듯 한 목소리였다. 아무것도 아닌 것들이 어디서 설교야? 지들끼리 선생님? 개나 소나 다 선생님이래. 아주 웃기고 있어. 나나는 마치 벽이 된 기분이었다. 듣지 말아야 할 비밀을 들은 것처럼 온몸이 새빨개졌다. 나나는 자꾸만 빨개지는 뺨을 감추려고 고개를 숙인 채 방문을 열었다. 고객님, 이쪽입니다. 키가 한 뼘쯤 큰 여자가 나나를 내려다봤다. 그러고는 앞으로 자신을 조 이사라 부르라고 했다. 나나는 가만히 고개를 끄덕였다. 조용히 로커의 문을 열어주고 여자의 재킷을 받아 들었다. 여자가 벗어놓은 구두를 가지런히 정리하고 걸쳐 입을 가운을 건넸다. 나나의 동작은 간결하고 엄숙했다. 웃는 얼굴은 아니었지만 굳은 표정도 아니었다. 그것은 위기에 대처하는 매뉴얼 같은 거였다. 여자는 나나의 태도를 찬찬히 즐겼다. 그러고는 이내 평안을 되찾았다. 여자가 누그러진 목소리로 말했다. 자신의 직업이 헤드헌터라서 마주한 사람의 태도에 아주 민감하다고. 나나는 헤드헌터가 뭐냐고 물었다. 여자는 동아줄을 내려주는 사람이라고 했다. 여자가 '동아줄'이라고 말할 때 나나의 고개가 갸우뚱 기울어졌다. 예상했다는 듯 여자는 팀장, 부장, 파트장 뭐 이런 사람들을 더 높은 사람으로 만들어주는 거라고 했다. 나나가 말했다. 헤드도 무슨 뜻인지 알겠고, 헌터도 무슨 뜻인지 알겠는데 줄은 무슨 말인지, 했더니 여자가 베드에 눕다 말고 나나를 올려다봤다. 어이없다는 표정이었다. 여자는 그렇게까지 자세히 알 필요는 없고 그냥 높은 곳으로 가고 싶은 사람들에게 자신이 필요하다는 것만 알면 된다고 했다. 나나는 순진한 표정으로 눈을 껌뻑거렸다. 다시 한 번 자신이 알고 있는 단어의 뜻을 떠올렸다. 틀림없이 '헤드'는 머리고 '헌터'는 부츠였다.

처음 여자의 그곳을 봤을 때 나나는 조금 웃었다. 여자의 가장 깊은 곳까지 들여다본 기분이 들었고, 생각보다 초라하다는 생각을 했다. 딱 여자의 나이만큼 검고 붉은, 작은 구멍은 탄력을 잃어가고 있었다. 나나는 생각했다. 그래서 이 여자는 화가 났을까? 그래서 사람들에게 그렇게 하는 것일까? 나나는 여자의 거웃 위에 따뜻한 스팀 타월을 올렸다. 여자가 음, 하는 소리를 냈다. 이윽고 여자가 말했다. 내가 재밌는 얘기 하나 해줄까? 닭 얘기인데, 닭.

닭이 있어. 양계장 가봤니? 요즘 양계장 참 잘 되어 있어. 물도 깨끗하고 사료도 좋아. 음악까지 나온다. 동물 복지라고 해서 닭장도 더 넓어졌지. 닭이 모이를 먹고, 물도 마시고, 음악도 들어. 그런데 그거 아니? 요즘 닭은 닭이 아닌 거. 닭은 그저 좋은 육질을 위해 키워지고 있다는 거. 소, 돼지, 닭 모두 마찬가지지. 그것을 먹는 사람의 입맛에 맞춰 그렇게 키워지는 게 기본 상식이지. 그러니까 내 말은 닭은 그냥 닭이라는 거야. 새도 아니고 아무것도 아니고 그냥 식용 단백질. 그런데 그 닭이 담장을 넘는 거야. 안 그러는 게 좋은데 자꾸, 자꾸만. 지도 날아보겠다 이거지. 담장 밖에서 멋들어지게 한번 살아보겠다고. 나와서 몸도 팔고, 염치도 팔고, 양심도 팔아치워. 왜? 어쩌다 사료 말고 다른 걸 먹어보니까, 그게 더 맛있거든. 주둥이가 점점 더 좋은 것, 비싼 것만 찾지 않겠어? 맞아, 사람들 눈에는 그게 신기한 거야. 담장을 넘어온 닭이니까 신기하기도 하겠지. 아, 닭이 날기도 하고 진짜 특이하네, 막 이러면서. 그것에 홀려서 남자들이 울고 웃고 하잖아. 설설 기면서 집, 차, 반지까지 죄 사다 바치고. 그러면 닭도 아, 내가 실은 닭이 아니었나 봐, 하지 않겠어? 세상을 다 가진 기분이 드는 거야. 나는 게 뭐 대수야? 당장 공작새라도 될 수 있을 것 같지만 막상 닭이 공작이 될 수 있나? 그러면 세상 픽도 잘 돌아가겠다. 그런데 언니 그거 알아? 양계장 닭은 수명이 30일이야. 딱, 30일. 그때가 제일 맛있거든. 걔네들은 삼계탕 한 그릇에 인생이 맞춰져 있는 셈이지.

지가 아무리 날고 기어도 복날이면 끝이라고. 우리 남편이 그거 하나는 귀신같이 알아. 딱 30일 된 닭들만 삼계탕을 해 먹어요, 그 인간이.

결론적으로 여자의 최대 관심사는 닭인가? 하고 나나는 생각했다. 더럽게 재미없는 얘기였다. 내가 닭도 아닌데 도대체 무슨 얘기야? 아, 싫다. 정말 싫다. 다음부터는 임이나 최에게 여자를 넘겨야겠다, 하고 나나는 결심했다. 그러다 문득 '남편'이라는 단어가 귀에 걸렸다. 그 남자가 떠올랐다. 사장의 남자. 유부남이라는 그 남자. 나나는 사장의 난처한 얼굴을 떠올렸다. 뭔가 다리가 많은 벌레가 스멀스멀 등을 기어가고 있는 느낌이었다. 겨드랑이 밑이 축축해지고 이마에 땀이 났다. 이런 건 아주 더러운 기분일 때 벌어지는 일이었다. 나나는 마른침을 삼켰다. 여자의 거웃 위에서 수건을 치우고, 뜨끈한 왁스를 펴 바르며 속으로 중얼거리던 것을 입 밖으로 뱉어냈다. 아, 이런 씨발 년.

여자의 아랫배 언저리가 움찔거렸다. 얼굴이 붉어진 여자가 베드에서 벌떡 일어났다. 미간을 씰룩거리며 나나를 향해 소리쳤다. 야! 너 지금 뭐라고 했어? 얼음처럼 굳은 나나의 눈과 여자의 눈이 마주쳤다. 얼굴에 황급한 후회가 스쳤으나 나나는 곧 쥐고 있던 젖은 수건을 여자의 얼굴을 향해 집어 던졌다. 젖은 수건이 픽, 하는 소리를 내며 여자의 뺨에 명중했다. 아악! 너 정말 미쳤어? 나나는 악다구니를 쓰는 여자를 등지고 쾅, 소리가 나게 문을 닫았다. 사장과 윤이 통로로 뛰쳐나왔다. 나나는 와싱숍 안을 두리번거리는 눈들을 가로질러 밖으로 나갔다. 계단을 내려오면서 자신이 왜 그랬는지 도무지 모르겠다고 생각했다. 구체적으로 그것은 주먹만 한 크기의 뜨거운 무엇이었다. 목구멍에 걸려서 삼키지도 뱉지도 못하게 턱, 박혀 있는 무엇이었다. 개 같은 년. 나나는 딱히 그 여자가 밉지는 않았지만 욕을 내뱉었다. 절대 와싱숍으로 들어가기는 싫었다. 일단 숍을 벗어나야겠다고 생각했다. 바람을 쐬면 이 더러운 기분이 가실까. 그나저나 어쩌자고 그랬을까. 나나는 생각해봤지만 그저 그렇게 된 거였다. 구름이 몰려오고 있었다. 쉽게 맑아질 날씨 같지 않았다. 오후 네 시가 되어갔고, 세탁실에서 돌아가고 있는 빨래가 멈출 시간이었다. 나나는 축축한 바람에 한기를 느끼며 몸을 떨었다. 얇은 카디건을 여몄다. 나나는 내내 앞으로만 걸었다. 와싱숍에서 멀어질 때까지 뒤도 돌아보지 않았다. 공원이 끝나고 와싱숍과 완전히 멀어졌다. 주택가 좁은 골목들을 지나 낡은 아파트 단지 앞까지 왔다. 아파트 단지 입구에서부터 이어지는 까마득한 오르막길이 보였다. 그래도 멈추지 않았다. 빽빽하게 나 있는 창들을 지나고 몇 개의 관리 사무실을 지났다. 놀이터를 지나고 동네 공원으로 이어지는 오솔길로 향했다. 술을 마신 것처럼 얼굴의 눈, 코, 입이 붉어졌다. 엉겁결에 신고 나온 실내용 슬리퍼가 부끄러웠다. 무엇보다 오른쪽 가슴에 달린 명찰이 너무나 수치스러웠다. 나나는 명찰을 거칠게 잡아뗐다. 오솔길 끝 벤치에 이르렀을 때, 시멘트 벽돌로 막힌 숲의 끝을 만났을 때, 나나는 별안간 아무라도 붙잡고 간절하게 묻고 싶어졌다.

저기요, 도대체 내가 뭘로 보이세요?

비가 내리기 시작했다. 나나의 발끝에 빗물이 튀었다. 생각보다 미지근했다. 나나는 길 건너편 버스정류장을 보고 있었다. 버스를 타야지. 일단 비를 피해야지. 비를 피하며 생각해봐야지. 비가 그치면 어디든 내려야지. 무모하고 근거 없는 생각이었지만 어쩐지 익숙했다. 아, 어쩌자고 내 인생은 이렇게까지 대책이 없는 걸까.

언니, 언니, 언니. 나나는 언니라는 단어를 반복적으로 되새겼다. 버스 창밖으로 빗줄기는 더 굵어지고 있었다. 빗방울이 창에서 미끄러질 때마다 나나의 종아리에 잔뜩 힘이 들어갔다. 마치 100미터 달리기 출발선에 선 사람처럼 팽팽한 긴장이 느껴졌다. 그리고 실제로 총소리를 들은 사람처럼 다리를 움직였다. 나나는 내일에 대해 생각하며 창밖을 봤다. 나나의 내일은 역시 언니였다. 그것도 사과하는 언니. 밀린 고지서와 볕이 잘 들지 않는 자취방, 포인트 벽지를 바르고 싶다는 희망사항이 조금씩 미뤄졌다. 아주 좋은 예감은 아니었지만, 내일은 뒤죽박죽 얽힌 이 모든 사건의 전말을 되돌릴 수 있을지 모른다. 조금 더 고개를 숙이고, 공손하게 손을 모으면, 사과 그것을 하면.

　그날 밤 나나는 꿈속에서 사장의 엄마를 만났다. 한 번도 만난 적이 없는데도 꿈속에서는 사장의 엄마라는 것을 그냥 알고 있다. 안녕하세요? 말씀 많이 들었어요. 사장의 엄마는 말이 없고, 사장보다 어려 보인다. 미용실을 하고 있었으며 이제 막 들어선 손님을 자리로 안내하고 있다. 사장의 엄마가 나나에게 저기 앉아 잠깐만 기다리라고 한다. 나나는 등받이가 닳아 색이 흐려진 가죽 소파에 앉는다. 앉아서 사장 엄마가 누군가의 머리를 말고 있는 것을 지켜본다. 동그랗게 롤이 말린 머리 너머로 사장의 사진이 보인다. 아, 사장은 엄마의 입을 물려받았구나. 눈과 손 그리고 또 뭘 물려받았나, 하고 나나는 생각한다. 사실 나나가 사장 엄마를 찾아온 것은 고민이 있어서다. 묻고 싶은 게 있어서다. 나나는 머리를 말고 있는 사장 엄마의 뒤통수에 대고 말을 한다. 갑자기 죄송한 말이지만, 어떻게 살아야 할지 모르겠어서요. 열심히 살아야 할 것 같은데, 잘 안 될 것 같아요. 세상에는 똑똑하고 잘난 인간들이 너무 많잖아요. 걔네는 이미 가진 것도 많고. 열심히 한다고 하는데, 이게 열심히만 한다고 될 일인지 모르겠어요. 아니다, 아니야. 저 그냥 결혼이나 할까 봐요. 착한 남자면 되지 않을까요? 돈은 많이 없어도 돼요. 알뜰하게 살림하고 아이 낳아 기르고. 적당하게, 적당하게, 그렇게만 살면. 머리를 말던 사장의 엄마가 나나를 뒤돌아본다. 여전히 아무런 말이 없다. 그저 고개를 끄덕이며 나나의 말을 들어줄 뿐이다. 영락없이 그냥 동네 미용실 언니네, 하고 나나는 생각한다. 영영 기분이 좋을 것 같지 않다. 미용실 소파 색이 마음에 들지 않는다. 얼룩이 남아 있는 거울도 거슬린다. 사장 엄마의 안색도 걱정스럽다. 정말이지 모든 것이 별로다. 얼핏, 거울에 비친 사장 엄마의 얼굴이 나나와 닮아 있다.

나나는 잠에서 깨어났다. 한참 동안을 어둠 속에 오도카니 앉아 있었다. 나나는 어둠 속의 한 점을 응시했다. 암흑의 한가운데 짙은 그림자가 맴돌았다. 꿈이 끝나지 않고 거기 어디에 남아 있는 것 같았다. 나나는 무섭다는 생각을 했다. 미래라는 단어를 떠올렸을 때 등에 서늘한 땀 한 줄기가 느껴졌다. 자신의 일과 연애, 결혼과 이사, 여행과 아침, 점심, 저녁 그 무엇과도 미래와는 연결되지 않았다. 나나는 몸서리가 쳐졌다. 알 수 없는 한기에 손을 떨며 물을 찾아 마셨다. 물이 찼다.

나나의 출근은 평소와 다르지 않았다. 기분도 나쁘지 않았다. 어떤 예감도 없이 나나는 백지처럼 버스에 올라탔다. 출근 시간 이십 분 전에 도착해 일을 시작했다. 어제 널지 못한 빨래가 세탁기 속에 그대로 있었다. 나나는 다시 빨래를 돌리고, 세탁기가 돌아가는 동안 창고 정리를 하고, 그것을 들고 옥상에 올라가 탁탁 털어 빨랫줄에 널었다. 어제의 폭풍이 가고 눈이 부실 정도로 하늘이 파랬다. 나나는 건물 앞 공터에서 불어오는, 시멘트 냄새가 밴 바람을 등지고 잠시 서 있었다. 그리고 다시 움직였다. 원래 하던 일은 그대로 했고, 하지 않던 일도 늘 하던 것처럼 그것을 끝냈다. 아무도 어제의 일에 대해 묻지 않았다. 임도, 최도 묻지 않았기 때문에 나나는 누구에게도 왁싱숍을 그만두어야 하는 이유에 대해 듣지 못했다. 이유는 이미 충분한지도 모른다. 나나는 자신의 운명이 퀵서비스처럼 신속하게 어디론가 배달되는 느낌이었다.

나나는 송별회에도 참석했다. 장소는 왁싱숍 앞 치킨집이었다. 주방 앞에는 기름때가 절은 TV가 켜져 있었다. 나나는 입구에 서서 잠깐 그것을 바라봤다. 먼저 자리를 잡은 임과 최가 나나를 향해 손짓했다. 그들은 내내 나나를 오늘의 주인공이라고 칭했다. 사장은 오늘의 주인공을 위해 프라이드치킨 한 마리와 골뱅이를 주문했다. 그날 사장은 나나에게 유난한 친밀감을 자랑했다. 눈을 맞추고 웃어주는 것은 물론이었다. 중간중간 어깨를 다독이는 일도 잊지 않았다. 술잔이 비어 있으면 재빨리 채워주었고 잘 튀겨진 닭다리를 나나의 접시에 놓아주기도 했다. 나나는 아무렇지도 않게 그것을 받아먹었다. 고기를 씹으며 움찔움찔 움츠리고 있을 사장의 그곳을 떠올렸다.

술자리에 둘러앉은 임과 최는 끊임없이 말을 했다. 고객 누구는 이번에도 애인에게 차였다더라, 또 고객 누구는 사기를 당한 데

다가 집까지 경매에 넘어가게 생겼는데 그래도 왁싱숍에는 나타났더라, 하는 말들이었다. 마치, 그것이 나나에 대한 최소한의 예의라는 듯이. 나는 덜 힘들게 산다, 덜 더러운 꼴을 본다, 같은 말은 하지 않았다. 임이 나나에게 맥주를 따르며 아직도 이러고 살아야 하는 우리보다 정쌤이 훨씬 낫네, 했다. 최는 그 말에 탄식을 더했고 사장은 실없이 웃었다. 나나도 어쩐지 이 상황이 우습기만 했다. 웃음이 나면서도 슬펐는데, 그 슬픔의 정체를 따져보다가 그냥 닭 같다는 결론에 이르렀다. 맞다, 닭 같다. 존나, 닭 같다. 술에 취한 나나의 팔에 닭살이 돋았다. 얇은 카디건 밑으로 솜털이 촘촘하게 일어섰다. 나나는 떨지 않으려고 온몸에 힘을 줬다. 특히 아랫배에 힘을 줬다. 자신의 몸에 난 가장 작은 구멍을 힘껏 오므렸다. 모든 것이 너무 서글퍼서 그곳을 움찔움찔 움직여봤다. 뭔가 자신과 사장 사이에, 임과 최, 익명의 누구누구 사이에 그어진 경계가 희미해지는 것 같았다. 세계랄 것도 없는 세계, 그 편협한 곳 어딘가에 조악하게 그려진 선들이. 어차피 닭장 같은 그곳에서 아무 이유도 없이 태어나서 그냥 우연히 죽을 것들. 나나의 이마가 붉게 달아올랐다. 두 볼을 씰룩거리며 나나는 사장의 손에 쥐어진 닭다리를 봤다. 사장의 입이 닭다리를 향해 커다랗게 벌어지고 있었다.

소녀의 난

빛이 있었다. 누군가의 말처럼 빛 다음에는 어둠이, 어둠 다음에는 고요가 있었다. 그 안에는 짙게 일렁이는 물이 있었고 깊이를 알 수 없는 물의 한가운데서 부적절한 것이 탄생했다. 맨 처음, 나는 비린내를 풍기는 다시마 같았다. 물살에 몸을 맡기고 흔들리는 일 말고는 달리 하는 일이 없었다. 가느다란 진동을 느낀 것은 그렇게 잠깐의 시간을 보내고 난 뒤였다. 몸 어딘가에서 미세한 움직임이 느껴졌다. 그것은 날이 갈수록 커지다가 어느 날부터는 온몸을 토닥이며 거세게 울려왔다. 낯선 소리와 느낌이 무서웠다. 차츰 안정을 찾은 것은 두근거림에 맞춰 몸속에서 뭔가 새로운 것들이 만들어지고 있다는 사실을 알고부터였다. 나의 몸은 하루가 다르게 변하고 있었다. 검고, 붉고, 푸르스름한 빛깔들이 보이는가 싶더니 곧이어 투명하고 말간 몸뚱이가 보였다. 손을 뻗으면 온몸을 풍선처럼 감싸고 있는 얇고 쪼글쪼글한 벽도 만져졌다. 또 어느 날부터는 소리가 들려왔다. 귀를 기울이면 누군가가 말을 걸어오는 것 같았다. 정확히 말, 이라고 할 수는 없었다. 음이 짧거나 길게 울리는 식이었다. 이상한 것은 내장 깊숙한 곳에서 울리는 웅얼거림을 나는 어떤 언어로 이해할 수 있다는 것이다. 얇은 막 위로 보이는 이미지들도 마찬가지였다. 그것 역시 정확한 형상을 가진 것은 아니었다. 그러나 나는 그 모두를 본능처럼 알아차렸다. 나는 아무것도 아니었으나 생각보다 많은 것이 가능했다.

나는 소녀의 자궁 안에 있다.

자궁에서 내가 느낀 최초의 감정은 싱거움이었다. 내 입속을 들락날락하는 물도 싱거웠고, 때문에 그 속에 잠겨 있는 나도 어쩌면 싱거운 존재일지 모른다고 생각했다. 끝내는 밋밋하게 살아남거나 밍밍하게 끝나겠구나, 하고. 처음부터 죽음은 내 속에서 자주 출렁거렸다. 그것은 딱히 외로운 느낌은 아니었다. 오히려 나는 아무것도 의식하지 않고 유유히 물속에 잠겨 있는 것을 좋아했다. 짧은 두 다리를 휘저어 부드러운 물살을 만들거나 콧노래를 흥얼거릴 때는 기분이 최고였다. 해저 동굴 속에 있는 것처럼 오래도록 깊은 잠을 자는 것도 좋아하는 일 중 하나였다. 누구의 방해도 없이 손가락을 빨며. 그렇게 잠이 드는 동안 더 작고 더 단단한 점이 되는 느낌이 나쁘지 않았다. 그때만큼은 아무것도 아닌 것이 진짜 아무렇지 않았다.

나는 모르는 것이 없었다. 오히려 알고 있는 것이 많아서 확실히 불행했다. 소녀의 생김새는 기본이었다. 생각과 습관, 잠버릇과 취향까지도 모를 수가 없었다. 적어도 나를 품고 있는 이 소녀에 대해서, 소녀가 알고 있는 모든 것에 대해서. 소녀가 중얼거리는 말 이외에도 소녀가 느끼는 것들이 선명한 촉감과 이미지, 소리와 맛으로 나에게 전달되었다. 내 몸의 세포들은 소녀의 모든 것을 양분처럼 빨아들였다. 그리고 새로운 기관들을 만들어내는 데 그것을 사용했다. 말하자면 나는, 고도로 농축된 소녀였다.

잔잔하게 출렁이던 물살이 싸늘해졌다. 잔뜩 웅그리고 있는 팔에 오스스한 소름이 돋았다. 종종 이럴 때가 있었다. 거칠고 빠르게 뛰는 소녀의 심장을 느낄 때. 불규칙한 심장 소리에 귀가 먹먹해지는 때. 소녀는 한 발짝도 움직이지 않는데, 나의 온몸이 회오리를 만난 것처럼 요동치는 때. 바로 지금처럼 소녀가 자신의 집 초인종을 누르려는 순간이 그랬다. 견고한 나무로 짜인 대문 앞에서 소녀는 안절부절못했다. 바닥난 산소통을 지고 바다로 뛰어들어야 하는 사람처럼 얕고 거친 숨을 쉬었다. 들썩이는 소녀의 가슴은 식은땀으로 축축했다. 이럴 때면 나도 긴장을 해야만 했다.

소녀의 불안은 생각보다 커다란 파동을 만들어 나의 온몸을 흔들었다. 손톱을 물어뜯던 소녀가 결심한 듯 초인종을 눌렀다. 날카로운 쇳소리가 회오리처럼 밀려왔다. 나는 사방에서 이는 소용돌이를 피해 이리저리 몸을 틀었다. 멀미가 났다. 문이 열렸다. 소녀가 싸르르한 아랫배를 쓸어내렸다. 소녀의 얼굴에 짧은 경련이 일었다. 갑자기 마당을 내달리기 시작했다. 소녀는 비틀거렸다. 눈앞에서 나무가 솟아나고 땅이 출렁거리는 환영이 소녀를 괴롭혔다. 뛰다 서다를 반복하던 소녀가 머리를 감쌌다. 소녀의 관자놀이를 욱신거리게 만드는 고통이 내게도 고스란히 밀려왔다.

3층까지 겨우 올라선 소녀가 달려온 길을 되돌아봤다. 직선으로 20미터도 안 되는 거리였다. 소녀는 장애물 하나 없이 평평한 마당이 거짓말 같다는 생각을 했다. 정작 신기한 것은 과하게 심플한 이 집에서 소녀가 자주 길을 잃는다는 사실이었다. 언제부터인지 기억해보려고 해도 알 수가 없었다. 다만, 작년 여름방학 때부터 집의 초인종 소리가 심하게 거슬린다고 생각한 것이 시작이었다. 그렇다면 작년 여름에 무슨 일이 있었나? 소녀는 기억해보려고 애썼다. 새벽 다섯 시, 동시에 울리는 여러 개의 알람을 누르며 씨발, 죽고 싶어, 하고 일어나던 것? 분 단위로 쪼개진 학원 스케줄에 쫓겨 허겁지겁 먹는 김밥의 맛 같은 것? 아니면 하루에 두 번씩 삼키던 타이레놀과 기억력에 좋다는 주사를 정기적으로 맞은 것? 안다. 소녀에게 특별한 일은 일어나지 않았다. 자식의 인생을 통째로 압류한 엄마를 경멸하는 것과 삶의 커트라인 같은 아빠를 멸시하는 것, 내일이 없기를 기대하는 것과 공부 기계 같은 친구들의 실패를 기도하는 것은 지금까지 소녀가 성실하게 해오던 일이었다. 소녀의 고개가 갸우뚱 기울어졌다. 교복 재킷의 주머니를 뒤졌다. 납작한 성냥갑이 만져졌다. 소녀는 성냥갑을 꺼냈다. 마치, 비상약을 찾은 사람처럼 다급하게 성냥갑에 성냥을 그었다. 소녀의 얼굴에 안도의 표정이 번졌다. 성냥개비가 타들어가는 것을 물끄러미 지켜보았다. 나는 이마 언저리에서 맴도는 불빛으로 손을 뻗었다. 얇은 자궁벽이 따뜻했다. 나는 입술을 오물거렸다. 따뜻한 담요, 양송이 스프, 맨드릴개코원숭이, 피아노, 돌고래⋯⋯ 나는 무엇이든 되고 싶다는 생각에 사로잡혔다. 그리고 가능하다면 돌고래가 어떨까, 생각했다. 바다를 헤엄치는 일은 누구보다 잘할 수 있을 것 같았다.

소녀가 발코니로 들어섰다. 발코니 난간 앞에 서서 기침처럼 참았던 한숨을 터뜨렸다. 이윽고 소녀는 까치발을 딛고 발코니 난간에 올라앉았다. 발코니는 집 전체가 가장 잘 보이는 위치로 소녀가 이 집에서 유일하게 안전하다고 느끼는 곳이었다. 성처럼 둘러진 담과 담을 둘러싼 편백나무들, 잘 관리된 정원이 한눈에 들어왔다. 까마득한 높이에서 발밑을 내려다보면 매끈한 대리석 현관이 보였다. 소녀는 가끔 대리석 바닥에 머리를 처박은 채 피를 뿜는 자신을 상상했다. 그러면 누군가를 향해 통쾌한 복수를 한 기분이 되었다. 소녀가 물에 발을 담그듯 허공에 두 발을 엇갈려 젓기 시작했다. 혹, 실수로 난간에서 떨어진다고 해도 나쁠 것은 없겠다, 생각했다.

소녀는 잠을 잘 수 없었다. 중간고사 준비를 마쳤고, 과외 선생이 뽑아놓은 예상 문제를 달달 외웠지만 불안감은 쉽게 가시지 않았다. 소녀의 부모에게 마지막 경고를 받았다는 과외 선생의 간절한 얼굴이 떠올랐다. 소녀는 자신을 잠 못 들게 하는 것이 시험 때문인지 선생의 난감한 얼굴 때문인지 알 수 없었다. 소녀는 초초하게 책상과 발코니를 오갔다. 그러다 생각난 듯 아랫배에 손을 얹으며 속삭였다. 아가야. 나는 고개를 들었다. 아가야, 너는 잠들면 안 된다. 나는 허공 어딘가를 멍하게 올려다봤다. 찬바람에 소녀의 입술이 파리했다. 나는 물었다. 왜? 소녀가 미소를 지으며 내 머리 어딘가를 쓰다듬었다. 자면 죽는다. 영영 눈을 못 뜰지도 몰라. 나는 몸을 웅크리며 왜? 했다. 소녀의 고개가 갸우뚱 기울어졌다. 꿈을 꾸는 건 해로워. 나는 시린 발가락을 꼼지락거리며 투덜댔다. 왜? 소녀는 머리를 쓸어 올리며 담배 하나를 입에 물었다. 나는 단단하게 몸을 말고 손가락을 빨았다. 소녀가 심호흡을 하듯 담배 연기를 깊게 들이마셨다. 안개처럼 저릿한 현기증이 퍼져 나갔다. 나의 눈꺼풀 위로 부드러운 졸음이 내려앉았다. 나는 꾸역꾸역 눈꺼풀을 밀어 올리며 소녀에게 물었다. 왜? 왜? 왜? 그리고 발끝으로 소녀의 배꼽 언저리를 쿡쿡 찔러댔다. 담배 연기를 들이키던 소녀가 조용히 흥얼거리기 시작했다. 자장가 같은 노랫소리가 희미하게 들려왔다.

즐겁게 춤을 추다가 그대로 멈춰라. 눈도 감지 말고, 웃지도 말고, 울지도 말고 움직이지 마.

노래를 흥얼거리던 소녀가 배꼽 언저리를 토닥거리며 속삭였다. 아가야, 꿈만 안 꾸면 이렇게 사는 것도 가능한 얘기란다. 휘파람처럼 가벼운 목소리였다.

소녀가 휴대전화를 열었다. 화면 속에 소녀의 블로그가 떠 있었다. 몇몇 블로그를 뒤적이던 소녀는 또래 여자아이의 블로그에서 손을 멈췄다. 모노톤의 블로그에서는 느리고 단조로운 BGM이 흘러나오고 있었다. 나는 사진 속 여자아이의 얼굴이 낯설지 않다고 생각하며 윤을 떠올렸다. 두터운 아이라인 속에 쌍꺼풀 없이 긴 눈이 그랬다. 짧은 단발머리의 여자아이는 귓바퀴를 따라 여러 개의 피어싱을 하고 있었다. 소녀는 그 얼굴을 향해 담배 연기를 뿜어냈다. 소녀의 입이 조그맣게 달싹거렸다. 치아, 치아라.

윤은 소녀의 늙은 애인이었다. 채팅을 통해 알게 됐지만 소녀는 윤과의 관계에 원조교제라는 말은 어울리지 않는다고 생각했다. 그들의 관계에는 대가도 강요도 없었다. 무엇보다 소녀는 돈에 궁핍하지 않았다. 언젠가 윤이 물은 적이 있었다. 나를 좋아하니? 그의 진짜 질문은 이랬다. 나이도 많고, 돈도 주지 않고, 게다가 섹스도 오래 못 하는데, 왜 나와 자는 거니? 소녀는 대답했다. 좋아하면 안 돼? 소녀의 진짜 답은 이랬다. 나이는 상관없고, 돈은 필요 없고, 게다가 섹스는 관심 없어. 참으로 심란한 관계였다. 이 심란한 관계의 절정은 소녀가 윤에 대해 진짜로 아는 것이 거의 없다는 사실이다. 아니, 알고 싶어 하지 않는다는 것이 더 정확했다. 윤이 무슨 일을 하는지, 어디에 사는지, 전화번호나 주소, 심지어는 이름이 진짜인지조차 알지 못했다. 그것은 윤도 마찬가지였다. 소녀가 상상할 수도 없이 비싼 집에 살고 있다는 것도, 지갑 속에 윤보다 더 많은 지폐를 가지고 다닌다는 것도, 안정적인 장래가 보장되어 있다는 사실도 알지 못했다. 윤은 그런 것은 모르는 채로 그저 만날 날짜와 시간, 모텔 방 번호를 메시지로 남겼다. 그마저도 발신자 제한으로 표시된 문자였다. 소녀는 묘한 쾌감을 느꼈다. 위험한 실험을 하듯, 도덕이라는 거, 양심이라는 거, 여문 것들이 만든 것을 하나씩 깨는 게 좋았다. 그리고 옷을 벗겨놓으면 모두가 그렇고 그런 인간이라는 게 이 실험을 통해 소녀가 얻은 결론이었다. 소녀에게 윤과의 만남은 분명 긍정적인 오락이었다. 윤을 만난 얼마간은 일부러 몸에 상처를 내거나, 유리 조각을 밟거나, 책을 찢고 통째로 가방을 버리는 짓은 하지 않았다. 오히려 윤을 만나는 일은 소녀의 일상을 견디게 했다. 국, 영, 수를 빼면 인생이 제로인 것 같은 으스스한 기분으로부터 벗어난 것 같았다. 때문에 소녀에게 윤은 유용했다. 다른 대안이 없기도 했다. 그러나 관계는 1년을 넘어가면서부터 싱거워졌다. 발신자 표시 제한 메시지가 한 달에 네 번에서 두 번, 두 번에서 한 번으로 줄어갔다. 마침내 윤이 꼬리를 자르듯 달아났을 때, 소녀는 더 이상은 차곡차곡 쌓을 수 없는 분노를 느꼈다. 한 번도 경험해보지 못한 불안이었다. 소녀는 자신에게 남아 있는 윤의 흔적에 매달렸다. 윤이 실수로 흘리고 간 누군가의 명함이었다. 소녀는 모든 것을 동원해 명함을 수소문했다. 그 사람과 관련된 하나하나의 실마리를 추적하는 수고를 아끼지 않았다. 며칠이 걸렸고 여러 관계를 거쳐야 했다. 그리고 뜻밖에 윤의 딸, 치아를 찾아냈다. 나는 블로그를 들여다보는 소녀의 눈으로 치아를 바라봤다. 나는 나와 윤과 치아의 관계를 알 수 없었다. 치아의 얼굴을 보고 있자니 더욱 그랬다. 한 번도 본 적 없는 내 얼굴이 저 비슷할 수도 있겠구나, 나는 막연하게 생각했다.

윤의 딸은 윤의 딸이었다. 윤의 눈이, 윤의 코가, 윤의 얼굴이 고스란히 여자아이의 얼굴에 있었다. 나는 소녀의 안색을 살폈다. 얼굴에는 야릇한 생기가 돌고 있었다. '즐겁게 춤을 출' 것 같은 표정이었다. 소녀의 입술이 조그맣게 달싹거렸다. 치아, 치아, 치아, 윤의 딸. 소녀의 손이 재빠르게 움직였다. 소녀는 블로그 안부 게시판에 간단한 인사를 올렸다. 'BGM이 좋네요. 제가 아는 사람과 많이 닮았어요.' 소녀는 자신의 아이디 '성냥팔이 소녀'를 확인하고 게시 버튼을 눌렀다. 목구멍이 간지러운 듯 소녀가 키득거렸다.

치아의 블로그에는 거의 매일 새로운 사진이 올라왔다. 소녀는 습관처럼 블로그의 사진들을 들여다봤다. 소녀가 살고 있는 세상의 반대편, 치아의 세계는 노골적이고 버젓했다. 담배를 피거나 술을 마시는 것 정도는 이제 소녀에게도 익숙한 일이지만, 올라온 사진들은 그보다 훨씬 더 날것이었다. 변두리 상업 고등학교의 뒷산과 지하철 공중 화장실, 인적이 드문 공사장과 더러운 이불이 깔린 여관. 치아는 낯선 시간과 장소에 함부로 노출되어 있었다. 마치, 아무것도 기대하지 말라고 외치는 것 같았다.

소녀는 치아에게 쪽지를 보냈다. 일방적이었다. 물론 치아를 자연스럽게 만날 수 있는 방법 중 하나라는 생각이 들었다. 소녀는 쪽지에 자신의 삶을 일기처럼 고백했다. 시시콜콜했지만 거짓말이라고 의심할 수 없는 내용이었다. 특히 윤에 대한 이야기가 그랬다. 언제, 어디서, 어떻게, 왜 윤을 만났는지, 만나서 뭘 했는지, 그래서 뭐가 생겨났는지. 다만, 윤이 누구인지에 대해서는 말하지 않았다. 고백은 소녀를 홀가분하게 했다. 어둡고 침침하고 냄새가 나는 계단을 내려가는 듯한 기분이 괜찮았다. 물론 치아는 쪽지에 답장도, 격려도 보내지 않았다.

비가 내리고, 내리다가 그치고, 다시 내리고 있었다. 소녀의 일상도 날씨와 다르지 않았다. 치아가 진부하고 노골적인 반항을 하는 동안 소녀는 예의 바른 표정으로 주어진 삶을 지속했다. 학교에 가고, 학원에 가고, 과외를 받고 숨어서 담배를 폈다. 이제 와서 이렇게 사는 것이 힘들어졌다고 말할 만큼 소녀는 어리석지 않았다. 그보다 은밀한 오락을 즐기는 것을 보상으로 삼았다. 나는 어느 순간부터 반복적으로 흐르던 일상의 리듬이 미묘하게 흐트러진 것을 알아차렸다. 소녀는 확실히 자주 흥분했다. 치아의 블로그를 발견한 뒤부터 부쩍 어딘가에 앉아 있는 시간이 줄었다. 서성거리는 소녀 때문에 나는 자주 피곤했다. 모두 다 그만두고 죽은 듯 깊고 오랜 잠을 자고 싶었다. 자꾸만 새로운 것들이 생기는 것도 슬슬 부담스러워지기 시작했다. 얇은 막에 발바닥이 쉽게 닿기 시작한 것도 이 무렵이었다. 나는 이쯤에서 소녀가 멈춰주기를 기대하며 있는 힘껏 발길질을 했다. 소녀는 답이 없었다. 오히려 간지러운 듯 웃고 또 웃기만 했다.

소녀라면 평생 이런 것은 모르고 살았을지도 모른다. 벽이 쩍쩍 갈라진 다세대 주택이라든가, 갈라진 틈에서 새어 나오는 요상한 지린내라든가, 한 사람이 겨우 지날 수 있는 골목과 그 골목의 벽을 뚫고 들리는 TV 소리라든가. 블로그에서 찾아낸 치아의 학교는 그런 것들 너머에 있었다. 학교 주변에는 희미하게 음식 냄새가 떠돌았다. 피크타임을 맞은 분식집에서 입에 무엇인가를 문 아이들이 끊임없이 튀어나왔다. 오후 네 시가 넘은 시간이었다. 소녀는 100만 원짜리 과외를 펑크 내고 치아의 학교 앞에 서 있었다. 반쯤 닫힌 교문에서 비슷비슷하게 생긴 아이들이 걸어 나오고 있었다. 소녀는 아이들의 인상 하나하나를 꼼꼼하게 살폈다. 그리고 휴대전화 속 치아의 사진을 다시 한 번 내려다봤다. 너무 늦게 온 것은 아닌가, 조바심이 나던 찰나였다. 눈에 익은 얼굴이 소녀 쪽으로 걸어오고 있었다. 짧은 단발에 쌍꺼풀 없이 긴 눈. 음악을 들으며 경쾌하게 까딱거리는 고개. 둘은 아주 잠깐 눈이 마주쳤다. 소녀는 시치미를 떼고 고개를 돌렸다. 신발코를 바닥에 찍고 있던 소녀를 치아의 눈이 빠르게 훑고 지나갔다. 이윽고, 침을 뱉는 버릇이 있는 치아는 소녀가 한참을 걸어 들어온 골목으로 사라졌다.

소녀는 치아가 눈치채지 못하게 간격을 유지하며 뒤를 따랐다. 치아의 가방에서 달랑거리는 커다란 인형이 눈에 익었다. 얼마 전 블로그에서 봤던 기억이 났다. 익숙한 걸음으로 골목골목을 빠져나가고 있는 치아에게 이곳은 지름길이었다. 얼마 지나지 않아 지하철역이 나타났다. 골목에서 삼십 분 넘게 헤맸던 소녀는 어리둥절하기만 했다. 치아의 머리통이 지하철역 입구로 사라졌다. 소녀는 재빨리 치아를 따랐다. 지하철역 사물함 앞에 멈춰 선 치아가 메고 있는 가방을 사물함 속에 던져 넣었다. 다른 가방을 꺼낸 치아는 주변을 두리번거렸다. 치아를 보고 있는 사람은 기둥 뒤에 몸을 숨긴 소녀뿐이었다. 치아는 다시 지하철역의 긴 통로를 지나 화장실로 향했다. 잠시 뒤, 짙은 아이라인을 그린 치아가 화장실 밖으로 나왔다. 헐렁한 티셔츠에 짧은 반바지 차림이었다. 소녀에겐 짙은 화장을 한 치아가 더 익숙했다. 소녀는 갑자기 터져 나오는 웃음을 참을 수 없었다. 간질간질한 흥분이 온몸으로 퍼졌다. 웃음을 참으려고 손가락을 깨물었다. 소녀를 지나쳐 몇 걸음 앞서 가던 치아가 문득 소녀 쪽을 돌아봤다. 빙긋거리는 소녀와 눈이 마주쳤다. 치아의 얼굴에 불쾌한 안색이 돌았다. 소녀는 웃음을 걷지 않은 채로 치아의 반대방향으로 걸었다. 등 뒤에서 치아가 낮은 소리로 욕을 했다. 소녀는 잠자코 지하철역 출구로 향했다. 여기까지는 소녀가 계획했던 일이다. 그러니까 처음부터 치아의 얼굴을 보고 치아의 집을, 아니 윤의 집을 알아낼 작정이었다. 그 집 앞에서 퇴근하는 윤을 지켜볼 계획도 가지고 있었다. 간담이 서늘해진 윤의 표정을 생각할 때마다 소녀는 온몸이 흥분으로 떨렸다. 소녀는 이 모든 재미를 단숨에 소멸해버리고 싶지 않았다. 되도록 천천히 시간을 두고 즐기고 싶었다. 치아가 시야에서 사라질 때까지 소녀는 한 번씩 뒤돌아보며 유유히 역을 빠져나갔다.

그 뒤 소녀에게 남은 것은 냄새였다. 치아의 뒤를 밟는 내내 코에서 맴돌던 냄새. 냄새는 비릿하면서 미지근했다. 치아의 학교 근처 골목에서도, 치아의 집 근처 공터에서도 소녀는 비슷한 냄새를 맡았다. 냄새가 배기라도 한 것처럼 몸 깊숙한 곳으로부터 올라온

비린내가 소녀의 비위를 건드렸다. 저녁을 먹던 소녀가 우욱, 하고 구역질을 했다. 입으로 숟가락을 가져가던 소녀의 부모가 멈칫했다. 소녀는 컨디션이 좋지 않다고 둘러댔다. 체한 것 같기도, 몸살 기운이 있는 것 같기도 하다고 했다. 소녀의 어머니는 소녀의 이마에 손을 가져다 댔다. 아버지는 병원에 가야 하지 않겠느냐며 전화기를 들었다. 소녀가 차분한 얼굴로 말했다. 괜찮아요, 조금 피곤해서 그런 걸요. 소녀의 어머니가 부드러운 목소리로 말했다. 오늘은 좀 쉬는 게 어떻겠니? 소녀는 예의 바른 표정으로 정말 그래야 할까 봐요, 라고 말하지 않았다. 그저 물을 마시고 아픈 고양이처럼 일어나 힘없이 방으로 올라갔다.

일곱 시 사십오 분. 샤워기에서 뜨거운 물이 쏟아지고 있었다. 목욕가운을 벗은 소녀가 물속을 걷는 듯 느리게 물줄기 안으로 들어섰다. 소녀의 몸은 작고 말랑말랑해 보였다. 군살도 굳은살도 없는 몸에 배만 볼록하게 나와 있었다. 소녀는 콧노래를 흥얼거렸다. 수증기에 가려진 것처럼 가사는 선명하지 않았다. 익숙한 멜로디였다. 나는 그것이 윤이 흥얼거리던 노래라고 짐작했다. 좀 오래된 가요인 것 같은데 가사나 제목은 소녀도 몰랐다. 샤워를 마친 소녀가 체중계 위에 올라섰다. 벌써 5킬로그램이 늘어 있었다. 생각보다 몸무게는 빨리 불어났다. 소녀의 샐쭉한 표정을 떠올리며 나는 문득, 나의 무게에 대해 생각했다. 그리고 그것을 쉽게 떨쳐버리지 못했다.

발코니로 향하는 문이 반쯤 열려 있었다. 서늘한 바람이 불어왔다. 젖은 머리를 마른 수건으로 누르며 소녀는 치아의 집으로 가는 길을 떠올렸다. 출구를 알 수 없는 골목과 골목이 소녀의 머릿속에서 천천히 이어졌다. 녹슨 철문들의 낯선 빛깔을 지나 비릿하고 미지근한 냄새가 생각났다. 작고 더러운 아이들의 파삭한 얼굴이 떠오르고 놀이터에 모여 앉은 노인들의 굽은 어깨가 그려졌다. 소녀는 부모에게 다음 날 오전까지 누구의 방해도 받지 않고 잠을 자겠다고 했다. 이제, 소녀의 부모가 소녀를 찾을 일은 없을 것이다. 오랜만에 오락에 어울리는 밤이 온 것 같다고 소녀는 생각했다. 소녀가 거울 앞에 섰다. 볼이 빨갛게 달아올라 있었다. 소녀는 살이 없는 눈두덩에 검은 아이라인을 그리기 시작했다. 마치 눈을 감추기 위해 그린 것처럼 굵고 둔탁한 선이었다. 소녀는 변신에 만족한 얼굴이었다. 나는 소녀의 배를 발로 걷어찼다. 다리가 뻐근할 때까지 차고 또 찼다. 잠시 멈칫, 하던 소녀는 상관없다는 듯 헐렁한 티셔츠와 짧은 반바지를 챙겨 입었다. 곧이어 소녀는 발코니로 나갔다. 난간에 걸터앉아 밤이 더 짙어지기를 기다렸다.

소녀가 밤을 기다리는 그사이 잠깐, 나는 꿈을 꿨다. 오랫동안 방치되었던 피곤이 몰려왔다. 잠에서 깬 것은 고개가 꾸벅, 떨어지는 순간이었다. 꿈은 아름답지 않았다. 본 적 없는 시간과 공간이 낯설게 펼쳐져 있었다. 어지러웠고 끔찍했다. 하얀 시트 위에 누워 있는 소녀의 몸과 그 위로 겹쳐지는 윤의 몸이 보였다. 윤은 이상했다. 특히 눈빛이 그랬다. 술에 취했거나, 약에 취했거나. 온전한 상태는 아니었다. 소녀가 윤의 입속에 알약 하나를 넣으며 말했다. 기분이 좋아졌지? 아저씨, 하나 더 삼켜봐. 과녁을 조준하듯 흐릿한 윤의 눈이 작고 얇게 일그러졌다. 그리고 명중해야 할 곳을 찾아 그곳을 응시했다. 소녀는 두 다리를 활짝 열었다. 소녀의 가장 깊고 은밀한 틈이 벌어졌다. 소녀는 절박하게 움직였다. 윤에게 완강하게 엉겨 붙어 과장되게 신음했다. 절정에 달아 휘어진 윤의 몸에 소녀가 이를 드러냈다. 한 마리 뱀처럼, 소녀는 윤의 목덜미를 깨물었다. 그리고 들릴 듯 말 듯 한 목소리로 속삭였다. 아기를 갖게 해줘, 하고. 윤은 풋, 하고 짧게 숨을 내쉬었다. 이윽고 그런 농담은 하는 게 아니라는 듯 다시 격렬하게 몸을 움직였다. 윤의 기계적인 반동에 천장을 향해 누운 소녀의 눈동자가 규칙적으로 흔들렸다.

꿈에서 낯설고 시큼한 냄새가 났다. 나는 혼란스러웠다. 그건 정말 꿈이었나, 여러 번 반문했다. 나는 그 냄새에 집중해 무엇인가를 떠올리려고 애썼지만 허사였다. 그럴수록 더욱 헷갈렸다. 물론 꿈과 현실이 헷갈리는 일은 가끔씩 일어났다. 대부분은 깜짝 놀라 몸을 일으키면 아, 꿈이었구나, 하고 알았다. 그런데 이번 꿈은 알 수 없었다. 윤의 목덜미를 물며 아기가 필요하다고 말하는 소녀를 떠올리자 온몸에 소름이 돋았다. 섬뜩함이 등줄기를 타고 저릿하게 아려왔다.

　치아의 집으로 가는 길, 그러니까 소녀와 치아의 경계에는 잡초가 무성했다. 오랫동안 아무도 돌보지 않은 땅에서 멋대로 자란 풀들은 집요해 보이기까지 했다. 소녀는 몇 차례 치아를 미행하면서 이 동네가 치아와 닮았다는 생각을 했다. 무엇보다 드문드문 깨진 채로 매달려 있는 가로등이 그런 인상을 갖게 했다. 소녀는 어둑어둑한 골목과 공터를 지나 언덕 중간에 있는 치아의 집 앞에 이르렀다. 열한 시. 소녀가 집에서 나와 치아의 집 근처에 도착하기까지 한 시간이 지나 있었다. 동네 전체가 깊은 밤의 저수지 같았다. 정전이라도 된 것처럼 불 켜진 집이 거의 없었다. 윤의 집 창도 불이 꺼져 있었다. 소녀가 알기로 윤은 며칠째 집에 들어오지 않고 있었다. 불 꺼진 집에는 치아만 드나들 뿐이었다. 소녀는 곧바로 치아의 집이 내려다보이는 공터로 향했다. 높은 지대에 있는 공터에서는 소녀가 지나온 골목과 치아의 집이 한눈에 들어왔다. 치아의 집은 땅속에 반쯤 묻혀 있었다. 지상 위로 삐죽하게 올라온 창을 보며 소녀는 본 적 없는 풍경에 대해 상상했다. 좁고 낡은 2인용 식탁에 마주 앉은 윤과 치아. 검고 짙은 치아의 아이라인이 떠오르고 무엇인가를 오물거리는 윤의 입이 생각났다. 표정이 사라진 밍밍한 얼굴이었다. 소녀는 신발코로 바닥을 콕콕 찍으

며 상상을 지워냈다. 콕, 콕, 콕, 소리에 맞춰 큭, 큭, 큭, 소녀가 키
득거렸다.

　삼십 분이 더 지났다. 치아의 집 대문이 열렸다. 그림자 하나가
공터에 들어섰다. 작고 단단한 그림자였다. 그림자는 공터의 유일
한 가로등 앞에 멈춰 섰다. 가장자리가 여러 겹으로 겹쳐 있는 그
림자를 소녀도, 나도 물끄러미 지켜봤다. 치아였다. 정지된 화면처
럼 서 있던 치아는 공터 화단에 쭈그리고 앉아 무엇인가를 더듬거
렸다. 마침내 묵직한 돌을 찾아 쥐었다. 순식간에 빽, 하는 소리가
공터에 메아리쳤다. 소녀와 치아가 균일한 어둠 속에 잠겼다. 어
둠은 소녀와 치아를 구분하지 않았다. 인기척을 느낀 치아가 소녀
쪽을 응시했다. 치아가 소녀의 아랫배 언저리를 노려보는 것 같았
다. 조심스럽게, 소녀가 치아에게 다가갔다. 치아는 소녀의 어둑
어둑한 움직임을 잠자코 바라봤다. 치아는 곧 안심하는 눈치였다.
소녀가 자기 또래의 작은 여자아이라는 사실 때문이었다. 하나밖
에 없는 가로등이 사라졌기 때문에 치아는 소녀를 볼 때마다 미간
을 찌푸렸다. 치아가 말했다. 너 뭐냐? 빤한 눈동자를 보며 소녀가
말했다. 한 대 필래? 소녀는 편의점에서 사온 각종 담배를 주르륵
펼쳐 보였다. 치아를 위해 준비한 것들이었다. 말보로, 던힐, 팔리
아멘트, 타임, 레종. 치아는 얼떨떨한 표정이었지만 곧 빨강색 말
보로를 집어 들었다. 난 빨간 것만 피워. 소녀도 그중 하나를 골랐
다. 그리고 주머니에서 성냥갑을 꺼냈다. 담배를 문 치아가 웬 성

냥? 하는 표정으로 소녀를 봤다. 소녀도 담배를 입에 물며 난 성냥
팔이 소녀야, 했다. 둘은 나란히 벤치에 앉았다. 무엇인가가 궁금
한 듯 치아의 입술이 자꾸만 달싹거렸으나 곧 네 맘대로 해라, 하
는 표정이 되었다. 아무래도 도통 모르겠다는 얼굴의 치아가 뭔가
떠오른 듯, 성냥팔이 소녀? 했다. 치아는 자신의 블로그에 매번 쪽
지를 남기는 사람의 아이디를 기억해냈다. 치아의 표정이 기괴하
게 일그러졌다.

너 혹시 스토커 뭐 그런 거야?

스토커는 무슨.

뭐야, 식겁하게. 우리 집은 어떻게 알아낸 거야?

미행했어.

나를?

응.

왜?

그냥, 우리가 비슷한 처지인 것 같아서.

치아가 소녀로부터 한 뼘 물러나 앉았다. 하지만 또 무슨 상관
이냐는 듯, 담배 하나를 더 입에 물었다. 소녀는 자신의 용건에 대
해 생각했다. 계획대로라면 치아에게 윤과 자신의 관계를 알려야
했다. 그러나 소녀는 망설였다. 치아가 윤의 행방을 알려주지 않는
다고 해도 나쁘지 않을 것 같았다. 이런 상황을 지켜보는 것만으
로도 소녀는 충분히 즐거웠다. 잠시 침묵하던 소녀가 치아에게 속

삭였다. 그러지 말고, 우리 비밀 하나씩 나눠 가질까?

소녀와 치아 사이에 흐르는 적막, 그것은 내가 어떤 대답을 듣기 위해 기다린 시간 중에 가장 긴 것 같았다. 나는 자기 연민, 분노와 외로움, 부질없는 희망 따위로 복잡해진 심정으로 소녀의 배에 귀를 가져다 댔다. 정적 속에서 치아의 목소리가 먼저 들려왔다. 죽일 거야. 이 동네의 모든 가로등을 다 깨부수는 날, 나는 아빠를 죽일 거야, 하고. 치아는 맹세하듯 주먹을 쥐고 있었다. 나는 기이한 감정에 사로잡혔다. 치아의 감정은 어딘지 익숙했다. 아무것도 섞이지 않은 증오에 대해서라면 나는 누구보다 잘 알고 있다고 생각하니까. 목에 뭔가가 걸린 것처럼 답답함을 느꼈다. 치아를 물끄러미 바라보던 소녀가 코웃음을 쳤다. 뭐 그럴 것까지야. 이윽고 소녀가 말을 이었다. 나는 죽을 거야. 이미 죽은 건지도 모르지. 치아가 소녀가 내려놓은 성냥갑에서 성냥개비 하나를 꺼냈다. 성냥을 그으며 치아가 속삭였다. 아, 제발 우리 아빠를 죽게 해주세요. 어둡던 치아의 얼굴이 환하게 빛났다. 소녀가 피식, 소리를 내며 웃었다. 곧이어 소녀도 치아를 따라 성냥에 불을 붙였다. 살아 있는 척하고 있는 절 죽게 해주세요. 꺼져가는 빛이 소녀의 얼굴에 일렁거렸다. 둘은 번갈아가며 성냥을 그었다. 최아, 무능한 꼰대를 제발 끝내주세요. 최아, 무서운 오늘을 제발 끝내주세요. 최아, 더러운 그 인간 좀 없애주세요. 최아, 답답한 세상 좀 없애주세요. 어둠 속에서 소녀와 치아의 얼굴이 서서히 점멸했다. 소녀와 치아의 눈이 마주쳤다. 동시에 둘은 뭐냐, 하는 얼굴로 웃음을 터뜨렸다. 천 원짜리 폭죽이 터지듯, 소녀와 치아가 키득거렸다.

한동안 멍하게 소녀와 치아는 벤치에 앉아 있었다. 소녀와 치아는 몇 개의 담배를 더 나눠 피웠다. 먼저 일어난 것은 치아였다. 마치 모르는 사람처럼 인사도 없이 어둠 속으로 저벅저벅 걸어갔다. 어둠의 저편에서 치아의 목소리가 들려왔다. 이 동네의 모든 가로등을 다 깨버리는 날, 소녀에게 마지막 쪽지를 보내겠노라고.

화가 났다. 이유는 몰랐다. 나는 내내 알 수 없는 이유로 온몸이 뜨거워졌다. 숨이 막혔다. 내 몸에 모든 것을 동원해 나를 싸고 있는 막을 뚫어버리고 싶었다. 손가락만 한 구멍이라도 내서 숨을 좀 쉬어야 할 것 같았다. 나는 격렬하게 몸부림쳤다. 내가 발길질을 한 곳곳에 빨갛고 작은 물집들이 생겨났다. 물집들을 꼬집고 비틀고 뜯어낼수록 어쩐지 막은 더 두꺼워지는 것만 같았다. 아니, 어쩌면 처음부터 이 얇은 막은 얇은 것이 아니었는지도 모른다.

나는 시큰해진 발목을 어루만졌다. 한 줄기 핏기가 눈앞에서 하늘거리는 것이 보였다. 작은 물집 하나에서 터진 핏줄기는 안개처럼 뿌옇게 아른거리며 피비린내를 풍겼다. 벽에 단단하고 굵은 주름이 생겨났다. 나는 있는 힘을 다해 필사적으로 막을 밀어냈다. 밀어내면 밀어낼수록 벽은 점점 나의 몸을 조여왔다. 온몸을 두 손으로 짜고 비틀 듯 팔과 다리가 기이하게 틀어지고 꺾였다. 갑작스러운 소용돌이에 심장이 떨려왔다.

오, 사, 삼, 이, 일, 영. 의사의 지시대로 소녀는 천천히 숫자를 셌다. 허공에 무게라도 생긴 것처럼 몸이 무거웠다. 소녀의 몸이 침대 한가운데 어딘가로 푹, 꺼지는 느낌이었다. 소녀는 치아의 문자메시지를 떠올렸다. 생각해보니 번호 끝자리가 삼, 이, 일, 영. 치아는 며칠 전 전화번호만 덩그러니 찍힌 문자메시지를 보내왔었다. 그날 이후로 전원이 꺼진 전화기는 오늘까지 반응이 없었다. 그렇다면 치아는 정말 윤을 죽인 것인가. 치아가 한 말들을 떠올리는 순간 소녀의 생각이 멈췄다. 건조한 표정의 의사가 바쁘게 손을 움직이고 있었다. 소녀의 눈이 천천히 감겼다. 소녀의 팔에 연결된 심박기에서는 적당한 간격의 심장박동 소리가 들렸다.

오, 사, 삼, 이, 일, 영. 나는 숫자에 맞춰 거꾸로 누워 있던 몸을 바로 했다. 알 수 없는 약물이 몸을 조여왔다. 억지로 숨을 고르느라 어깨가 들썩거렸다. 딸꾹질처럼 순간순간 무섭다는 생각도 들었다. 나도 그만 생각을 멈추고 잠들었으면. 어느새 발밑의 작은 구멍에서 얇고 긴 빛이 들어왔다. 소녀가 그었던 성냥개비의 불꽃처럼 짧고 강렬하지만 가늘고 긴 빛. 성냥개비에서 뿜어져 나오는 화약 냄새를 맡은 것 같기도 했다. 예리한 빛이 동공으로 날아와 박혔다. 한순간 머릿속이 텅 비었다. 불에 덴 것처럼 뜨거운 통증이 온몸으로 퍼졌다. 빛은 날카롭게 허벅지를 가르고 심장을 찔렀다. 몸이 반사적으로 틀어졌다. 빛을 피해 웅크린 팔 한쪽이 몸에서 떨어져 나가는 것이 보였다. 비명을 삼켰다. 폭발한 듯 물보라가 희뿌옇게 일었다. 나는 울지 않으려고 남은 손가락을 빨았다. 있는 힘껏 손가락을 빨며 다시 겪지 않아도 되는 것들을 떠올려보았다. 울음, 비명, 적막, 하품, 재채기. 조각조각 갈라지는 고통이 온몸에 깊숙하게 파고들었다. 비로소 나는, 세상의 일부가 된 것 같았다.

나는 소녀의 자궁 밖에 있다.

시체가 된 나의 눈에 소녀의 얼굴이 보였다. 이토록 선명한 소녀의 얼굴과 마주하는 것이 낯설었다. 나쁜 꿈을 꾼 것 같은 얼굴의 소녀가 허공을 응시하고 있었다. 간호사가 혈관을 찾느라 소녀의 팔을 톡톡 두드리며 말했다. 영양주사예요, 조금 어지러울 거야. 간호사는 무덤덤한 눈으로 소녀를 보다가 회복실을 나갔다. 소녀는 간호사가 사라진 문을 한참 동안 노려보았다. 나는 문을 노려보는 소녀를 노려보고 있었다. 소녀가 울기 시작한 것은 그러고도 한참의 시간이 지난 뒤였다. 소녀는 문 옆에 걸린 거울을 들여다보며 울고 있었다. 그러나 소녀가 우는 이유는 자신이 벌인 일을 자책하거나 자신의 인생이 불쌍하다고 생각해서는 아니었다. 이제는 어떤 방법으로 삶을 견뎌야 하는지 떠오르지 않았기 때문이다. 소녀를 향해 기울어졌던 세상이 조금씩 제자리를 찾아가고 있었다. 한참을 울던 소녀가 울음을 그치고, 눈물을 닦고, 코를 풀고, 음, 음, 음, 목청을 가다듬었다. 단정하게 머리를 빗은 뒤 벗어놓은 옷을 입고 신발 끈을 새로 묶었다. 병원 뒷문을 알고 있는 소녀는 아무도 몰래 병원을 빠져나갔다. 시체가 된 나도 소녀의 뒤를 따랐다. 비틀비틀 사람들 속으로 걸어가는 소녀의 그림자가 되어. 거리의 사람들은 말짱한 얼굴로 소녀를 지나쳐 갔다. 지금 소녀에게 어떤 일이 일어났는지 아는 사람은 아무도 없었다.

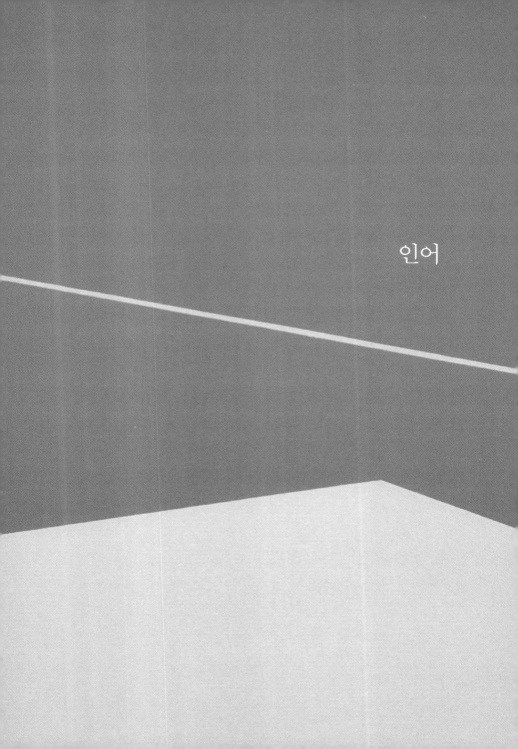

인어

인어였다. 분명히. 암흑의 물속에서 저 혼자 푸르스름한 빛을 내며 유영하던 것. 사람의 몸통에 물고기 꼬리를 가진 것을 인어라고 부른다면 분명히. 기괴한 물고기라고 생각한 그것은 움푹 들어간 눈꺼풀을 껌뻑거리며 한을 향해 헤엄쳐 오고 있었다. 한은 자신의 몸이 강바닥으로 점점 더 가라앉는 것을 느끼며 눈을 부릅떴다. 마치 환영처럼, 듬성듬성 길지 않은 그것의 머리칼이 물결을 따라 출렁이는 것이 눈에 들어왔다. 높지도 낮지도 않은 콧날과 약간 돌출되어 보이는 입. 비쩍 마른 남자의 상체에 물고기의 꼬리를 한 그것은 한과 눈이 마주치자 희미하게 웃었는데 벌어진 입 사이로 고르지 못한 이를 드러냈다. 그 웃음이 아니었다면 한은 그것이 인어라고 확신할 수 없었을 것이다. 붉게 충혈된 눈이 한을 빤하게 쳐다보고 있었다. 눈은 피로해 보였다. 어떤 일에 화가 난 것 같기도, 슬퍼하는 것 같기도 했다. 한의 머릿속에 수많은 생각들이 떴다 사라졌다. 시간도 공간도 제각각인 기억들이 파노라마처럼 스쳐 갔다. 어쩌면 나는 이미 죽은 것인지도 모르겠구나, 한강에 인어라니. 해골처럼 휑한 눈두덩과 앙상하게 드러난 갈비뼈, 장어의 몸통을 연상시키는 거무튀튀하고 미끄덩한 하체. 한은 눈앞에서 어른거리는 볼품없는 그것의 몸을 잠시 응시했다. 저렇게 말라비틀어지도록 지쳐 보이는 존재가 자신 말고 세상에 또 있다는 것에 이상한 안도감이 밀려왔다. 동시에 그런 것이 쓰레기와 오물 천지인 한강 한가운데 있다는 게 이상할 것도 없다는 생각까지 들었다. 그러나 한은 곧 눈을 감아버렸다. 어쨌거나, 자신은 지금 막 한강 다리 밑으로 몸을 던진 사람이었다. 죽고 있는 중이거나, 이미 죽었거나. 더 이상 아무 생각도 하고 싶지 않았다. 한의 의식이 점점 흐려졌다. 비릿한 물맛이 더 이상은 느껴지지 않았다. 뼈 마디마디가 녹아내린 것처럼 온몸에서 힘이 빠져나갔다. 그러나 몸이 강바닥에 닿았다는 생각이 들었을 때, 누군가의 팔이 한의 목을 거칠게 감싸 안았다. 그 팔은 한의 머리통을 단단하게 감싼 채 수면 위를 향해 올라가고 있었다. 흐려지는 한의 시야에 힘차게 꿈틀거리는 장어의 꼬리가 보였다. 그것이었다. 곧이어 수면 위에서 맴돌던 비릿한 냄새가 훅, 하고 한의 콧속으로 밀려들었다. 방금 전 다리에서 뛰어내릴 때처럼 수면 위는 고요하고 먹먹했다. 잠시 얼떨떨하게 떠 있던 한은 그제야 거칠게 숨을 몰아쉬었다. 호흡에 맞춰 심장이 두근거리는 게 느껴졌다. 자신도 모르게 목을 감싸고 있는 팔을 힘껏 움켜쥐었다. 미끄덩하면서 동시에 꺼칠한 비늘의 촉감이 손끝에 선명하게 맺혔다. 그것의 팔에 매달린 채 뭍을 향해 유영하고 있었다. 낮고 고요한 목소리가 들린 것은 그때였다.

가서 살아남아, 물거품이 되지 않게.

일상은 변함이 없었다. 맞춰놓은 알람이 그 증거였다. 먼저 일어난 아내는 술국을 끓이고 있었고 아침 드라마에서는 배신을 당한 여자가 허공을 향해 악을 쓰고 있었다. 아직은 아무 일도 일어나지 않았다는 듯, 아침 신문이 식탁 위에 펼쳐져 있었다. 한은 그것들을 멍하게 내려다봤다. 새로울 것 없이 비슷비슷한 사건과 사고, 그 사람과 그 가십거리들. 한은 좀 억울한 생각이 들었다. 이렇게 멀쩡하게 살아 있다는 것이. 살아서 반작용처럼 움직이고 있다는 것이. 어젯밤 비참했던 기분에 대해 아무것도 보상받지 못한 채 잠에서 깨고, 밥을 먹고, 똥을 싸고, 다시 헛헛한 배 속을 무엇인가로 채워야 한다는 것이. 한은 최근에서야 불현듯 깨달았다. 이것은 아주 오랜 기간에 걸쳐 도달한 결과라는 것을. 결국 한 걸음도 더 내디딜 수 없는 벼랑 끝에 도착했음을. 새삼스레, 자신이 꽤 오랜 시간 동안 원인을 알 수 없는 무기력에 시달렸다는 것이 떠올랐다. 끊임없이 죽음을 생각하고 곧 끝낼 수 있을 거라는 기대로 하루하루를 버텼다. 우울증 약을 먹고, 상담을 받고, 회사와 집을 오갔던 일들. 그러나 비상구도, 희망의 빛도 보이지 않는 회생 불능의 상태는 계속됐다. 오래지 않아 무엇인가를 새롭게 시작해볼 수 있으리라는 기대도 사라졌다. 가족에 대한 알량한 책임감이나 자존심 같은 것도 남아 있지 않았다. 왜 이런 이상한 결과에 이르게 된 것인지 한은 짐작조차 할 수 없었다. 주식으로 재산을 날렸거나, 신용불량자가 된 것도 아니었다. 회사에서 쫓겨나거나 아내가 집을 나간 것도 아니었다. 오히려 그 반대였다. 한은 신용불량자들 덕분에 차를 사고 집을 샀다. 주식으로 재산을 날리거나 회사에서 쫓겨난 사람들이 진 빚 덕분에 승승장구했다. 물론, 그것은 한의 직업이었다.

채권 추심률 99퍼센트. 한은 채권 추심원, 이라는 글자가 새겨진 명함을 전단처럼 뿌리고 다녔다. 경고문처럼 굵고 둔탁한 서체로 인쇄된 명함이었다. 그것은 아무도 없는 척 열리지 않는 현관문 틈과 변두리 고시원의 낡은 우편함에서 자주 발견되었다. 누군가의 이마 한가운데나 누군가의 가슴팍 한가운데에 딱지처럼 붙여지기도 했다. 한의 외모는 이 엄중한 단어와도 잘 어울렸다. 혈색 좋아 보이는 얼굴에 다부진 체격. 한눈에 봐도 건장한 느낌에다 잘

빗어 넘긴 머리와 날카로운 콧날이 차가운 인상을 갖게 했다. 무엇보다도 콧날 위에 얹어진 은색 테두리 안경이 한의 눈을 더욱 매섭게 만들었다. 한은 받아내야 할 돈에 대해 추궁하는 법도, 타박하는 법도 없었다. 그저 조용히 안경 너머 상대의 눈을 응시했을 뿐이다. 부지기수의 사람들이 한의 눈을 바라보며 울고, 욕하고, 원망하고, 절망했다. 자신의 일생을 저주하며 이런 사정을 좀 이해해줄 수 없겠느냐고 애원하는 사람도 있었다. 그러나 한은 아무것에도 동요하지 않았다. 채무자의 이름과 받아야 할 돈의 액수 말고는 아무것도. 잠시 후회나 반성, 죄책감이 들었다가도 머지않아 다른 이름과 다른 액수가 한의 머릿속을 점령했다. 그리고 그렇게 받아낸 돈이 어떻게 마련된 것인지에 대해서는 관심을 두지 않았다. 그중에는 감당할 수 없이 불어난 이자를 물어야 하는 사채도 있었다. 인생을 담보로 하거나, 또 다른 누군가의 목숨과 맞바꾼 돈이 있다는 사실도 한은 잘 알고 있었다. 그러나 그것 역시 자신이 감당해야 하는 업무의 일부일 뿐이라고 여겼다.

그런데 이상한 일이었다. 채권 추심원으로 매우 바람직한 자질을 갖추었다고 평가받던 한이 어느 때부터인지 순간순간 끝을 생각했다. 독촉 전화를 걸다가 문득, 채무자의 집 문 앞에서 초인종을 누르다가 문득. 생각에서 벗어나려고 하면 할수록 한의 상태는 점점 더 악화될 뿐이었다. 그것은 마치 갚아야 할 빚을 누군가에게 빌려 갚는 기분이었다. 무섭게 불어나는 사채 이자처럼 알 수 없는 불안감과 우울은 순식간에 한을 집어삼켰다. 끝내 이유를 알 수 없는 채였다. 무엇인가 늘 불안했고 그 때문에 잠을 이루지 못했다. 무엇을 시작하든 금방 싫증났고, 끝을 내도 허무하기만 했다.

한은 한숨을 내쉬며 식탁 앞에 앉았다. 숟가락과 젓가락을 챙겨 들며 찬찬히 어제의 일을 더듬어봤다. 꿈이 아니라면 도대체 뭔가. 술에 만취한 상태이긴 했지만 한은 분명히 다리 위에서 강을 향해 몸을 던졌다. 회식 자리에서 아무 말 없이 빠져나온 것이 희미하게 떠올랐다. 걷다 보니 건너게 된 다리가, 다리 위에 맴돌던 비릿한 물 냄새가 생각났다. 갑자기 터져 나온 울음 때문에 당혹스러웠던 기억. 욕을 했던 것과 눈물, 콧물을 손등으로 문지르던 기억이 흐릿했다. 충동적으로 올라선 다리 난간 위가 떠오르고, 거기서서 느꼈던 서늘한 바람이 기억났다. 곧이어 고요하고 먹먹한 강물이 한을 향해 시커멓게 달려들던 순간과 심장까지 파고들던 섬뜩한 통증이 되살아났다. 한은 몸서리를 쳤다. 무엇보다도 강바닥으로 가라앉으며 마주쳤던 눈동자가 또렷했기 때문이다. 한을 응시하던 그것의 눈. 귓가에 맴돌던 그것의 목소리. '가서 살아남아, 물거품이 되지 않게.' 한의 입에서 실소가 터져 나왔다. 인어 공주라도 본 건가? 인어에 물거품이라니. 게다가 그 기괴한 몰골을 인어라고 할 수 있는 건가? 미쳤군. 진짜 미쳤군. 한은 고개를 내저었다. 그리고 의심 가득한 얼굴로 뒷주머니에 꽂혀 있는 가죽 지갑을 꺼냈다. 붙어버린 지폐와 색이 뭉개진 가족사진, 가죽 물이 든 주민등록증. 아직 다 마르지 않은 지갑이 축축했다.

어제 일을 떠올리면서도 한의 몸은 어제와 같은 순서로 움직이고 있었다. 당혹스러워하며 신문을 뒤척거리고, 밥을 욱여넣고, 여덟 시에 도착할 지하철을 향해 걸음을 재촉했다. 사십 분 남짓 지하철 팔걸이에 매달려 덜컹거렸고, 사람들의 뭉텅이 속에 섞여 출구를 빠져나왔다. 그러면서 순간순간 어제의 일이 꿈인가, 생시인가 의심했다. 그리고 무심결에 말아 쥔 무가지를 흔들며 동료들을 향해 좋은 아침, 이라고 인사했다. 문득, 구역질이 났는데 그것은 곧 괜찮아졌다.

한은 미로처럼 나눠진 파티션 사이를 빠르게 걸었다. 인사할 때를 빼고 시선은 구두 끝을 향해 있었다. 무표정한 얼굴의 한이 문득 멈춰 서서 고개를 들었다. 장기 채권 3팀, 자신의 구역 앞에 붙은 배너를 멍하게 올려다봤다. 사무실 문 앞 첫번째 섹션부터 채권 1팀, 2팀, 3팀. 그것은 단기 연체, 중기 연체, 장기 연체를 의미했다. 한의 입이 조그맣게 달싹거렸다. 장, 기, 연, 체. 그러니까 사무실의 가장 안쪽, 제일 안전한 이곳에 이르렀어도 한은 여전히 자신이 해온 일이 무엇이었는지 확신이 서지 않았다. 할 일을 했다기보다 뭔가 다른 일을 하기 위해 해치워야 할 일을 하고 있는 느낌. 그런 생각은 오래된 것이었다. 한이 사무실 출입문에 가까이 앉아 일을 하기 시작했을 때부터 지금까지.

한이 처음 일을 시작한 곳은 1팀이었다. 주로 간단한 카드 연체나 각종 공과금 연체 건들이 몰려 있었다. 한과 함께 일을 시작했던 대부분의 동료들이 1팀을 시작으로 얼마 못 가 회사를 그만뒀다. 채무자의 폭언과 욕설을 견디지 못한 것이 표면적인 이유였지만, 그보다 어떤 일을 하는지 묻는 물음들에 뭐라고 대답하기 힘든 상황을 더욱 못 견뎌 했다. 그 결과 스무 명의 동기 중 한을 포함한 두 명의 동기가 남았다. 그곳에서 6개월을 버티면 2팀으로 올라갔다. 2팀을 버텨낸 사람들이 최종으로 도달하는 곳이 3팀이었다. 한은 막연하게 생각했다. 3팀, 말하자면 가장 오래 연체된 사람들이 모인 곳이었다. 장기적으로 닦달하고, 집요하게 조르고, 협박하고, 몰래 욕하는 데 달인이 된 사람들. 한은 천천히 파티션 안으로 들어섰다. 벌써 시끄러운 소리가 파티션 저쪽에서 넘어오고 있었다. 맨 구석 자리의 윤 팀장 목소리였다. 윤 팀장은 어깨와 머리 사이에 전화기를 낀 채 언성을 높이고 있었다. 열이 오를 만큼 오른 목소리가 점점 더 커지고 있었다. 야, 이 새끼야! 남의 돈을 떼어먹었으면 갚아야 할 게 아니야. 뭐라고? 니가 먼저 욕했지, 내가 먼저 했냐? 이 싸가지 없는 새끼 좀 보게. 그래 이 새끼야, 신고해라. 나도 다 녹음해놨거든? 남의 돈 꿔가서 안 갚는 놈이 양심은 무슨 놈의 양심. 지랄하고 자빠졌네. 윤 팀장은 신경질적으로 수화기를 집어 던지며 나지막이 중얼거렸다. 에이, 씨발.

등급은 간단했다. 1+, 1, 2, 3. 고기의 등급을 정하는 이치와 비슷했다. 등급이 높을수록 돈을 받아낼 확률과 회수 기간이 짧은 것을 의미했다. 매일 오전 열한 시 전까지 사무실에서는 채무자 등급 정리가 이루어졌다. 한도 커피 한잔을 마신 뒤 습관처럼 하는 일이 그것이었다. 채권자에게 넘겨받은 자료를 기준으로 등급을 구분하는데 신상명세, 통장 거래 내역, 카드 사용 내역서와 통화 내역서 등, 돈을 받아낼 수 있는 실마리가 되는 것은 무엇이든 자료에 포함되어 있었다. 그 시간 사무실은 종이 넘기는 소리와 정리된 문서를 탁, 탁, 각 맞춰 쌓아두는 소리, 한숨 소리와 헛기침 소리가 들리는 것의 전부였다. 한은 이 규칙적인 소음을 깨는 유일한 사람이었다. 이번에는 꽃등심 좀 먹을 수 있겠어? 혹은 수입 돼지 껍데기도 못 먹겠네, 하는 식의 싱거운 농담을 던지는 사람. 이 점은 조직 내에서 한의 위치를 말해주는 것이기도 했다. '추심률 99퍼센트의 전설'과 '해결사'로 통하는 한의 이력은 몇 가지 전설적인 케이스로 사람들의 입에 오르내렸다. 바로 다중 채무에 채무 상환 6등급인 케이스를 단 2주 만에 해결한 일이었다. 물론 한이 채무자를 만나 담판을 지은 것은 아니었다. 빚을 진 장본인들은 대부분 집과도 연락 두절인 경우가 많았다. 한은 채무자의 늙은 노모와 병든 아내를 찾아갔다. 병든 아내가 생명 보험에 들어 있다는 사실을 알고 있었기 때문이다. 채무자의 아내는 복수가 잔뜩 차오른 배로 한을 맞았다. 한은 터질 듯한 그녀의 배를 내려다보며 '책임'에 대해 장황하게 설명했다. 배고픈 그녀의 아이들과 치매를 앓는 노모에게 저녁상을 차려주며 고통받는 채권자의 사정을 낱낱이 전달했다. 남편의 무능을 까발리고 아버지의 무책임함을 고자질했다. 그래도 아이들과 노모는 한이 사온 치킨을, 떡볶이와 순대를 꾸역꾸역 목으로 넘겼다. 얼마 지나지 않아 채무자의 아내는 자신의 생명 보험금을 채무 변제를 위해 사용할 것에 동의했다. 그리고 정확히 이틀 뒤, 채무자의 아내는 숨을 거뒀다. 자살이 아니었으므로 보험금은 고스란히 한의 회사로 입금되었다. 한은 그런 방식을 통해 주변에 도사리는 낙오의 위협을 따돌리곤 했다. 한은 갈수록 더 노련해졌다. 힘들이지 않고 채무자를 찾아내는 것은 물론이고, 욕을 하지 않고도 충분히 상대방을 위협했다. 회사에서 해결한 굵직굵직한 케이스 대부분이 한이 맡았던 건이나 다름없었다. 성실함과 집요함, 신기에 가까운 감과 예리한 통찰력이 아니었다면 불가능했을지도 모른다고 사람들은 평가했다.

그러나 정작 한의 사정은 달랐다. 한의 능력은 하나둘씩 회사에서 쫓겨나고 낙오되는 동료들을 보며 후천적으로 생긴 기능에 불과했다. 처음에는 도태되는 것이 두려워 악착을 떨었고, 달리다 보니 한은 이미 회사 밖을 나가서는 생존할 수 없는 나이에 이르렀다. 상사의 업무 평가에 예민하게 반응했던 것도, 긴장을 늦추지 않았던 것도 모두 그 때문이었다. 해결되지 못한 채 책상 위에 쌓여가는 문서들 때문에 밤잠을 설쳤고, 실적을 지적하는 상사의 닦달에 안절부절못했다. 채권자와 상사가 꿈속에 자주 등장했고 그 때문에 항상 날이 서 있었다. 한은 여유로운 척, 다 알고 있는 척, 인정사정 모르고 앞뒤 상관없는 척 채무자들을 닦달했다. 순간순간 솟구쳐오는 공포를 누르고 날마다 자신을 피해 다니는 채무자들을 찾아냈다. 낯선 그들에게 전화를 하고, 낯선 대문의 초인종을 누르고, 낯선 사람들의 불쾌한 눈총을 받는 것만이 한이 홀가분해지는 유일한 방법이었다. 남들보다 겁이 많은 것, 그것이 입사 초기부터 승승장구해온 실질적인 비결이었다.

장어정식 6인분. 복분자 두 병.

김 대리, 이 대리, 최 대리, 양 대리. 마(魔)의 3개월을 넘긴 것을 축하하네. 정착금으로 이 고난의 시간을 견딘 자네들이 역시 갑이야 갑. 돈 꿔가서 안 갚는 인간들한테 갑. 명품 사다가 일 치르는 년, 도박에 미친놈, 주식하다 망한 인사들한테 이제 자네들이 어떤 사람인지 잘 보여주라고. 그런데 김 대리, 자네 월급 얼마 받았나? 하루 3만 원꼴이네? 한 시간 반 넘게 지하철 타고, 버스 타고 회사 오면서 이건 좀 억울한 숫자 아닌가? 4년 넘게 취업 준비만 했다며? 편의점, 주유소, 마트에서 하는 알바 말고, 길고 오래 남는 직장에 다니고 싶다는 패기가 좋아 뽑았는데, 이러면 알바로 끝나는 수가 있다고. 무슨 말인지 알겠나? 누구누구가 안쓰럽고 불쌍하다고? 그딴 생각부터 집어치워. 세상에 자네보다 불쌍한 사람이 어디 있나? 먹고사는 거야 원래 죽을 맛이지. 새겨들으라고. 이게 아무한테나 알려주는 노하우가 아니야. 여기저기서 돈을 많이 꿔서 꼴이 엉망인 인간들일수록 현지실사를 철저히 하란 말이야. 돈으로 바꿀 수 있는 물건을 찾아야 빨대를 꽂지. 그리고 일요일을 잘 활용해야 해. 그분들은 월, 화, 수, 목, 금, 토, 일을 해. 왜? 먹고살아야 하니까. 아직도 불쌍하다고 생각해? 얼씨구? 양 대리 좀 보라고. 이번 달 탑. 자네 월급의 두 배야. 자그마치 두 배. 자, 이 와중에 건배 한 번! 이번 달 탑 양 대리를 위하여 다 같이 의, 자, 왕! 아니, 표정들이 뭐 이래? 나 참, 이 사람들 안 되겠구먼. 의욕과 자신감을 가지고 왕창 돈 벌자, 몰라? 아무튼 내 말은 우리도 언제까지 이러고 살 거냔 말이야. 참, 그리고 최 대리, 요즘 누가 욕을 그렇게 하나? 진상한테 된통 한번 당해봐야 알겠나? 나중에 사무실에 찾아와서 악쓰고, 욕하고, 울고, 불고, 자해 공갈에 생쇼를 할지도 모른다고. 감독원에 찌르고, 고객 게시판에 도배하고. 나 참, 요즘 을이 어디 을이야? 다 방법이 있어. 갑이 갑답게 을을 다루는 노하우. 공식과 비공식을 잘 활용하란 말이야. 전화를 하다가 욕을 한다 싶어도 좀 참아. 일단 전화를 끊어. 휴대전화를 들고 밖으로 나가. 그다음에 온몸에 분노를 끌어모아 쌍욕을 하란 말이지. 씨발. 자네들도 살아야 하잖아. 우리가 또 그런 욕을 먹고는 못 살잖아? 그리고 반드시 전화를 끊을 때는 아이고, 전화를 잘못 건 것 같습니다, 해. 죄송하다 사과를 해. 그럼 이건, 징계하기가 애매하거든.

그리고 말이 나와서 하는 얘긴데, 우리 회사의 전설 이 부장 다들 잘 알지? 무에서도 피를 뽑고, 마른 수건에서도 물을 짜내는 양반. 이 양반이 한 명언이 있지. 채권 추심의 꽃은 연기라고. 액션 연기 든, 눈물 연기든 일관성을 가지고 진지하게 하란 말이야. 하다 보 면 위장 깊숙한 곳에서 치미는 게 있어. 아, 내가 이 돈을 어떻게든 받아야겠다, 하는. 희한하게도 자신의 연기에 심취하다 보면 방법 이 보인단 말이야. 다들 명심하라고. 아 참! 그리고 정말 마지막으 로 하나 더, 보고서 업데이트도 중요한 거 알고 있지? 실적도 중요 하지만 채권자 관리도 중요하다고. 채권자가 우리한테는 슈퍼 갑 이야. 채권자들 앞에서 우리는 틀림없는 을이라고. 자주 보고서 올 려서 불안감을 없애줘야 해. 돈 받을 거 있다, 하면 우리가 생각날 수 있도록. 갑이 없으면 을도 굶는 거야. 장기적으로 보자고. 그게 다 실적으로 쌓이는 거야. 자, 사설이 너무 길었군. 일단 먹자고. 잔 들 채우고, 힘냅시다. 우리는 누구? 천, 하, 무, 적, 갑!

그 사내야말로 진정한 갑인데, 하고 한은 생각했다. 그리고 곧 바로 사내의 케이스를 맡기로 한 것을 후회했다. 당분간 일을 좀 쉬어야겠다고 말하려다가 자신도 모르게 또다시 예, 라고 대답해 버리고 만 것이다. 상사는 만족스러운 표정으로 다시 한 번 한을 재촉했다. 하던 대로만 하면 곧 끝날 텐데 뭘, 하고. 한은 울컥 목 이 메는 기분이었다. 정말 자신이 없었다. 이대로 더 움직인다면 천길 벼랑 아래로 추락할 것만 같은 기분이었다. 게다가 그 케이스라면. 한은 자신의 자리로 돌아오며 기어들어가는 목소리로 혼자 중얼거렸다. 아니, 아니, 아니요. 손바닥이 땀으로 축축해졌다. 이마에는 식은땀도 흘렀다. 땀으로 젖은 와이셔츠가 자꾸만 등에 달라붙었다. 에어컨을 끄는 일이 없는 사무실에서 한은 너무 많은 땀을 흘리고 있었다.

새삼스럽게 채무자를 찾아가는 일에 두려움이 앞섰다. 특히나 그 사내는. 몇 사람의 동료를 거쳐 한에게까지 흘러온 채무자는 러닝머신 대리점을 하던 사내였다. 촉망받는 영업 사원이었던 사내는 그 영업 능력을 인정받아 종당에는 자신의 대리점을 열었다. 그리고 거의 모든 실패 사례가 그렇듯, 사내의 예상은 노골적으로 빗나갔다. 본사의 설명대로 수많은 스포츠 센터가 생길 것이라는 예상이, 일주일에 한 대만 팔아도 유지는 문제없을 거라는 예상이, 곧 가게를 늘리고 2호점을 낼 수 있을 거라는 예상이 차례로 사내를 빗겨 갔다. 6개월 동안 단 한 대의 러닝머신도 팔지 못한 사내는 빚더미에 앉게 되었다. 계약 조건으로 떠안은 러닝머신을 처분하지도 못한 채였다. 결국 사내의 신상명세는 1팀과 2팀을 거쳐 한의 책상 위까지 흘러왔다. 그사이 사내는 잠적과 출몰을 반복했다. 한은 자꾸만 사라지는 사내를 찾아내야만 했다. 사내의 노부모와 이혼 소송 중인 아내를 만나고, 아이들을 만나 그간 사내의 행적에 대해 물었다. 그러나 소송이니, 압류니 하는 용어들을 들먹

여서 그들을 채근하거나 위협하지는 않았다. 그저 조용히 움직였다. 고소장을, 가압류 통지서를, 채권자의 탄원서를 그들의 코앞에 들이밀었다. 그리고 동그란 은색 테두리 안경 너머로 하얗게 질려 있는 얼굴들을 조용히 내려다봤을 뿐이다. 모든 희망으로부터 완벽하게 차단시키는 것, 그것이 한이 알고 있는 가장 효과적인 방법이었다. 결국, 상황은 한의 예상대로 흘러갔다. 이혼 소송 중인 아내가, 감옥을 두려워한 아이들이, 사내를 찾는 데 동원되었다. 사내는 생각보다 들키기 쉬운 곳에 숨어 있었고 둘은 곧 다시 마주쳤다.

사내는 포장마차 귀퉁이에 앉아 술을 마시고 있었다. 지방 변두리의 포장마차는 낡고 더러웠다. 아직 뜨거운 볕이 다 가라앉지 않은 오후, 포장마차의 포장이 녹아내릴 정도로 무덥고 습한 날씨였다. 사내는 술에 취해 있었다. 불어터진 국수가, 비워진 소주 몇 병과 반쯤 베어 먹은 무김치 한 조각이 사내 앞에 놓여 있었다. 사내는 알뜰하게 빤 담배꽁초를 바닥에 비벼 껐다. 담배꽁초가 수북한 테이블 밑으로 사내의 남루한 구두가 보였다. 사내는 포장마차로 들어서는 한을 알아보고 무엇인가가 다 되었다는 듯 맥을 풀었다. 술이 흥건한 얼굴은 놀란 것도, 불안한 것도, 애원하거나 저주하는 것도 아니었다. 오히려 그것은 어떤 종류의 표정인지 알 수 없는 백지에 가까웠다. 사내가 한을 물끄러미 올려다봤다. 야윈 목에 울대뼈가 툭, 도드라져 보였다. 한의 콧속으로 사내의 찌든 땀 냄새가 진하게 풍겨왔다. 사내가 술이 채워진 잔을 한에게 내밀었다. 꼬박 일주일을 고생해 사내를 찾아낸 한으로서는 별로 유쾌한 상황이 아니었다.

한은 잠자코 서 있었다. 그저 안경 너머로 사내를 내려다보며 침묵으로 불편한 심기를 드러냈다. 그러다 한쪽으로 고개를 꺾으며 말했다. 없으면 쓰지를 말아야지, 없는데 왜 써서 사람을 이렇게 피곤하게 하세요. 급하다고 쓸 때는 언제고 갚으라는 사람 피해 도망 다니는 건 또 무슨 경우냐고요, 고객님! 사내는 그럴 줄 알았다는 듯, 들고 있는 술잔을 머쓱하게 자신의 입으로 가져갔다. 그리고 졸린 듯 눈을 껌뻑거리며 느릿느릿 말했다. 내가 얘기 하나 해줄까요? 그래도 왕년의 고객님 얘기인데 좀 들어봐요. 나도 예전에는 줄 돈이 있었거든요? 근데 지금은 어디로 갔는지 몰라. 나도 모르고 그쪽도 모르지. 돈 있었던 때하고 지금하고 뭐가 다른가, 하면 다를 게 없어. 돈 있을 때는 여기저기 벌리느라 쩔쩔, 돈 없을 때는 여기저기 막느라 쩔쩔. 잘 못 자고 잘 못 먹는 건 똑같네! 내가요, 평생을 그랬어요. 평생을. 그래도 내가 내일 준다고, 내일 준다고 말해도 안 믿은 건 잘하셨네. 내일은 무슨. 그건 없는 시간이지. 아니, 진짜 없었으면 좋겠는 시간이지. 그런데요, 그쪽은 좀 다를 줄 아시죠? 그쪽하고 나하고 다를 게 없어요. 지금은 나보다 낫다고 생각하지만, 나랑 거리를 최대한 유지하고 싶겠지만, 그게 그렇게 쉽지 않을 거요. 시달리면서 살아야 하는 거지. 나는 그쪽 괴롭히고, 그쪽은 나를 괴롭히고. 쭉, 이렇게. 끝도 없이.

　이윽고 테이블 위로 쿵, 하는 소리와 함께 사내의 머리가 떨어졌다. 사내의 눈이 서서히 감기고 곧이어 낮고 고른 숨소리가 들려왔다. 들릴 듯 말 듯 사내가 잠꼬대를 중얼거렸다. 미안합니다, 죄송합니다, 내일이 없어서. 한은 순간적으로 움찔, 몸이 움츠러드는 것을 느꼈다. 콱 죽여버리겠다거나, 콱 죽여달라거나 하는 종류의 협박은 한에겐 부지기수였다. 그런데 이쯤이 명치끝에 걸리다니. 한은 목에 가시가 걸린 듯 컥, 컥, 마른기침을 했다. 죽은 듯 잠들어 있는 사내의 얼굴을 들여다보며 한은 사내의 말을 되씹었다. 한의 손바닥이 땀으로 축축해졌다. 등줄기로 식은땀이 흘렀다. 술도 마시지 않은 속이 쓰려왔다. 잠든 사내의 눈가에 마른 눈물 자국이 딱지처럼 앉아 있는 것이 보였다. 한 잔, 두 잔, 세 잔. 한이 남아 있는 술을 연거푸 들이켰다. 가슴 언저리에서 맴돌던 얼얼한 통증이 조금씩 사그라졌다.

　한은 사내의 가늘고 긴 손가락을 응시했다. 그의 약지에 금색 실반지가 끼워져 있었다. 한은 될 수 있는 한 빨리 이 자리를 벗어나고 싶었다. 어딘가에서 울렁거리는 속을 게워내고 싶었다. 하지만 아무런 소득 없이 돌아갈 수는 없었다. 한이 손가락으로 사내의 머리를 톡톡 건드렸다. 아무런 반응이 없었다. 이윽고 한은 테이블 위에 접혀 있는 사내의 손을 자기 쪽으로 끌어당겼다. 때가 절어 맨들맨들한 손이 가볍게 들렸다. 한이 조심스럽게 반지를 돌리기 시작했다. 손가락 마디에 걸린 반지가 쉽게 빠지지 않자 조금 더 힘을 줘 반지를 잡아당겼다. 그때였다. 사내가 번쩍, 눈을 떴다. 사내는 화들짝 놀라 포장마차 바닥으로 나뒹굴어졌다. 사내가 비틀거리며 테이블 모서리를 짚고 일어섰다. 이번에는 플라스틱 테이블이 힘없이 뒤집어졌다. 빈 소주병과 불어터진 국수와 김치와 숟가락, 젓가락이 사내 쪽으로 와르르 쏟아져 내렸다. 그것을 뒤집어쓴 채 사내는 한에게 돌진했다. 한과 사내가 뒤엉켜 바닥을 굴렀다. 한은 사내의 어깨를 힘껏 밀쳤다. 사내의 앙상한 어깨가 가볍게 날아갔다. 마치 속이 빈 대나무처럼 사람의 무게가 느껴지지 않았다. 저런 몸으로 걸어다닐 수 있는 건가, 하는 의구심이 들 정도였다. 겨우 혼자 선 사내는 두 손으로 얼굴을 문질렀다. 잠에서 덜 깬 사내의 눈과 거친 숨을 몰아쉬는 한의 눈이 허공에서 마주쳤다. 그 순간이었다. 울컥, 뜨거운 것이 한의 목구멍을 타고 넘어오는 것이 느껴졌다. 정확히 말하자면 그것은 분노였다. 몸을 부들부들 떨며 그것을 참고 있는 동안에도 한은 그 이유를 알지 못했다. 그러나 사내를 향한 분노가 아닌 것만은 확실했다. 사내가 주춤거리다 이내 포장마차 밖으로 달아났다. 한은 그것을 멀뚱히 바라보고만 있었다. 마치 몸이 굳어버린 것처럼, 손가락 하나도 까딱할 수 없었다. 한은 뜨겁게 부글거리는 무엇인가를 삼키며 그대로 서 있었다. 그러다 퍼뜩, 정신을 차린 듯 용수철처럼 포장마차 밖으로 뛰쳐나왔다. 그리고 사내가 사라진 골목을 향해 달렸다. 이제 막 어두워지기 시작한 골목 끝, 아주 멀리 어둠 속에서 비틀거리는 사내가 보였다.

한이 초인종을 눌렀다. 아무 대답이 없었다. 이번에는 문을 두드린 뒤에 계세요? 라고 했지만 역시 아무 대답이 없었다. 한은 아파트 현관문 틈에 귀를 대보았다. 인기척은 느껴지지 않았다. 철문에 박힌 어안렌즈로 안을 들여다보았다. 집 안으로 든 빛만 점처럼 보일 뿐 아무것도 보이지 않았다. 벌써 2주째였다. 사내를 마지막으로 본 것이 일주일, 사내의 집 앞을 서성인 것이 또 일주일. 사내는 물론이고 사내의 가족 어느 누구와도 만날 수 없었다. 일가족이 동시에 사라지기라도 했단 말인가. 사내의 노부모도, 이혼 소송 중인 아내도, 덩그러니 집을 지키던 아이들도 보이지 않았다. 더 이상 기다려봐야 문 안에서는 어떤 기척도 느낄 수 없고, 당장은 나머지 돈도 회수하기 힘들다는 것을 한은 잘 알고 있었다. 그런데도 한은 사내의 아파트 현관 앞을 쉽게 떠나지 못했다. 긴 복도의 끝과 끝을 수도 없이 오갔다. 어떤 날은 아무것도 하지 않고 문 앞에 주저앉아 있었으며, 또 어떤 날은 문짝을 거세게 걷어차며 사내의 이름을 부르기도 했다. 결국에는 아무 대답도 듣지 못하고 집 혹은 사무실로 돌아왔지만 한은 그것을 하지 않고는 아무엇도 집중할 수가 없었다. 어떤 일이 속수무책으로 커지고 있는 느낌. 밑도 끝도 없는 공포가 한의 발목을 잡았다.

사내는 한과 포장마차에서 마주친 그날 이후, 정확하지는 않지만 그 무렵이라고 생각되는 시점에 다시 사라졌다. 사내만 사라진 것이 아니라 사내의 조부모와 이혼 소송 중인 아내, 그리고 아이들까지 모두 다. 설마, 무슨 일이 벌어진 것은 아닐까. 죽는 것이 쉬운 일이 아니라는 것을 알고 있었지만, 생각보다 어렵지 않다는 것도 잘 알고 있었다. 한의 머릿속에는 사내와 마주쳤던 마지막 순간이 자꾸만 떠오르고 있었다. 포장마차 바닥에 널브러져 있던 사내의 모습이, 무게를 느낄 수 없을 정도로 말라 있던 사내의 어깨가, 가라앉은 목소리와 한숨 섞인 숨소리가 두서없이 생각났다.

한의 가슴이 두근거렸다. 어지러움을 느끼고 철문에 몸을 기댔다. 차갑고 스산한 냉기가 한의 등줄기를 타고 퍼졌다. 한은 혼자 중얼거렸다. 상사에게 분명히 아니요, 라고 말할걸. 한의 미간이 좁아졌다. 생각하지 않으려고 고개를 저으면 저을수록 사내의 비쩍 마른 얼굴이 자꾸만 또렷해졌다. 그리고 문득, 물속에서 마주쳤던 그것의 얼굴이 겹쳐 떠올랐다. 비쩍 마른 상체와 듬성듬성 숱이 없는 머리, 약간은 돌출된 입과 움푹 들어간 눈. 한의 입술이 조그맣게 달싹거렸다. '가서 살아남아, 물거품이 되지 않게. 가서 살아남아.' 한은 어쩐지 사내의 인상이 흡사 그것의 얼굴과 닮아 있다는 생각을 했다. 한의 얼굴이 심하게 일그러졌다. 강물에 몸이 닿았을 때 퍼지던 날카로운 통증이 되살아나는 듯, 심장이 격렬히 박동하기 시작했다.

한이 집으로 돌아왔을 때, TV에서는 한 사내가 차를 몰고 저수지 한가운데로 돌진한 사건이 보도되고 있었다. 조부모와 아내, 아이 두 명을 태운 채였다. 한가로운 주말여행을 나온 듯 보이던 가족은 모두 수면제에 취한 상태였다고 했다. 조부모와 아이 두 명이 죽었고 운전을 한 사내와 아내는 중태라고 했다. 신용불량자인 그 사내는 생활고에 시달리던 끝에 동반 자살을 시도한 것이라고 안타까운 표정의 진행자는 말했다. 왜 이런 일이 벌어졌는지, 경찰 관계자와 범죄 전문가가 화면 속에 차례로 등장했다. 서민들이 극단적인 선택을 하는 것은 명백히 사회 구조적인 문제라고, 전문가는 지적했다. 이제는 종종 일어나는, 그래서 새로울 것 없는 뉴스였고, 새삼스럽기까지 한 결론이었다. 그러나 TV는 이런 사건이 마치 처음 일어난 일이라도 되는 듯 잡초가 무성한 저수지를, 건져낸 승합차를, 그 속에 널브러진 아이들의 옷가지와 버려진 약병을 반복해서 보여주었다. 그것을 지켜보는 한은 머리털이 곤두서는 듯한 느낌이었다. 손바닥이 축축해지고 목줄기에서 식은땀이 흘렀다. 심장이 입 밖으로 튀어나올 듯 두근거리고 입속의 침이 말랐다. 한의 몸이 잔뜩 움츠러들었다. 그리고 자신도 모르게 꺽, 꺽, 소리를 냈다. 가슴으로부터 식도를 타고 올라오는 뜨거운 무엇인가를 간신히 참고 있었기 때문이다. 눈물이 터져 나올 것 같았다. 누군가를 꽉 붙잡고 싶었으나, 붙잡을 사람이라고는 멀뚱히 한을 올려다보는 아내뿐이었다. 난감한 일이었다. 곧이어 땀과 눈물과 또 알 수 없는 물기가 한의 몸을 적셨다. 바지 사이로 미지근한 물이 흘러내렸다. 흥건하게 젖은 바닥을 딛고 있던 한이 천천히 뒷걸음질 쳤다. 아내가 악, 소리를 내며 바닥에 고여 있는 물로부터 몇 발짝 물러섰다. 그리고 바닥의 물과 한을 번갈아 봤다. 공포로부터 벗어나듯, 한은 TV로부터 한 발짝씩 멀어졌다.

한이 달린다. 집을 뛰쳐나온 한이 달린다. 달리는 것 말고는 달리 할 것이 떠오르지 않는다. 달리는 한의 머릿속에서 사내도 달린다. 그 사내는 이미 죽었거나, 죽고 있는 중이거나, 곧 죽을 것이거나. 달리는 것 말고 달리 할 것 없는 한이 달린다. 한의 머릿속의 사내도 승합차를 타고 달린다. 승합차 안에는 사내의 노모가, 이혼소송 중인 아내가, 천진한 아이들이 잠들어 있다. 한이 달린다. 달리면서 의심한다. 승합차의 사내가 그 사내였다가, 그 사내일 것이다가, 그 사내가 아닐지도 모르다가. 한이 달린다. 마치 앞으로 앞으로 달리는 일 말고는 아무것도 훈련받은 적 없는 동물 같다. 달리는 한의 등 뒤로 한의 집이, 가로등이, 동네 슈퍼와 세탁소가 빠르게 멀어진다. 승합차로 달리는 사내의 등 뒤에도 산이, 들이, 강이, 바다가 빠르게 나타났다 사라진다. 달리는 한은 숨을 몰아쉰다. 달리는 사내도 숨을 몰아쉰다. 달리던 한의 눈앞에 한강이 보인다. 달리던 사내의 눈앞에 저수지가 보인다. 그 강은 깊고 어둡다. 그 저수지는 깊고 어둡다. 한강 다리를 향해 돌진하던 한이 문득, 멈춰 선다. 저수지를 향해 돌진하던 사내가 문득, 멈춰 선다. 설마, 설마, 설마.

걷고, 달리고. 달리고, 걷고. 또다시 한강이었다. 밤의 한가운데였고 다리의 한가운데였다. 푸르스름한 달빛 때문에 한의 얼굴이 파리했다. 그 어느 밤처럼, 다리 위를 걷는 한의 얼굴에 미지근한 바람이 불어왔다. 열기가 식은 바람에는 비릿한 강 냄새가 났다. 한은 멈춰 서서 숨을 골랐다. 생각해보니, 많은 일이 일어난 것 같았다. 아니, 아무 일도 일어나지 않은 것 같기도 했다. 그러나 둘 다 꿈인 것처럼 몽롱하기만 했다. 혹 그게 꿈이었다면, 내용이 잘 기억나지 않아 하루 종일 그것만 생각하게 만드는 꿈. 한의 머릿속에 자신의 사무실이 희미하게 떠올랐다. 책상 위에 쌓여 있는 서류 뭉치들이 기억나고 따로 모아두었던 사내의 서류 뭉치가 생각났다. 서류 뭉치를 하나씩 풀어 알맞은 등급으로 분류하던 생각이, 그 서류를 들여다보며 한동안 고심하던 것이 머릿속으로 스쳐 갔다. 어떤 것도 알 수 없다는 듯, 한은 고개를 저었다. 그때였다. 이상한 느낌이, 생전 처음 느끼는 묘한 감촉이 한의 몸을 감쌌다. 팔이 한의 팔이 아니고, 다리가 한의 다리가 아닌 것 같은. 피부가 퉁퉁 불어 뼈와 근육으로부터 분리돼 서서히 부풀어 오르는 느낌. 한의 몸은 흠뻑 젖어 있었다. 손과 얼굴, 머리카락에서 알 수 없는 물이 자꾸만 흘러내렸다. 와이셔츠는 등에 착 달라붙어 있었고, 소매 끝에서도 뚝, 뚝, 물이 떨어지고 있었다. 구두는 젖어 있는 양말 때문에 걸을 때마다 찌걱, 찌걱, 질척거리는 소리를 냈다. 한은 지금에야 그것을 알아차렸다. 땀 때문인지, 눈물 때문인지는 알 수 없었다. 마치 몸이 녹아내리고 있는 것 같았다. 몸을 살피던 한의 눈이 자신의 발아래에 고정되었다. 몸에서 떨어진 물이 하얀 거품을 내며 발아래 고이고 있었다. 아주 적은 양이긴 했지만 그것은 분명 거품이었다. 한은 의아했다. 땀을, 눈물을, 이렇게 많이 흘릴 수도 있나, 하고 생각하는 찰나, 그것의 말이 섬광처럼 떠올랐다.

가서 살아남아, 물거품이 되지 않게.

그것의 빨간 눈이, 그것의 목소리가 생생하게 되살아났다. 듬성 듬성 난 머리칼을 흔들며 한에게 헤엄쳐 오던 그것. 한은 몸서리를 쳤다. 그것이 정말 인어였단 말인가? 그렇다면 나는 진짜 물거품이 되고 있는 것인가? 정말이지 말도 안 되는 일이었다. 마른침을 삼키며 한은 얼떨떨하게 서 있었다. 믿기지 않지만 믿지 않을 도리가 없었다. 한동안 멍하게 서 있던 한의 눈에 다리 난간 옆으로 솟은 기둥이 보였다. 긴급 전화 부스가 달려 있는 기둥이었다.

한의 시선이 부스 옆에 새겨진 글자에 멈췄다. SOS. SOS, 글자가 새겨진 전화 부스는 위급 상황을 대비해 설치된 것이었다. 숫자판 대신 두 개의 버튼이 달려 있는 전화. 하나는 119라고 쓰인 버튼이었고, 또 하나는 생명의 전화 버튼이었다. 한은 피식, 헛웃음이 나왔다. 사실은 웃음에 섞여 울음이 터져 나왔다. 어쨌든 둘 다 생명이 위급할 때 누르면 되는 거였다. 한이 두 팔을 난간 밖으로 빼고 가슴을 기대자 발이 땅에 닿지 않았다. 난간의 가장 낮은 부분을 딛고 그 위에 올라섰다. 기둥에 의지한 채였다. 다리 위보다 조금 덜 뜨겁고, 조금 덜 축축한 바람이 불었다. 그리고 그 위에서 내려다본 강은 생각보다 무시무시하지도 불길하지도 않았다. 컴컴한 물에 불그스름한 빛들이 출렁이고 있었다. 사내가 사라진 골목처럼, 강물은 어둡게 일렁일 뿐이었다. 실은 그 속에 인어가 숨어 있대도, 사내가 숨어 있대도 그것을 알 수 없을 정도로 검기만 했다. 그뿐이었다. 한은 숨을 크게 들이쉬었다. 가슴이 한껏 부풀어 오르다 가라앉았다. 뛰어내릴 작정은 아니었으나, 혹 발을 잘못 디뎌 미끄러진다면 그건 어쩔 수 없는 일이라고 생각했다. 그리고 막연하게 그것의 얼굴을 다시 한 번 보고 싶다는 생각이 들었다. 앙상한 몸에 장어의 꼬리를 가진 그것. 붉고 피로한 눈동자로 한을 응시하던 그것. 한은 그 눈을 들여다보며 간절히 묻고 싶은 게 생각났다. 물거품이 되지 않으려면 어떻게 살아내야 하는지. 한은 난간 위로 솟은 기둥을 붙잡고 강과 다리 위를 번갈아 봤다. 허공에 반, 다리 위에 반. 한의 몸은 양쪽에 반씩 걸쳐져 있는 셈이었다. 한이 기둥에서 천천히 손을 뗐다. 다리 저편 끝까지 어떻게 되는지 한번 가보자, 하는 욕구가 일었다. 외줄을 타는 것처럼, 한의 몸이 잠시 갸우뚱했다. 그러나 다시 균형을 잡은 한이 한 발짝 앞으로 걸어 나갔다. 바람이 불 때면 한의 몸이 위태롭게 휘청거렸다. 강 끝을 향해 한 발짝, 또 한 발짝. 한이 기둥으로부터 서서히 멀어졌다. 멀어지는 한의 소매 끝에서 떨어지던 물이 조금씩 말라가고 있었다.

고통의 큐비즘

박인성(문학평론가)

통증과 신음의 언어

어느 시대든 소설가는 예민한 통각을 지닌 존재들이다. 이때 소설가들이 통각을 재현하는 방식은 고통을 언어화하여 기록하는 문제라기보다는 통증을 주는 대상과 관련되어 있다. 의학과 달리 소설이 만드는 치유란 환부 자체를 극복하는 것이 아니라 환부가 생겨난 연유와 그 의미를 설정하는 과정을 통해서만 발생하기 때문이다. 특히 심리적인 상실과 그 상흔(傷痕)은 그에 대한 합당한 이해에 도달하는 과정을 이야기의 형식으로 제공받을 때 애도를 수행할 수 있다. 그렇다면 오늘날 소설가들이 직면한 어려움은 애도할 대상조차 잃어버렸다는 사실, 즉 상실된 대상과 정당한 방식으로 작별할 수 없게 된 상황에 있다. 신주희의 첫 소설집『모서리의 탄생』역시 예민한 통각으로 쓰인 일련의 작품들이며, 애도의 필요성을 느끼면서도 그 어려움에 직면한 자들의 이야기이다. 더나아가 극복되지 않는 고통에 대한 언어의 모음집이기도 하다.

참사로 인해 자식을 잃어버린 부모, 그 외에도 가족이나 사랑하는 이를 잃어버린 사람들은 스스로를 대변할 만한 언어를 찾기 어렵다. 따라서 그들의 입에서 나오는 탄식과 신음 소리는 단순히 상실에 대한 육체적 반응이 아니라, 상실에 대한 합리적 이해마저 박탈당했기 때문에 발생하는 막막함의 언어이기도 하다. 예를 들어 '세월호 이후 문학'에 대한 여러 논의가 있어왔으나 그에 대한 지속적인 문학적 실천이란 단순히 세월호와 연관된 사항을 내용적으로 다루는 방식만이 아니다. 여기서 '이후'의 문학이란 이미 '이전'과는 달라졌으며 어떻게 해도 되돌아갈 수 없다는 불가역성의 차원에서 삶을 이해하기 위한 시도이다. 따라서 '애도'를 이야기하는 것만으로는 늘 부족하다. 애도가 결국은 과거와의 절연, 상실과의 작별을 의미한다면 '이후'의 삶은 온전히 애도할 수 없음을 자각한 채 살아가는 삶이기 때문이다. 따라서 소설의 언어는 '돌이킬 수 없음'과 애도 불가능성을 알면서도 과거와 현재 사이의 틈바구니를 서성거린다.

수록작「극」은 '이후'의 삶 전체가 긴 서성거림이 되어버린 한 남자의 이야기다. 그가 노인이 되어서까지 북극으로 가야 했던 이유는 "아비이던 세월"(144쪽)과 온전히 작별할 수 없기 때문이다. 그 세월 '이후'의 삶은 '이전'의 삶과 완전히 다른 것이지만, 과거가 남긴 흔적에서 자유로울 수 없다. 그렇다면 '이후'의 논리는 '삶' 이후에 죽음이 오는 것이 아니라, 그것을 감당해야만 하는 '다른 삶'이 온다는 것이다. 세월이란 흘러가는 것만이 아니라 가라앉은 것까지를 포괄하는 개념이라는 사실을 지금의 우리는 잘 안다. 따라서 '이후'의 세월을 그저 아무렇지 않게 넘기는 것도 무섭지만, 거꾸로 그 세월을 잘 버텨내는 것이야말로 더욱 두려운 것이다. 신주희의 소설은 고통에 무던해지는 순간에 대해서 신뢰하지 않는다. 그것은 고통을 버티고 극복하는 것이라기보다, 세계나 타자를 의도적으로 과소평가하는 방식으로 스스로를 무감각하게 하는 기만에 가깝기 때문이다.

'이후'의 세월을 버티는 힘은 인내에서 나오지만, 거꾸로 그 인내가 괴물처럼 느껴질 때 「극」에서 남자가 보이는 가장 적극적인 반응은 그저 신음을 내는 것뿐이다. 이때의 신음은 메울 수 없는 구멍 뚫린 현실에 대한 언어적 대응조차 불가능할 때 발생하는 대안적인 목소리(voice)이며 통증의 직접적인 표현이다. 그것은 의식화된 애도와는 구별되며, 해소되지 않은 고통의 표현 불가능성을 대신한다. 언어가 자신의 표현 능력으로부터 멀어짐으로써 오히려 언어의 비밀에 가까워지는 것이기도 하다. 언어는 우리가 상실을 이해하고 극복할 수 있도록 도와주는 것이 아니라 오히려 그럴 수 없음을, 어떤 방식으로도 언어만으로는 삶을 구원할 수 없음을 알려줄 따름이다. 따라서 신주희의 이번 소설집이 내면화된 애도를 향해 있다면 그 방식은 상실을 의미화하고 고통을 이해하기 위함이 아니다. 오히려 보다 더 선명하게 고통을 체감하고 신음을 내질러야 하는 순간에 도달하려는 시도이다.

　이때의 고통은 단순히 물리적인 것이 아니라 현상학적인 것이다. 그저 외부의 충격에 의해서 우연히 발생하는 것이 아니라 대상과의 관계 맺음을 통한 삶의 지향에 의해 발생하는 것이다. 그런 의미에서 우리가 저 혼자 태어나 혼자 죽어간다면 사실 무엇도 고통스럽지 않다. 그러나 누군가와 관계를 맺고 살아가고자 할 때, 육체는 충격에 대하여 민감한 수용체가 된다. "남들보다 겁이 많은 것"(「인어」, 259쪽)이야말로 인간을 고통에 대해 보다 열려 있게 한다. 둔감함을 가장할지라도 억압되지 않는 종류의 삶의 퇴적물이 '세월'이라는 이름으로 한꺼번에 밀려들기 때문이다. 표현되지 않은 고통은 늘 어떤 형태로든 증상으로 표현될 따름이다. 비록 묵음(默音)처럼 언어로는 표시되지 않음에도 혀의 움직임과 성대의 떨림은 희미하게 잔존하는 감각을 남긴다. 들리지 않는 것에 귀를 기울이는 과정을 통해서만 이러한 감각의 환기는 가능하며, 이때의 통증과 신음은 내가 낸 소리라기보다는 잔존으로부터 돌아오는 메아리에 가깝다. 상실되었음에도 남아 있는 존재, 흘러가면서도 퇴적되어버린 삶의 흔적으로서의 잔존 말이다.

따라서 통증과 신음은 몸으로 옮겨온 잔존이며 증상의 신호다. 삶이 더 이상 이전과 같은 방식으로 굴러갈 수 없다는 신호이며, 아무 변화도 없이 어항 속의 일상을 살아갈 수는 없다는 사실에 대한 신호이기도 하다. 그렇게 통증과 신음은 삶을 '극(極)'으로 이동시킨다. 지금까지 버텨왔던 일상의 무던함을 벗어던지고 보다 극단으로 다가서는 것이다. 여기서 극은 개인이 수행할 수 있는 선택의 극단이자 언어의 극이기도 하며, 표현의 극이기도 하다. 동시에 極의 의미는 중도에 그치지 않고 '다하는 것'이다. 일상으로 돌아가기 위해 노력하는 것이 아니라, '이전'에는 미처 갈 수 없었던 삶 내부의 장소를 향해 온몸을 밀어붙이는 것이다. 「극」에서 사내가 노인이 되어서야 비로소 향하는 '북극'은 그가 진작 찾아가야만 했던 자기 삶의 극단을 암시하는 방식으로 다른 시간을 여는 장소가 된다. 그리고 극의 장소성은 지금껏 살아본 적 없는 시간성에 대한 암시로 이어진다. "노인은 잠깐 내일에 대해 생각했다."(166쪽) 여기서 '내일'은 단순히 '이후'의 삶이 아니라 아직 오지 않은 미정형의 미래이자 살아본 적 없는 과거이다.

　이렇듯 신주희의 소설집에서 통증과 신음은 언어를 통해서 가공되거나 극복되는 것이 아니다. 현재의 증상을 거쳐 진작 수행되었어야 하는 자기 표현을 향해 간다. 여기서 독자는 다시금 삶을 발음하게 되는 것이며 그 과정 중에 상실된 대상으로서의 '너'는 메아리처럼 되돌아오는 것이다. 메아리라는 말은 추상적이지만 적어도 그 대상의 실체가 원본 없이 분열적으로 경험된다는 것, 그리고 우리의 경험과 감정 역시 그처럼 단일할 수 없음을 발견하는 시도와 관련된다. 예를 들어 수록작 「당신은 말한다」는 그 제목에서부터 드러나듯 누군가의 목소리를 듣는 예민하고 불확실한 상황을 상정한다. 타인의 언어를 통해 도달하는 이해를 위해서가 아니라 침묵에 잠긴 소리를 향해, 막막함 속에서도 스스로의 감각을 열어두기 위해서 말이다. 이처럼 신주희의 소설은 당신의 메아리를 듣기 위한 귀 기울임으로부터 시작한다.

우울증적 애도: '너'의 메아리

일반적으로 2인칭은 전혀 소설적이지 않은 발화 방식이다. 소설이 허구의 형식이라고 할지라도 '너'를 중심으로 이야기하는 것은 일상적인 화법이 아닐뿐더러, 대개가 어설픈 3인칭의 변형처럼 보이기 때문이다. 상대적으로 개인 내면의 전경화를 위해 1인칭이 우세해진 최근의 한국 소설들 사이에서 더더욱 2인칭은 잘 시도되지 않는다. 2인칭의 사용은 실험적인 시도이며, 대부분은 독서하는 과정에 덜그럭거리는 이물감을 동반한다. 그러나 신주희의 소설집에서는 2인칭의 사용이 그저 실험으로 보이지는 않는다. 오히려 2인칭이 어떠한 대상을 선명하게 강조하고 있으며 '너'를 부르는 행위에 집중하고 있기 때문이다. 2인칭이 1인칭이나 3인칭으로 환원되기 쉬운 불완전한 호명으로 들리기보다는 쉽게 다른 누군가로 환원되지 않는 '너', 그렇기 때문에 '나'나 '그'의 분열적인 위치까지 감당해야 하는 구성적인 장소를 말하는 셈이다.

흔히 3인칭이라고 쉽게 이야기하지만, 보통 이야기에는 참여하지 않는 이종 서술자(hetero outro-diegetic narrator)를 상정하는 이유는 가급적 객관적으로 이야기를 바라보는 메타적 위치를 점유하기 위한 시도에 가깝다. 소설의 서술자가 '그'나 '그녀'를 부르는 시도는 유령 같은 초점화(focalization)를 통해서 상대를 보는 것이며, 주인공과 서술자의 운명을 의도적으로 떨어뜨려놓는 것이기도 하다. 그렇게 해야만 주인공이 운반하는 이야기의 주제가 보다 선명하게 드러나기 때문이다. 그러나 상대적으로 2인칭에서 '너'를 부르는 시도는 의도적으로 서술자를 온전히 이종 서술자라고 부를 수 없는 장소에 서게 한다. 서술(narration)의 층위와 이야기(story)의 층위가 구별되기보다 불분명하게 뒤섞여 있다는 느낌을 주기 때문이다. 따라서 상대적으로 서술자의 인격화를 수반하며 그의 서술을 한 걸음 떨어져 나와서 읽게 한다.

우선 수록작 「홀로, 코스트코」의 서술에서 주인공 박규는 이름으로 불리지 않고 '너'로 불린다. 그러나 이때의 '너'는 어쩔 수 없는 대안적 호명에 불과하다. 정확하게 한 명의 인간에 대한 호명이 그 사람에 대한 실재를 보장하지 않기 때문이다. 이 소설에서 박규라는 인간의 실재는 아직도 온전히 호명될 수 없는 채로 '너'의 내부에 남겨져 있다. 박규가 스스로를 호명하는 '빡큐'라는 별칭 역시 고객을 응대하는 과정 중에 생겨난 가상적인 정체성에 불과하다. 고객들에게 자기 이력을 속여서 정자를 파는 스펌셀러라는 직업은 물론이고, 이력서에 적혀 있는 내용들 모두 철저하게 위장된 것이기 때문이다. 그런가 하면 박규가 매일같이 찾아가는 대형 마트도 그가 찾는 진정한 욕망의 대상이 아니다. 욕망의 본래 작용과는 아무런 관련도 없이 늘어선 피상적인 대체물들의 매트릭스와 같다.

물론 박규 역시 때로는 진짜 자기에 대해 생각한다. "완벽한 코코넛 주스를 찾고 싶다는 욕구가 인다. 아무 데서나 구할 수 없는 아주 특별한 코코넛 주스."(178쪽) 그러나 박규의 문제는 단순히 가짜를 추구한다는 것보다 자기 욕망을 정확히 알지 못한다는 점에 있다. 따라서 타인의 욕망을 욕망하는 방식으로만 가상적인 자기 정체성이나마 얻을 수 있었던 셈이다. S대 학생의 학생증을 위조하고 S대 학생인 척한 것도 그 자신의 욕망 때문이 아니라 K가 소원하던 S대였기 때문이다. "네가 그곳을 택한 것은 순전히 K 때문이었다."(184쪽) 이렇듯 박규는 실재하는 삶을 살지 못하고 그의 욕망의 거울에 반사된 이미지의 세계를 살아간다. "코코넛 주스에 대한 너의 첫 경험은 코코넛 주스를 맛본 것이 아니라, 코코넛 주스를 본 것이 된다."(177쪽) 마찬가지로 박규의 주체성 역시 원본이 있는 것이 아니라 이미지들의 반사판에 가깝다. 문제는 그처럼 반사된 이미지들은 끊임없이 미끄러질 뿐, 마음이 안정을 얻을 수 있는 장소를 제공해주지 못한다는 점이다. 오히려 소비의 장소로서 박규가 배회하는 '코스트코'는 그러한 이미지들의 매트릭스로서 주체의 수용소처럼 보인다.

제목인 '홀로, 코스트코' 역시 명백한 언어유희의 표지다. '홀로코스트(Holocaust)'에 대한 암시는 다른 무엇보다도 수용소 안에 갇혀버린 가상적 정체성 내부에 놓인 수많은 죽음의 이미지, 더 나아가 이미지들의 죽음과 관련된다. 박규가 자신이 팔고 있는 대상의 자리에 코코넛 주스를 들이붓듯 보충적인 이미지들을 채워넣는 것처럼 보이지만, 그러한 끊임없는 반복적 행위는 부분적인 죽음만을 확대 재생산하는 구조다. 마찬가지로 박규가 속여서 팔고 있는 자신의 정자들 역시도 수억 대 1의 확률 게임 속에서 분열적인 형태로나마 수많은 죽음을 내포하고 있다. 이처럼 박규에게 있어서 삶은 정확한 실감으로 경험되는 것이 아니라 시뮬라크라(simulacra)에 의해 반사된 파편으로 전락하는 것이다. 동시에 그 부분 대상은 끊임없이 판매의 소비재가 됨으로써 원본으로부터 한없이 멀어지는 방식으로 작은 죽음(little death)을 양산한다.

이제 진짜 박규는 이미 상실되었거나 처음부터 존재하지 않은 대상으로서 불완전함에 의해서만 환기될 따름이다. 문제는 박규 스스로가 그와 같은 삶을 내면화하고 있음에도 우울증적인 상황에 놓여 있다는 것이다. 굳이 프로이트를 경유하지 않더라도 우울증이란 우리가 가지고 있는 표현의 풍요로움을 잃어버리는 순간이다. 박규가 정자를 팔기 위해서 주기적으로 섭취해야 하는 코코넛 주스는 어느샌가 그 목적성만으로 환원되지 않으며, 심리적으로도 해소되지 않는 갈증을 환기할 따름이다. 욕망은 끊임없이 반사된 이미지들 사이로 미끄러지면서 스스로를 유지하지만, 박규에게 있어 해결할 수 없는 갈증만큼은 가상적 욕망이 아니라 진짜 욕구에 가깝다. 언어로 설명될 수 없기에 더더욱 대체될 수 없는 욕구 말이다. 마찬가지로 우울증적 상황이 온전히 애도의 불가능성으로만 귀결되지는 않는다. 따라서 이제 박규가 처한 상황은 가상적인 자기 인식에 머무르지 않고 불확실한 '너'를 발음하려는 소설적 시도 전체로 확장된다.

신주희 소설의 인물들은 불가능에 가까운 상황을 인지한 채로, 혀를 움직이며 보다 올바른 발음법을 찾으려 애쓴다. 그러나 애도와 달리 우울증의 핵심적인 문제는 잃어버렸다는 감각만이 남아 있을 뿐, 그 상실의 대상이 온전하지 않다는 점이다. 병리적으로 말하자면 상처는 있으나 환부를 짐작할 수도 없으며, 따라서 치유의 방법 또한 불분명하다. "사실은 무엇이 슬픈지도 모른다고, 너는 막연하게 생각했다."(190쪽) 이처럼 가상적인 '너'를 부르는 시도 역시 불확실한 호명일 수밖에 없다. 되돌아오는 것은 온전한 응답이 아니라 불확실한 메아리이며, 단순히 '너'를 부르는 것이 타인에 대한 그럴듯한 이해와 이야기에만 그칠 수 없다는 반향이기도 하다. 소설적 수단으로서의 2인칭은 '너'를 말하는 과정 중에 거꾸로 온전한 자기 인식을 비틀어 '나'의 문제에 교차시킨다. 박규가 스스로를 알지 못하는 것만큼이나 사실 '너'를 발음해야 하는 상황 속에서 소설적 서술자와 독자는 공통적인 불확실성만을 경험할 뿐이다.

다른 수록작인 「당신은 말한다」에서와 같이 2인칭의 핵심은 소설의 이야기적 상황을 이야기 바깥에서 '보는 사람'을 다시 한 번 보는 것이다. 이 소설에서 '당신'은 익명적인 관찰자이며 통상적인 의미에서 3인칭의 초점화를 수행하는 가상적인 독자이기도 하다. 문제는 '당신'은 '여자'를 보듯, '여자'는 집 안에 설치한 CCTV를 통해서 베이비시터를 보고 있는 구도의 반복이다. 여자가 베이비시터를 보는 시선이 불신으로 가득 차 있는 것처럼, 사실 여자를 보고 있는 '당신'의 시선 역시 일련의 주관적 평가와 선입견에서 자유롭지 않다. "차갑고, 어쩌면 무섭기까지 한 사람. 당신은 당신의 평가가 결코 틀리지 않았음을 확신한다."(18쪽) 그러나 '여자'의 시선이 CCTV의 사각(死角)을 통해 베이비시터를 놓치기도 하듯, '당신'의 시선 역시 '여자'에 대한 온전한 재현과 그 이해에 도달할 수 없음은 당연하다.

따라서 이제 '당신'은 단순히 이야기 외부에서 '여자'를 지켜보고 있는 독자를 말하는 것이 아니라 그러한 독자로부터 분열된 특정한 장소에 가깝다. '당신'이 그저 객관적 시선의 소유자가 아니라는 사실을 알게 될 때, 독자는 '당신'의 자리에서 한 걸음 벗어나는 셈이다. 실제로 소설은 또 다른 카메라의 감시 속에서 '당신'이 '여자'를 훔쳐보는 일종의 몰카범일 수도 있음을 환기한다. '당신'은 '여자'가 조선족 베이비시터에 대하여 가지고 있는 두려움과 상상적인 위험을 공감하면서도, 동시에 '여자'가 과잉된 정보 해석과 스스로의 선입견에 사로잡혀 있다는 사실 또한 알고 있다. 중요한 점은 그러한 '여자'를 지켜보는 '당신' 역시 결코 '여자'가 겪고 있는 문제에서 자유롭지 않다는 사실이다.

이제 소설의 서두에서 언급되는 "당신이 원하는 것을 원하는 대로 볼 수 있다는 사실"(10쪽)을 깨닫는다는 인식은 조금 다르게 읽혀야 한다. 사각 없는 시야를 생각할수록 오히려 대상에 대한 강한 인식은 거꾸로 대상을 올바르게 볼 수 없게 하는 눈가리개가 된다. '원하는 것을 원하는 대로' 본다는 것이야말로 '보는 사람'이 '보고 싶은 대로' 본다는 의미가 된다. 사실상 '보는 사람'이야말로 자신의 시선에 의해 오염되어 있다는 사실, 결코 순수하게 외부적인 위치를 점유하는 것은 불가능하다는 사실을 환기시키기 때문이다. 최근 일련의 가십과 소문, 자극적인 방식으로 타인의 삶을 관음적으로 즐기기를 바라는 '당신'들에 대한 경고이기도 하다. "당신은 당신과 상관없는 이야기들이 조금 더 드라마틱하게 연출되기를 바란다. 이를테면 갑자기 아기를 잃어버린 사람들과 아기를 데려간 사람들의 배후, 그 배후에 기생하는 무수한 이야기들. 그것이 양산되는 적당한 온도와 습도를 당신은 아주 잘 알고 있다."(32쪽)

2인칭의 시도는 통상적인 소설이 종종 망각하는 서사적 감각을 자극하는 절충적인 시도라고 볼 수도 있다. 동시에 신주희의 소설들은 동시대적인 사람들의 양가적인 자기 인식의 문제를 선명하게 환기한다. 파편적 이미지에 둘러싸여 자기 인식조차 수행할 수 없지만, 한편으로는 관음적인 시선이 주는 선명함에 의해 타인에 대한 손쉬운 서사적 개입을 수행하는 이중적인 상황이야말로 2인칭이 자리하는 불완전한 중간지대이기도 하다. 어떠한 경우에도 소설은 서술자가 소설적 인물들에 대하여 특정한 위치를 점유하고 서술을 수행하는 장르이기 때문이다. 그렇다면 의도적으로 '너'를 발음한다는 것은 소설이라는 장르에 내포된 타인에 대한 이해의 불가능성만큼이나 불가피함을 의도적으로 환기하는 노력이다. 그러한 불가피함의 결과, 남는 것은 온전한 발음이 아니라 불완전하게 되돌아오는 '메아리'다. 이때의 소리는 오히려 정당한 언어가 사라지고 나서 불완전하게 남은 잔존의 형식에 가깝다. 그러나 이 잔존이야말로 사실 우리가 끝내 온전히 애도할 수 없으며, 그렇기에 어떤 식으로든 과거의 흔적이자 상실된 대상의 맨 얼굴에 가까운 무엇이다. '너'를 발음하는 과정은 소설이 제공하는 타인에 대한 이해, 삶에 대한 이해를 다시 열어버리는 과정일 수밖에 없으므로. 물론 이러한 과정을 거친들 삶은 여전히 진창에 있으며 무

엇 하나 더 나아졌다고 말할 수 없다. 그럼에도 신주희의 소설적
의도는 부정확한 애도보다는 차라리 더 정확한 우울증을 앓을 필
요가 있음을 말하는 것이다.

정확한 앓기: '나'의 맨 얼굴

  '너'를 부르고 발음하는 과정이 이미 사라진 대상에 대한 애도와
그 불가능성 사이에 걸쳐 있다면, 이 과정은 단순히 타인만이 아니
라 스스로에 대해서도 말할 수 없는 '나'에 대한 재인식으로 이어
진다. 타인에 대한 이해를 평면화하거나 주변의 파편화된 이미지
를 통해서 가상적인 자기 인식을 수행하는 시대에, 신주희의 소설
들은 거꾸로 타인에 대하여 말하기 어려운 과정을 밟아나감으로
써 '나'에 대한 선명한 이해마저도 위태롭게 만든다. 따라서 이러
한 소설적 시도는 단순히 소설의 주체가 진정한 자아를 찾는 과정
으로 그려지는 것이 아니다. 오히려 자기에 대한 얄팍한 동일시를
수행하는 과정 중에 납작해져버린 타인과 세계에 대한 이해를 복
원하는 과정에 가깝다. 자서전과 유사하게 소설은 특정한 방식으
로 사람의 얼굴을 그려내기는 하지만, 결코 그 얼굴이 선명한 것도
단일한 것도 아니라는 사실을 고집스럽게 주장할 필요가 있다.
  앞서 우울증은 세계에 대한 표현의 풍요로움을 잃어버리는 상

황에 비견되었다. 그러나 정반대로 주장할 수도 있다. 세계가 이미 사람들에게 충분한 입체성과 맥락을 제공하지 못할 때, 우울증은 외부적 세계의 자극에 좌우되지 않는 방식의 폐쇄적인 장소를 확보하는 것이며 다음 장소로 나아가기 위한 일종의 예비적인 단계가 될 수 있다. 그렇다면 우울증은 그저 자기 폐쇄적 감정이 아니라, 자기 통증에 몰입하기 위한 심리적 장소로서 의미를 지닌다. 내면화되어버린 통증조차 느끼지 못하는 사람들이 온전히 자신에게 집중하는 순간으로 다가서는 것이다. 문제는 '너'에 대한 응시가 언제나 분열적이듯, '나'를 재발견하는 과정 역시 한 가지 층위가 아니라 여러 층위에 걸쳐 있다는 점이다. 이를 위해서 소설은 이야기적 구성을 좀더 복잡하게 활용할 필요가 있다.

　수록작 「소녀의 난」의 경우, 서술자에 대한 독특한 시도를 수행하고 있다는 점에서 앞서 언급한 「당신은 말한다」와 유사해 보이지만 그 구도와 서사적 감각은 조금씩 다르다. 이 소설의 서술자는 통상적인 외부적 3인칭처럼 보이지만, 실제로는 소설의 주인공이라고 할 수 있는 '소녀'의 배 속에 있는 태아이며 1인칭의 동종 서술자(homo diegetic narrator)에 가까운 방식으로 서술을 수행한다. 그러나 온전히 개별 인물로서 인지되지 않는 배 속 아이를 과연 이야기의 내부 참여자라고 부를 수 있는가? 또한 온전히 이야기 바깥의 서술적 의식으로만 생각할 수 있는가? 온전한 이종 서술자라고도, 온전한 동종 서술자라고도 부를 수 없는 서술자 캐릭터는 자신의 어머니인 '소녀'를 관찰하는 것처럼 보인다. 그러나 독자는 배 속 태아가 실제로는 그러한 외부적 시점에서 소녀를 볼 수 없다는 사실을 안다. 다만 소녀의 의식을 매개로 하여 서술을 수행할 수 있을 따름이다. 엄밀히 말하자면 '나'는 별도의 인격체라기보다는 소녀의 일부이자 동시에 소녀 내부에 있으나 소녀가 아닌 타자다. 달리 말하자면 "나는, 고도로 농축된 소녀였다"(225쪽).

이러한 '나'의 존재는 소녀 내부에 엄연히 존재하는 비-주체적인 영역이며, 소녀를 매개로 하여 서술을 수행하고 있음에도 불구하고 결코 소녀에게 환원되지 않는 목소리의 발화이기도 하다. '나'는 소녀에 대하여 소녀 자신보다 잘 알고 있지만, 반대로 소녀는 결코 '나'의 의식에 접근할 수도 느낄 수도 없다는 점에서 '나'는 소녀의 무의식에 해당한다. 데카르트 식의 "나는 생각한다, 고로 존재한다"는 명제에 대하여, '나는 내가 의식하지 않는 곳에 존재하고, 존재하지 않는 곳에서 의식한다'는 라캉 식의 전환과도 유사하다. 최종적으로 소녀가 '나'를 제거하는 낙태수술을 수행하는 것은 단순히 양육할 수 없는 아기를 버리는 것 이상의 의미를 지닌다. '소녀'는 어떤 의미에서든 자기 내부의 일부를 살해하는 것이며, 의식화하지 못한 삶 자체를 폐기(abjection)시키는 것이기도 하다. '소녀'가 임신 중에도 관심을 두었던 것은 아이의 존재가 아니라, '윤'이나 '치아'와의 관계 속에서 특정한 방식으로 욕망을 유지하는 것이다. 따라서 이때의 핵심은 태아가 인격체인지에 대한 생명윤리의 문제가 아니다. 설령 태아를 인간으로 인정하지 않을지라도 '소녀'는 감당할 수 없는 종류의 삶을 파괴하고 살해한 것이다.

마찬가지로 '나'는 자신의 죽음에 대하여 소녀와 공유할 수 없는 통증의 형식으로 경험한다. "나는 울지 않으려고 남은 손가락을 빨았다. 있는 힘껏 손가락을 빨며 다시 겪지 않아도 되는 것들을 떠올려보았다. 울음, 비명, 적막, 하품, 재채기. 조각조각 갈라지는 고통이 온몸에 깊숙하게 파고들었다. 비로소 나는, 세상의 일부가 된 것 같았다."(245쪽) 낙태수술로 조각나는 신체에도 불구하고, 오히려 '세상의 일부'가 되었다고 말하는 '나'는 거꾸로 소녀의 내부에서 어떠한 세계와의 연결을 가지지 못했다는 것, 뿐만 아니라 소녀의 단절된 의식 속에 고립되어 있음을 알려준다. 죽는 순간의 강렬한 통증에 의해서만 최초로 세계와의 관계 맺음을 수행하는 역설은 이 비참한 결말을 일부나마 전복시키는 '이후'의 순간을 암시한다.

통증에 의해서만 '나'가 세상과 관계 맺는 것과는 반대로, '소녀'의 경우 어떤 식으로든 타인과의 관계 맺음을 원하는 것처럼 보인다. 하지만 실제로는 세계와 연결되는 능력을 상실한 것과 같다. 소녀는 자신과 교제 중인 늙은 남성 '윤'의 딸인 '치아'를 삐딱한 시선으로 지켜본다. '소녀'가 '치아'에게 기대한 것은 모종의 유사성 혹은 서로의 삶에 대한 이해를 바탕으로 하는 서로에 대한 관심이었지만 실제로 치아는 그러한 소녀의 기대로부터 멀어진다.

소녀 역시 어떠한 방식으로 치아에게 접근하거나 대화를 수행해야 하는지 전혀 체득하지 못했음은 물론이다. 그렇게 더 이상 윤에게서도 치아에게서도 욕망을 발견할 수 없게 되었을 때, "이제는 어떤 방법으로 삶을 견뎌야 하는지"(245쪽)를 잊어버린 채로 아기를 낙태하는 이유가 여기에 있다. 애초에 윤과의 관계가 통상적인 의미의 애정을 기초로 하지 않고 삶의 고통과 통증을 잊기 위한 일종의 완화제와 같은 것이었다면, 소녀의 배 속에 '나' 또한 그동안 소녀가 억압해온 고통과 통증의 농축이라고도 부를 수 있을 것이다. 문제는 그 농축된 고통을 소녀 스스로가 감당하는 것이 아니라 고스란히 '나'에게 전가했다는 점에 있다. 삶은 그처럼 손쉽게 분리 가능한 것이 아니며, 고통과 통증은 응축되고 전이될 뿐 결코 사라지지 않는다.

이러한 의미에서 의도적으로 소녀가 '나'를 제거해낸다고 해서 온전히 자기 안의 모든 비주체적 요소, 억압할 수 없는 고통의 맨얼굴로부터 자유로울 수 있는 것은 아니다. "시체가 된 나도 소녀의 뒤를 따랐다. 비틀비틀 사람들 속으로 걸어가는 소녀의 그림자가 되어."(246쪽) 시체가 되어서까지 소녀의 뒤를 따르는 결말은 결국 다시금 소녀가 겪어야 할 세상과의 관계 맺음이 자기에게 애도될 수 없는 비주체적인 '나'와 관련되어 있음을 환기시킨다. 이때의 '나'는 소녀이면서 소녀가 아닌 영역을 가리키는 불완전한 지시사이며, 결코 제대로 응답하거나 완결될 수 없는 호명이기도 하다.

이처럼 신주희 소설에 있어서 '나'를 의식하거나 발화하는 개인의 정체성이란 어떻게도 완결될 수 없는, 삶에 구멍이 뚫려 있는 자들의 임시적인 이름에 가깝다. 스스로가 감당해야 할 고통으로부터 면책되기 위하여 자기 자신으로부터 멀어지면 멀어질수록, 하나의 삶이 단일한 자기 정체성으로 환원될 수 없음을 알고 있거나 혹은 알게 되는 사람들이기도 하다. 따라서 '너'를 발음하고 부르기 위한 과정만큼이나, 이제 '나'에 대한 자각과 재구성은 거꾸로 내 안의 의식화할 수 없는 영역과의 만남을 필연적으로 내포한다. 그러한 의미에서 속물처럼 보이거나 그저 생존에만 바쁜 것처럼 보이는 경우에도 이미 상실된 대상을 억압하고 있거나 애써 둔감해지기 위해 끊임없이 별도의 가상적인 대상이나 표면적인 자극에 집중하고 있는 것이다. 그들은 어떠한 의미에서 삶 자체의 과도함, 그리고 극복할 수 없는 상실 자체를 버텨내기 위해 어느새 생존만이 지상명제가 되어버린 '남겨진 자'들이라고 할 만하다. 사랑하는 이들을 잃어버렸다는 경험적 공통지대를 가지고 있지만, 그렇다고 그러한 경험을 온전히 자기 것이라고도 말할 수 없는 비주체적인 상황에 처해 있다.

따라서 중요한 것은 사람들에게 상실이나 극복할 수 없는 고통이 공통적으로 존재한다고 할지라도, 그에 따라 결코 손쉬운 연대나 공감대의 지평이 출현한다고 말할 수 없다는 점이다. 예를 들어 수록작 「미싱 도로시」에서 사랑하는 사람의 실종을 견뎌내는 두 명의 인물에게는 이름이 주어지지 않고, 그들이 살고 있는 호실이 제공될 따름이다. '1102호'와 '1603호'는 서로 다른 사람의 상실에 대하여 이야기하고 있지만, 그에 대한 이해는 근본적으로 다른 이해이다. 그럼에도 두 사연을 병렬적으로 읽어나가는 과정 중에 독자는 두 개의 이야기와 두 개의 상실이 어떤 방식으로든 연결되어 있다는 사실을 어렴풋이 느끼게 된다. 특히 '1102호'와 '1603호'가 공통적으로 그들의 아내와 아들의 실종 이전에 그들에게 소중한 사람들에 대하여 어떠한 무던함으로 대응하고 있었다는 사실, 불안에 대하여 의도적인 방어적 심리로 대응해왔다는 사실 말이다. 때문에 그들에게는 어떠한 실제적인 관련성도 연대적 상황도 발생하지 않는다. 그들은 상실 때문에 연결되는 것이 아니라, 그러한 상실에 대하여 온전히 다가가지 못했던 타자의 몰이해와 스스로에 대한 무감각에 의해서만 연결되는 것이다. 따라서 그들은 진정으로 실종된 대상을 찾는다기보다 고통으로부터 눈을 돌리고 있었던 과거 속에서 겨우 통증을 느낄 수 있게 되는 자기이해에 도달할 수 있을 따름이다.

다른 수록작 「점심의 연애」에서 주인공 '여자' 역시 5년 전에 만나서 이미 3년 전에 결별한 '케이'에 대하여 비슷한 방식으로 회상한다. 그들은 분명 한때 사랑했으며 서로에게 위로를 주던 관계이지만, 그렇다고 서로를 구원할 수는 없었던 관계인 셈이다. 케이에 대한 회상을 수행하는 와중에 여자는 요가를 하며 시시각각 자세를 바꾼다. 그러한 회상에서 발생하는 감정적인 동요와 충격에 대하여 요가 자세와 팽팽하게 당겨진 긴장감으로 대응하는 것이다. 이것은 케이가 복용해왔다는 수면제와도 같은 의미를 지닌다. "나는 수면제를 모아요. 죽으려고 모으는 건 아니에요. 그렇게 죽긴 힘들죠. 다만 그건 어떤 위로예요. 원한다면 평안해질 수도 있다는 위로. 이제부터 당신이 원하는 위로를 줄게요, 내게는 내가 원하는 위로를 줘요."(72~73쪽)

그러나 절망으로부터 스스로를 보호하고, 죽지 않기 위해 위로를 부분적으로 활용하는 케이의 방식은 결국 총제적인 절망 앞에 그동안 모아온 수면제를 통째로 복용하여 그를 죽게 만든다. 그것은 이미 헤어지기 전 만남에서 진지하고 급박한 목소리로 '나를 사랑해요?'라고 묻는 케이의 질문에 여자가 정당하게 응답하지 않았던 것으로 여자에게 기억된다. 서로에게 충분한 위로를 더 이상 제공할 수 없게 되었을 때, 그들은 헤어진 것이며 동시에 그들 모두에게 현재는 더욱 위로할 수 없는 방식의 존재가 된 셈이다. 여자는 케이를 회상하는 것만으로도 다른 종류의 위로를 필요로 하지만, 그러한 회상은 이미 어떤 위로로도 극복할 수 없는 방식으로 삶에 영향을 미치고 있다. '여자'가 하고 있는 다양한 요가 자세들은 평소 사용하지 않은 방식으로 몸을 조정하고, 호흡을 의식화한다. 경직되어버린 삶의 감각으로부터 새로운 몸의 자세, 사용하지 않던 근육들을 의식화하는 이러한 과정들은 불현듯 부상하는 절망이나 케이에 대한 회상으로부터 스스로를 지키기 위한 방어적 자세가 된다. 요가 자세에 집중할수록 "욱신거리며 퍼지던 통증이 잠시 잊혀진다"(69쪽). 요가 자세가 주는 의식화된 몸의 통증으로 다른 종류의 통증을 가로막는 것이다.

그러나 의식화된 통증이 몸 전체를 자극하여 통증 자체에 예민해지듯, 흥미롭게도 감정적인 방어를 위한 요가 자세들이 거꾸로 회상에 강하게 반응하면 할수록 그동안 회피해왔던 본질적인 통증에 더욱 집중할 수 있게 된다. 따라서 여자는 최종적으로 케이와의 과거에서 기인하는 고통과 통증을 근본적으로 억제하거나 치유할 수 있는 수단이란 존재하지 않음을 인정할 수밖에 없다. "여자는 어쩐지 다시는 평안한 어느 날로 돌아가지 못할 것을 예감한다. 몸에 난 균열과 마찬가지로 여자의 가슴 어디에도 쩍, 하고 금이 간 것을 깨닫는다. 붙일 수도, 꿰맬 수도 없는 좁고 날카로운 틈. 하지만 여자는 그토록 다행한 기분을 느껴본 적이 없다. 언젠가 그 틈을 빠져나가면 만나게 될 것들에 대해 여자는 몹시 알고 싶어진다."(86쪽) 메울 수 없는 삶의 공백과 그로 인해 모든 삶이 앞으로 감당해야 할 비완결성에 대하여 긍정하게 될 때 비로소 여자는 통증을 더욱 민감하게 느끼며 그것을 받아들일 수 있게 된다. 우리의 맨 얼굴은 손쉽게 인지 가능한 가면 같은 것이 아니며, 재현 가능한 대상으로 손쉽게 환원되지도 않는다. 통증으로 환기되는 감각 덩어리의 육체야말로 언어적 이해로 환원되지 않는 맨 얼굴에 가까운 것이다.

앞서 이야기했듯 신주희 소설의 주인공들에게 있어서 '너'를 발음하는 과정만큼이나 '나'를 이야기하고 받아들이는 과정에는 고통에 대하여 열어두고 수용하는 민감성, 몸 전체를 비주체적인 상황에 내어주는 적극성이 요구된다. 심지어 이를 통해 주체의 치유가 발생하거나 타자에 대한 애도를 수행할 수 있게 되는 것도 아니다. 오히려 삶이 이미 그렇게 되어버렸다는 사실, 그리고 매 순간 방어적으로만 구성해온 일상이나 현실이 결코 근본적인 결여와 그로 인한 고통에 대하여 최종적으로 패배할 것임을 인정하는 것이다. 그러한 패배 인정이야말로 때로는 진정한 용기를 필요로 하는 것이며, 거꾸로 그러한 패배에도 불구하고 아직도 죽지 않은 과거, 달리 말하자면 패배 이전부터 이미 죽어 있었던 비주체적인 '나'를 비로소 인정하고 끌어안게 해준다. 그토록 '진짜'를 찾았음에도 사실은 늘 회피하고 있었던 자신의 맨 얼굴과 마주하는 만남의 순간이 되어주는 것이다.

고통의 큐비즘

우리에게 고통을 온전히 이해할 수 있는 방법이 과연 존재할까? 고통은 단순히 주관과 객관의 구분을 넘어서는 초주체적인 현상이다. 그렇지 않다면 우리는 감히 타인의 고통에 접근할 수도, 거꾸로 자신의 고통을 타인에게 드러낼 수도 없을 것이다. 중요한 것은 고통을 지나치게 숭고한 것처럼 취급하게 되면, 오히려 그 과도한 강조가 눈가리개가 되어 고통에 대하여 어떠한 접근법도 불허하게 된다는 점이다. 고통의 숭고함과 손쉬운 이해로부터 그 것을 멀리 떨어뜨려놓고 싶어 하는 시도 역시 이해 못 할 것은 아니다. 그럼에도 우리는 고통이 전달하는 특정한 정서적 긴장으로부터 자유로울 수 없다. 어느새 내 것 아닌 고통이 내 안에 강하게 자리하고 있는 순간들이 비일비재하기 때문이다.

문제는 고통을 과도하게 숭고한 대상으로도, 하나의 스펙터클로도 만들지 않으면서 접근하는 방식이다. 이때 신주희의 소설들이 취하는 방법이 바로 회화적 수단으로서의 큐비즘(cubism)과 유사하게 소설적 시선을 복잡화하는 것이다. 주체-대상의 이분법적인 구도를 벗어나거나 대상 자체에 대한 시선을 분열시킴으로써, 보는 주체의 단일한 위치 혹은 메타적인 위치에서 비롯되는 특권적인 발화를 차단하는 것이기도 하다. 따라서 보는 사람과 보이는 사람의 관계만이 아니라 보는 사람을 보는 사람, 혹은 보는 사람 내부에서 분열적이거나 반성적인 거리를 다시금 확보함으로써 대상과 그에 대한 이해를 평면화하는 위험으로부터 벗어난다. 서술적 층위에 있어서도 온전히 동종 서술자이거나 온전히 이종 서술자라고만 말할 수 없는 장소에서 소설을 시작할 때, 독자가 고통에 대하여 느끼는 거리와 참여의 강도는 한 가지로 환원될 수 없다.

오늘날 세계와 타자에 대한 평면적 이해를 선호하는 가십이나 SNS상의 서사적 과잉을 떠올린다면 신주희 소설이 지닌 태도는 그러한 평면적 환원주의로부터 다시금 세상의 맥락이나 인물이 느끼는 고통의 입체성을 되살리는 것이다. 이것은 손쉬운 애도가 일상화되어버린 세상에서 살아가는 사람들이 절망을 회피하기 위하여 세상을 보다 작은 파편으로 환원하는 방식에 대한 부정이기도 하다. 소설은 소설적 주체나 그 서술이 취할 수 있는 위치가 협소하다고 할지라도 세상이 지닌, 혹은 타자가 지닌 입체성을 포기하지 않는 장르다. 그리고 그 과정은 우선 보다 정확하게 자기 자신의 고통에 대하여 신음할 수 있는 능력을 회복하는 것, 그리고 그것을 타인에게 전달하는 과정 속에서 가능해질 수 있다.

앞서 이야기한 것처럼 신주희 소설에서 고통은 현상학적이며 관계에 의해서만 스스로를 드러낼 장소를 획득한다. 문제는 이 장소를 한 겹이 아니라 여러 겹으로 이해하는 것이며, 위축될 만큼 위축되어버린 사람 내부의 심리적 근육에 다시금 활동성을 부여하기 위한 방식이다. 따라서 역설적으로 말하자면 의도적인 우울증적인 자기 폐쇄, 외부적인 자극과 이미지에 사로잡히기보다는 차라리 자기 내부의 분열적 목소리에 집중하는 과정이 요구되는 것이다. 그렇게 되었을 때에만 고통은 비로소 신음이라는 자기 목소리를 낸다. 고통은 "쓰지 않던 근육을 썼을 때 나타나는 증상"(「점심의 연애」, 83쪽)과 비슷한 것이다. 큐비즘적인 방식이라고 이야기했으나, 그 핵심은 정당한 신음 소리조차 지를 능력을 잃었거나 혹은 의도적으로 자기 세계로부터 회피해온 사람들에게 마치 요가 수업처럼 딱딱하게 굳은 자기 몸을 재발견하는 장소를 제공하는 것이다. 신주희의 첫 소설집 『모서리의 탄생』은 이처럼 타자의 입체성에 도달하기 위하여 자기 내부의 고통을 보다 정확하게 발음하기 위한 신음과 통증의 모음집이다. 딱딱해진 언어의 근육을 다시 자극하고 비로소 세계를, 당신을 제대로 발음하기 위한 목소리를 찾으려는 날카롭고 섬세한 시도이기도 하다.

내가 점일 때, 네가 선일 때. 내가 면이고, 네가 점일 때.

이 상태라면 우리는 죽을 때까지 서로를 이해할 수 없을지도 모른다.

우리가 할 수 있는 일이라고는

마침표 같은 점을 찍고, 선전포고를 하듯 선을 긋고,

상처를 숨길 수 있는 견고한 벽을 갖는 것이 전부라고 생각했다.

그때마다 내가 본 것은 모서리였다.

점과 선과 면과 같은 사람들이 부딪치고 깨질 때마다

불뚝불뚝 솟아오르던 날카롭고 예리한 모서리들.

글을 쓰며 생각했다.

상처가 할 수 있는 일은 무엇인가.

상처를 주는 사람과 상처를 받는 사람은 다른가.

피해자와 가해자가 동시에 의미를 잃는 어떤 지점에 관해,

사실 우리 모두는 점과 선과 면을 따라 떠밀려 왔다는 사실에
관해.

나는 문득, 모서리 그 너머가 궁금했다.

타인의 상처를 목격하면서

나의 것과 다를 바 없는 슬픔을 가늠해보면서

누군가를 향해 가는 포기하지 않는 어떤 마음이 생겨났다.

내 소설 속에서 상처는 극복하기 위한 대상이 아니다.

체념하고 탐구하는 대상에 가깝다.

그러므로 이토록 불확실한 나의 소설은 순간순간 기쁘고 오래
도록 아플 것이다.

나의 모서리를 기꺼이 받아줬던 사람들에게 안부를 전한다.

2018년 2월
신주희

수록 작품 발표 지면

당신은 말한다 ⋯ 『문학사상』 2014년 4월호

　　　　　　　　『2015 신예작가』 2014년 12월

　　　　　　　　아시아 문학 전문 문예지 『Asia literary review』 2015년 9월호

네 개의 이름 ⋯ 북한 인권 남북한 작가 공동 소설집 『국경을 넘는 그림자』 2015년 10월

점심의 연애 ⋯ 『작가세계』 2012년 겨울호

사막의 뼈 ⋯ 『문학의 오늘』 2015년 봄호

미싱 도로시 ⋯ 『문학의 오늘』 2013년 봄호

극 ⋯ 세월호 참사 희생자 추모 15인 소설집 『우리는 행복할 수 있을까』 2015년 4월

홀로, 코스트코 ⋯ 『작가세계』 2016년 봄호

브라질리언 왁싱 ⋯ 『문학의 오늘』 2017년 여름호

소녀의 난 ⋯ 2012년 동서문학상 소설 부문 가작 당선

인어 ⋯ 『작가세계』 2014년 봄호

모서리의 탄생

ⓒ 신주희, 2018

초판 1쇄 발행일   2018년 2월 28일
초판 2쇄 발행일   2018년 10월 31일

지은이   신주희
펴낸이   정은영
주간   배주영
편집   김정은
마케팅   한승훈 이혜원 최지은
제작   이재욱 박규태
디자인   배현정 서은영 김혜원

펴낸곳   (주)자음과모음
출판등록   2001년 11월 28일 제2001-000259호
주소   04047 서울시 마포구 양화로6길 49
전화   편집부 (02)324-2347, 경영지원부 (02)325-6047
팩스   편집부 (02)324-2348, 경영지원부 (02)2648-1311
이메일   munhak@jamobook.com

ISBN 978-89-544-3831-5 (03810)

이 도서의 국립중앙도서관 출판시도서목록(CIP)은 서지정보유통지원시스템 홈페이지
(http://seoji.nl.go.kr)와 국가자료공동목록시스템(http://www.nl.go.kr/kolisnet)에서
이용하실 수 있습니다.(CIP제어번호: CIP2018003184)